孙犁

荷花淀

孙犁 著

山东文艺出版社

图书在版编目（CIP）数据

荷花淀/孙犁著. —济南:山东文艺出版社,2017.6
ISBN 978-7-5329-5485-8

Ⅰ.①荷… Ⅱ.①孙… Ⅲ.①散文集—中国—当代 Ⅳ.①I267

中国版本图书馆CIP数据核字(2017)第091897号

荷花淀
孙　犁　著

主管部门	山东出版传媒股份有限公司
出版发行	山东文艺出版社
社　　址	山东省济南市英雄山路189号
邮　　编	250002
网　　址	www.sdwypress.com

读者服务　0531-82098776（总编室）
　　　　　0531-82098775（市场营销部）
电子邮箱　sdwy@sdpress.com.cn

印　　刷	山东临沂新华印刷物流集团有限责任公司
开　　本	880毫米×1230毫米　1/32
印　　张	11.5　插页/4
字　　数	258千
版　　次	2017年6月第1版
印　　次	2019年5月第2次印刷
书　　号	ISBN 978-7-5329-5485-8
定　　价	35.00元

版权专有，侵权必究。如有图书质量问题，请与出版社联系调换。

目 录

第一辑 漫 忆

003　石子
　　　——病期琐事
007　童年漫忆
013　文字生涯
019　吃粥有感
022　书的梦
029　画的梦
034　生辰自述
036　亡人逸事
041　芸斋梦余
045　母亲的记忆
047　牲口的故事
050　猫鼠的故事
053　夜晚的故事
057　书信
061　昆虫的故事
064　移家天津
068　老家
071　鸡叫
074　黄叶
077　菜花
080　转移
083　吃菜根
085　看电视
088　记春节
091　楼居随笔
097　故园的消失

第二辑 读 书

103　耕堂读书记（节选）
116　我的读书生活
120　野味读书

123	我的绿色书
125	谈读书
128	谈爱书
134	谈赠书
137	托尔斯泰
140	果戈理
	——纪念他逝世一百周年
145	契诃夫
	——纪念他逝世五十周年
151	谈柳宗元
155	《红楼梦》杂说
159	欧阳修的散文
164	与友人论学习古文
170	《金瓶梅》杂说
179	我的经部书
183	我的史部书
187	我的子部书
193	我的集部书

第三辑　文　事

203	文事琐谈
211	《善闇室纪年》序
213	关于散文
219	与友人论传记

225	小说杂谈(一)
240	芸斋琐谈(节选)
259	谈通俗文学
264	文林谈屑(节选)
278	关于散文创作的答问
286	散文的虚与实
290	小说杂谈(二)
302	文林谈屑(二)
310	创作随想录
312	谈作家素质
320	谈头条
322	谈杂文
326	风烛庵文学杂记
330	风烛庵文学杂记续抄
335	风烛庵文学杂记三抄
340	作家的文化

第四辑　白洋淀

345	采蒲台的苇
347	荷花淀
	——白洋淀纪事之一
356	芦花荡
	——白洋淀纪事之二

第一辑

漫 忆

石 子

——病期琐事

我幼小的时候,就喜欢石子。有时从耕过的田野里,捡到一块椭圆形的小石子,以为是乌鸦从山里衔回跌落到地下的,因此美其名为"老鸹枕头儿"。

那一年在南京,到雨花台买了几块小石子,是赭红色的。

那一年到大连,又在海滨装了一袋白色的回来。

这两次都匆匆忙忙,对于选择石子,可以说是不得要领。

在青岛住了一年有余,因为不喜欢下棋打扑克,不会弹琴跳舞,不能读书作文,唯一的消遣和爱好就是捡石子。时间长了,收藏丰富,有一段时间,居然被病友们目为专家。就连我低头走路,竟也被认为是长期从事搜罗工作养成的习惯,这简直是近于开玩笑了。

然而,人在寂寞无聊之时,爱上或是迷上了什么,那种劲头,也是难以常情理喻的。不但天气晴朗的时候,好在海边溅泥踏水地徘徊寻找,有时刮风下雨,不到海边转转,也好像会有什么损失,就像逛惯了古书店古董铺的人,一天不去,总觉得会交臂失掉了什么宝物一样。钓鱼者的心情,也是如此的。

初到青岛,也只是捡些小巧圆滑杂色的小石子。这些小石子养在水里,五颜六色还有些看头,如果一干,则质地粗糙,颜色也消失,算不得什么稀罕之物了。

后来在第二浴场发现一种质地细腻、色泽如同美玉的小石子,就加意寻找。这种小石子,好像有一定的矿层。在春夏季,海滩积沙厚,没有这种石子。只有在秋冬之季,海水下落,沙积减少,轻涛击岸,才会露出这种蕴藏来,但也很少遇到。当潮水落到一定的地方,沿着水边来回走,看到一点点亮晶晶的苗头,跑过去捡起来,大小不等,有时还残留着一些杂质,像玉之有瑕一样。这种石子一定是包藏在一种岩石之中,经过多年的潮激汐荡,乱石撞击,细沙研磨,才形成现在这种可爱的样式。

有时,如果不注意,如果不把眼光放远一点,它略一显露,潮水再一荡,就又会被细沙所掩盖。当潮水猛涨的时候,站在岸边,抢捡石子,这不只拼着衣服溅上很多海水,甚至还有被海水卷入的危险。

有时,不避风雨,不避寒暑,到距离很远的海滩,去寻找这种石子。但也要潮水和季节适当,才有收获。

我的声誉只是鹊起一时,不久就被一位新来的病友的成绩所掩盖。这位同志,采集石子,是不声不响,不约同伴,近于埋头创作地进行,而且走得远,探得深。很快,他的收藏,就以质地形色兼好著称。石子欣赏家都到他那里去了,我的门庭,顿时冷落下来。在评判时,还要我屈居第二,这当然是无可推辞的。我的兴趣还是很高,每天从海滩回来,口袋里总是沉甸甸的,房间里到处是分门别类的石子。

那时我居住在正阳关路一幢绿色的楼房里。为了安静，我选择了三楼那间孤零零的，虽然矮小一些，但光线很好的房子。在正面窗台上，我摆了一个鱼缸，放满了水，养着我最得意的石子。

在二楼住着一位二十年前我教书时的女学生。她很关心我的养病生活，看见我的房子里堆着很多石子，就劝我养海葵花。她很喜欢这种东西，在她的房间里，饲养着两缸。

一天下午，她借了铁钩水桶，带我到海边退潮后的岩石上，去掏取这种动物。她的手还被附着在石面上的小蛤蜊擦破了。回来，她替我倒出了石子，换上海水，养上海葵花。

"你喜爱这种东西吗？"她坐下来得意地问。

"唔。"

"你的生活太单调了，这对养病是很不好的。我对你讲课印象很深，我总是坐在第一排。你不记得了吧？那时我十七岁。"

晚上，我一个人坐在灯光下，面对着我的学生为我新陈设的景物。我实在不喜欢这种东西，从捉到养，整个过程，都不能使我发生兴味。它的生活史和生活方式，在我的头脑里，体现了过去和现在的强盗和女妖的全部伎俩和全部形象。我写了一首《海葵赋》。

青岛，这是世界上少有的风光绮丽的地方。在过去很长一段时间，祖国美丽富饶的地区，有很多都曾经处在帝国主义的铁蹄蹂躏之下。每逢我站在太平角高大的岩石上，四下眺望，脚下澎湃飞溅的海潮，就会自然地使我联想起这里的悲惨的历史。我的心里总有一种沉痛之感，一种激愤之情。

终于，我把海葵花送给了女弟子，在缸里又养上了石子。这样做的结果，是大大辜负女学生的一番盛情，一番好意了。

离开青岛的时候，我把一些自认为名贵的石子带回家里，尘封日久，不但失去了原有的光彩，就是拿在手里，也不像过去那样滑腻，这是因为上面泛出一种盐质，用水都不容易洗去了。时过境迁，色衰爱弛，我对它们也失去了兴趣，任凭孩子们抛来抛去，想不到当时全心全力寤寐以求的东西，现在却落到了这般光景。

但它们究竟是和我度过了那一段难言的日子，给过我不少的安慰，帮助我把病养得好了一些。古人把药石针砭并称，这说明石子确是养病期中难得的纯朴有益的伴侣。

1962 年 4 月

童年漫忆

听说书

我的故乡的原始住户,据说是山西的移民,我幼小的时候,曾在去过山西的人家,见过那个移民旧址的照片,上面有一株老槐树,这就是我们祖先最早的住处。

我的家乡离山西省是很远的,但在我们那一条街上,就有好几户人家,以长年去山西做小生意,维持一家人的生活,而且一直传下好几辈。他们多是挑货郎担,春节也不回家,因为那正是生意兴隆的季节。他们回到家来,我记得常常是在夏秋忙季。他们到家以后,就到地里干活,总是叫他们的女人,挨户送一些小玩意或是蚕豆给孩子们,所以我的印象很深。

其中有一个人,我叫他德胜大伯,那时他有四十岁上下。每年回来,如果是夏秋之间农活稍闲的时候,我们一条街上的人,吃过晚饭,坐在碾盘旁边去乘凉。一家大梢门两旁,有两个柳木门墩,德胜大伯常常被人们推请坐在一个门墩上面,给人们讲说评书,另一个门墩上,照例是坐一位年纪大辈数高的人,和他对称。我记得他在这里讲过《七侠五义》等故事，他讲得真好，就像一个专业艺人一样。

他并不识字，这我是记得很清楚的。他常年在外，他家的大娘，因为身材高，我们都叫她"大个儿大妈"。她每天挎着一个大柳条篮子，敲着小铜锣卖烧饼果子。德胜大伯回来，有时帮她记记账，他把高粱的茎秆，截成笔帽那么长，用绳穿结起来，横挂在炕头的墙壁上，这就叫"账码"，谁赊多少谁还多少，他就站在炕上，用手推拨那些茎秆儿，很有些结绳而治的味道。

他对评书记得很清楚，讲得也很熟练，我想他也不是花钱到娱乐场所听来的。他在山西做生意，常年住在小旅店里，同住的人，干什么的人也有，夜晚没事，也许就请会说评书的人，免费说两段，为常年旅行在外的人们消愁解闷，日子长了，他就记住了全部。

他可能也说过一些山西人的风俗习惯，因为我年岁小，对这些没兴趣，都忘记了。

德胜大伯在做小买卖途中，遇到瘟疫，死在外地的荒村小店里。他留下一个独生子叫铁锤。前几年，我回家乡，见到铁锤，一家人住在高爽的新房里，屋里陈设，在全村也是最讲究的。他心灵手巧，能做木工，并且能在玻璃片上画花鸟和山水，大受远近要结婚的青年农民的欢迎。他在公社担任会计，算法精通。

德胜大伯说的是评书，也叫平话，就是只凭演说，不加伴奏。在乡村，麦秋过后，还常有职业性的说书人，来到街头。其实，他们也多半是业余的，或是半职业性的。他们说唱完了以后，有的由经管人给他们敛些新打下的粮食；有的是自己兼做小买卖，比如卖针，在他说唱中间，由一个管事人，在妇女群中，给他卖完那一部分针就是了。这一种人,多是说快书,即不用弦子,只用鼓板。骑着一辆自行车,车后座做鼓架。他们不说整本,只说小段。卖完针,就又到别的村庄去了。

一年秋后,村里来了弟兄三个人,推着一车羊毛,说是会说书,兼有擀毡条的手艺。第一天晚上,就在街头说了起来,老大弹弦,老二说《呼家将》,真正的西河大鼓,韵调很好。村里一些老年的书迷,大为赞赏。第二天就去给他们张罗生意,挨家挨户去动员:擀毡条。

他们在村里住了三四个月,每天夜晚说《呼家将》。冬天天冷,就把书场移到一家茶馆的大房子里。有时老二回老家运羊毛,就由老三代说,但人们对他的评价不高,另外,他也不会说《呼家将》。

眼看就要过年了,呼延庆的擂还没打成。每天晚上预告,明天就可以打擂了,第二天晚上,书中又出了岔子,还是打不成。人们盼呀,盼呀,大人孩子都在盼。村里娶儿聘妇要擀毡条的主,也差不多都擀了,几个老书迷,还在四处动员:

"擀一条吧,冬天铺在炕上多暖和呀!再说,你不擀毡条,呼延庆也打不了擂呀!"

直到腊月二十老几,弟兄三个看着这村里实在也没有生意可做了,才结束了《呼家将》。他们这部长篇,如果整理出版,我想一定也有两块大砖头那么厚吧。

第一个借给我《红楼梦》的人

我第一次读《红楼梦》,是十岁左右还在村里上小学的时候。

我先在西头刘家，借到一部《封神演义》，读完了，又到东头刘家借了这部书。东西头刘家都是以屠宰为业，是一姓一家。刘姓在我们村里是仅次于我们姓的大户，其实也不过七八家，因为这是一个很小的村庄。

从我能记忆起，我们村里有书的人家，几乎没有。刘家能有一些书，是因为他们所经营的近似一种商业。农民读书的很少，更不愿花钱去买这些"闲书"。那时，我只能在庙会上看到书，书摊小贩支架上几块木板，摆上一些石印的，花纸或花布套的，字体非常细小，纸张非常粗黑的《三字经》、《玉匣记》，唱本、小说。这些书可以说是最普及的廉价本子，但要买一部小说，恐怕也要花费一两天的食用之需。因此，我的家境虽然富裕一些，也不能随便购买。我那时上学念的课本，有的还是母亲求人抄写的。

东头刘家有兄弟四人，三个在少年时期就被生活所迫，下了关东。其中老二一直没有回过家，生死存亡不知。老三回过一次家，还是不能生活，只在家过了一个年，就又走了，听说他在关东，从事的是一种非常危险的勾当。

家里只留下老大，他娶了一房童养媳妇，算是成了家。他的女人，个儿不高，但长得颇为端正俊俏，又喜欢说笑，人缘很好，家里长年设着一个小牌局，抽些油头，补助家用。男的还是从事屠宰，但已经买不起大牲口，只能剥个山羊什么的。

老四在将近中年时，从关东回来了，但什么也没有带回来。这人长着高高的个子，穿着黑布长衫，走起路来，"蛇摇担晃"。他这种走路的姿势，常常引起家长们对孩子的告诫，说这种走法没有根底，所以他会吃不上饭。

他叫四喜，论乡亲辈，我叫他四喜叔。我对他的印象很好。他从东头到西头，扬长地走在大街上，说句笑话儿，惹得他那些嫂子辈的人，骂他"贼兔子"，他就越发高兴起来。他对孩子们尤其和气。有时，坐在他家那旷荡的院子里，拉着板胡，唱一段清扬悦耳的梆子，我们听起来很是入迷。他知道我好看书，就把他的一部《金玉缘》借给了我。

哥哥嫂子，当然对他并不欢迎，在家里，他已经无事可为，每逢集市，他就挟上他那把锋利明亮的切肉刀，去帮人家卖肉。他站在肉车子旁边，那把刀，在他手中熟练而敏捷地摇动着，那煮熟的牛肉、马肉或是驴肉，切出来是那样薄，就像木匠手下的刨花一样，飞起来并且有规律地落在那圆形的厚而又大的肉案边缘，这样，他在给顾客装进烧饼的时候，既出色又非常方便。他是远近知名的"飞刀刘四"。现在是英雄落魄，暂时又有用武之地。在他从事这种工作的时候，你可以看到，他高大的身材，在一层层顾客的包围下，顾盼神飞，谈笑自若。可以想到，如果一个人，能永远在这样一种状态中存在，岂不是很有意义，也很光荣？

等到集市散了，天也渐渐晚了，主人请他到饭铺吃一顿饱饭，还喝了一些酒。他就又挟着他那把刀回家去。集市离我们村只有三里路。在路上，他有些醉了，走起来，摇晃得更厉害了。

对面来了一辆自行车。他忽然对着人家喊：

"下来！"

"下来干什么？"骑自行车的人，认得他。

"把车子给我！"

"给你干什么？"

"不给,我砍了你!"他把刀一扬。

骑车子的人回头就走,绕了一个圈子,到集市上的派出所报了案。

他若无其事地回到家里,也许把路上的事忘记了。当晚睡得很香甜。第二天早晨,就被捉到县城里去。

那时正是冬季,农村很动乱,每天夜里,绑票的枪声,就像大年五更的鞭炮。专员正责成县长加强治安,县长不分青红皂白,就把他枪毙,作为成绩向上级报告了。他家里的人没有去营救,也不去收尸。一个人就这样完结了。

他那部《金玉缘》,当然也就没有了下落。看起来,是生活决定着他的命运,而不是书。而在我的童年时代,是和小小的书本同时,痛苦地看到了严酷的生活本身。

1978 年春天

文字生涯

二十年代中期,我在保定上中学。学校有一个月刊,文艺栏刊登学生的习作。

我的国文老师谢先生是海音社的诗人,他出版的诗集,只有现在的袖珍月历那样大小,诗集的名字已经忘记了。

这证明他是"五四"以后,从事新文学运动的人物,但他教课,却喜欢讲一些中国古代的东西。另有一个特别的地方,是他从预备室走出来,除去眼睛总是望着天空,就是挟着一大堆参考书。到了课室,把参考书放在教桌上,也很少看他检阅,下课时又照样搬走,直到现在,我也没想通他这是所为何来。

每次发作文卷子的时候,如果谁的作文簿中间,夹着几张那种特大的稿纸,就是说明谁的作业要被他推荐给月刊发表了,同学们都特别重视这一点。

那种稿纸足足有现在的《参考消息》那样大,我想是因为当时的排字技术低,稿纸的行格,必须符合刊物实际的格式。

在初中几年间,我有幸在这种大稿纸上抄写过自己的作文,然后使它变为铅字印成的东西。高中时反而不能,大概是因为换了老师的缘故吧。

学校毕业以后,我也曾有靠投稿维持生活的雄心壮志,但不久就证明是一种痴心妄想,只好去当小学教师。这样一日三餐,还有些现实可能性,虽然也很不保险。

生活在青年人的面前,总是要展开新的局面的。伟大的抗日战争爆发了,写作竟出乎意料地成为我后半生的主要职业。

抗日战争,在中国共产党领导之下,是有枪出枪,有力出力。我的家乡有些子弟就是跟着枪出来抗日的。至于我们,则是带着一支笔去抗日。没有朱砂,红土为贵。穷乡僻壤,没有知名的作家,我们就不自量力地在烽火遍野的平原上驰骋起来。

油印也好,石印也好,破本草纸也好,黑板土墙也好,都是我们发表作品的场所。也不经过审查,也不组织评论,也不争名次前后,大家有作品就拿出来。群众认为:你既不能打枪,又不能放炮,写写稿件是你的职责;领导认为:你既是文艺干部,写得越多越快越好。

现在回想起来,那时的写作,真正是一种尽情纵意,得心应手,既没有干涉,也没有限制,更没有私心杂念的,非常愉快的工作。这是初生之犊,又遇到了好的时候:大敌当前,事业方兴,人尽其才,物尽其用。

全国解放以后,则是另外一种情形。思想领域的斗争被强调了,文艺作品的倾向,常常和政治斗争联系起来,作家在犯错误后,就一蹶不振。在写作上,大家开始执笔踌躇,小心翼翼起来。

但在解放初,战争时期的余风犹烈,进城以后,我还是写了不少东西。一九五六年大病之后,就几乎没有写。加上一九六六年以后的十年，我在写作上的空白阶段，竟达二十年之久。

人被"解放"以后，仍住在被迫迁居的一间小屋里。没有书看，从一个朋友的孩子那里借来一册大学用的文学教材，内有历代重要作品及其作者的介绍，每天抄录一篇来诵读。

患难余生，痛定思痛。我居然发哲人的幽思，想到一个奇怪的问题：在历史上，这些作者的遭遇，为什么都如此不幸呢？难道他们都是糊涂虫？假如有些聪明，为什么又都像飞蛾一样，情不自禁地投火自焚？我掩卷思考。思考了很长时间，得出这样一个答案：这是由文学事业的特性决定的。是现实主义促使他们这样干，是浪漫主义感召他们这样干。说得冠冕一些，他们是为正义斗争，是为人生斗争。文学是最忌讳说诳话的。文学要反映的是社会现实。文学是要有理想的，表现这种理想需要一种近于狂放的热情。有些作家遇到的不幸，有时是因为说了天真的实话，有时是因为过于表现了热情。

按作品来说，天才莫过于司马迁。这样一个能把三皇五帝以来的，错综复杂的历史，勒成他一家之言，并评论其得失，成为天下定论的人，竟因一语之不投机，下于蚕室，身受腐刑。他描绘了那么多的人物，难道没有从历史上吸取任何一点可以用之于自身的经验教训吗？

班固完成了可与《史记》媲美的《汉书》，他特别评论了他的先驱者司马迁，保存了那篇珍贵的材料——《报任少卿书》，使司马迁的不幸遭遇留传后世。班固的评论，是何等高超，多么有见识，但是，他竟因为投身于一个武人的幕下，最后瘐死狱中。对于自己，又何其缺乏先见之明啊！

历史经验，历史教训，即使是前人真正用血写下的，也并不是一定就能接受下来。历史情况，名义和手法在不断变化。例如，在二十世纪之末，世界文明高度发展之时，竟会出现林彪、"四人帮"，梦想在社会主义的中国，建立封建王朝。在"文化革命"的旗帜之下，企图灭绝几千年的民族文化。遂使艺苑凋残，文士横死，人民受辱，国家遭殃。这一切，确非头脑单纯、感情用事的作家们所能预见得到的。

鲁迅说过，读中国旧书，每每使人意志消沉，在经历一番患难之后，尤其容易如此。我有时也想：恐怕还是东方朔说得对吧，人之一生，一龙一蛇。或者准声而歌，投迹而行，会减少一些危险吧？

这些想法都是很不健康，近于伤感的。一个作家，不能够这样，也不应该这样。如上所述，作家永远是现实生活的真美善的卫道士。他的职责就是向邪恶虚伪的势力进行战斗。既是战斗，就可能遇到各色敌人，也可能遇到各种的牺牲。

在"四人帮"还没被揭露之前，有人几次对我说：写点东西吧，亮亮相吧。我说，不想写了，至于相，不是早已亮过了吗？在"运动"期间，我们不只身受凌辱，而且画影图形，传檄各地。老实讲，在这一时期，我不仅没有和那些帮派文人一校短长的想法，甚至耻于和他们共同使用那些铅字，在同一个版面上出现。

这时，我从劳动的地方回来，被允许到文艺组上班了。经过几年风雨，大楼的里里外外，变得破烂、凌乱、拥挤。但人们的精神面貌好像已经渐渐地从前几年的狂乱、疑忌、歇斯底里状态中恢复过来。一位调离这里的老同志留给我一张破桌子。据说好的办公桌都叫进来占领新闻阵地的人占领了。我自己搬来一张椅子，在组里坐下来。组长向全组宣布了我的工作：登记来稿，复信；并郑重地说：不要把好稿退走了。说良心话，组长对我还过得去。他不过是担心我受封资修的毒深而且重，不能鉴赏帮八股的奥秘，而把他们珍视的好稿遗漏。

我是内行人，我知道我现在担任的是文书或见习编辑的工作。我开始拆开那些来稿，进行登记，然后阅读。据我看，来稿从质量看，较之前些年，大大降低了。作者们大多数极不严肃，文字潦草，内容雷同。语言都是从报上抄来。遵照组长的意旨，我把退稿信写好后，连同稿件推给旁边一位同事，请他复审。

这样工作了一个时期，倒也相安无事。我只是感到，每逢我无事，坐在窗前一张破旧肮脏的沙发上休息的时候，主任进来了，就向我怒目而视，并加以睥睨。这也没什么，这些年我已经锻炼得对一切外界境遇，麻木不仁。我仍旧坐在那里。可以说既无戚容，亦无喜色。

同组有一位女同志，是熟人，出于好心，她把我叫到她的位置那里，对我进行帮助。她和蔼地说：

"你很长时间在乡下劳动，对于当前的文艺精神、文艺动态，不太了解吧？这会给工作带来很大困难。"

"唔。"我回答。

她桌子上放着一个小木匣，里面整整齐齐装着厚厚的一叠卡片。她谈着谈着，就拿出一张卡片念给我听，都是林彪和江青的语录。

现在，林彪和江青关于文艺的胡说八道，被当作金科玉律来宣讲。显然，他们比马克思和恩格斯还具有权威性，还受到尊重。他们的聪明才智，也似乎超过了古代哲人亚里士多德。我不知这位原来很天真的女同志，心里是怎样想的，她的表情非常严肃认真。

等她把所有的卡片，都讲解完了，我回到我的座位上去。我默默地想：古代的邪教，是怎样传播开的呢？是靠教义，还是靠刀剑？第二次世界大战之初，为什么有那么多的人，跟着希特勒这样的流氓狂叫狂跑？除去一些不逞之徒，唯恐天下不乱之外，其余大多数人是真正地信服他，还是为了暂时求得活命？

中午，在食堂吃过饭，我摆好几张椅子，枕着一捆报纸，在办公室睡觉，这对几年来，过着非常生活的我，可以说是一种暂时的享受。天气渐渐冷了，我身上盖着一件破旧的抗日战争时期的战利品，日本军官的黄呢斗篷，触景伤情地想：在那样残酷的年代，在野蛮的日本军国主义面前，我们的文艺队伍，我们的兄弟，也没有这几年在林彪、江青等人的毒害下，如此惨重的伤亡和损失。而灭绝人性的林彪竟说，这个损失，最小最小最小，比不上一次战役，比不上一次瘟疫。

1978 年 12 月 11 日

吃粥有感

我好喝棒子面粥,几乎长年不断,晚上多煮一些,第二天早晨,还可以吃一顿。秋后,如果再加些菜叶、红薯、胡萝卜什么的,就更好吃了。冬天坐在暖炕上,两手捧碗,缩脖而啜之,确实像郑板桥说的,是人生一大享受。

有人向我介绍,胡萝卜营养价值很高,它所含的维生素,较之名贵的人参,只差一种,而它却比人参多一种胡萝卜素。我想,如果不是人们一向把它当成菜蔬食用,而是炮制成为药物,加以装潢,其功效一定可以与人参旗鼓相当。

是一九四二年的冬天吧,日寇又对晋察冀边区进行"扫荡",我们照例是化整为零,和敌人周旋。我记得我和诗人曼晴是一个小组,一同活动。曼晴的诗朴素自然,我曾写短文介绍过了。他的为人,和他那诗一样,另外多一种对人诚实的热情。那时以热情著称的青年诗人没有几个,陈布洛是最突出的一个,很久见不到他的名字了。

我和曼晴都在边区文协工作,出来打游击,每人只发两枚手榴弹。我们的武器就是笔,和手榴弹一同挂在腰上的,还有一瓶蓝墨水。我们都负有给报社写战斗通讯的任务。我们也算老游击战士了,两个人合计了一下,先转到敌人的外围去吧。

天气已经很冷了。山路冻冰,很滑。树上压着厚霜,屋檐上挂着冰柱,山泉小溪都冻结了。好在我们已经发了棉衣,穿在身上了。

一路上,老乡也都转移了。第一夜,我们两人宿在一处背静山坳拦羊的圈里,背靠着破木栅板,并身坐在羊粪上,只能避避夜来寒风,实在睡不着觉的。后来,曼晴就用《羊圈》这个题目,写了一首诗。我知道,就当寒风刺骨、几乎是露宿的情况下,曼晴也没有停止他的诗的构思。

第二天晚上,我们游击到了一个高山坡上的小村庄,村里也没人,门子都开着。我们摸到一家炕上,虽说没有饭吃,却好好睡了一夜。

清早,我刚刚脱下用破军装改制成的裤衩,想捉捉里面的群虱,敌人的飞机就来了。小村庄下面是一条大山沟,河滩里横倒竖卧都是大顽石,我们跑下山,隐蔽在大石下面。飞机沿着山沟上空,来回轰炸。欺侮我们没有高射武器,它飞得那样低,好像擦着小村庄的屋顶和树木。事后传说,敌人从飞机的窗口,抓走了坐在炕上的一个小女孩。我把这一情节,写进一篇题为《冬天,战斗的外围》的通讯,编辑刻舟求剑,给我改得啼笑皆非。

飞机走了以后,太阳已经很高。我在河滩上捉完裤衩里的虱子,肚子已经辘辘地叫了。

两个人勉强爬上山坡,发现了一小片胡萝卜地。因为战事,还没有收获。地已经冻了,我和曼晴用木棍掘取了几个胡萝卜,用手擦擦泥土,蹲在山坡上,大嚼起来。事隔四十年,香美甜脆，还好像遗留在唇齿之间。

今晚喝着胡萝卜棒子面粥，忽然想到此事。即兴写出，想寄给自从一九六六年以来，就没有见过面的曼晴。听说他这些年是很吃了一些苦头的。

1978 年 12 月 20 日夜

书的梦

到市场买东西,也不容易。一要身强体壮,二要心胸宽阔。因为种种原因,我足不入市,已经有很多年了。这当然是因为有人帮忙,去购置那些生活用品。夜晚多梦,在梦里却常常进入市场。在喧嚣拥挤的人群中,我无视一切,直奔那卖书的地方。

远远望去,破旧的书床上好像放着几种旧杂志或旧字帖。顾客稀少,主人态度也很和蔼。但到那里定睛一看,却往往令人失望,毫无所得。

按照弗洛伊德的学说,这种梦境,实际上是幼年或青年时代,残存在大脑皮质上的一种印象的再现。

是的,我梦到的常常是农村的集市景象:在小镇的长街上,有很多卖农具的,卖吃食的,其中偶尔有卖旧书的摊贩。或者,在杂乱放在地下的旧货中间,有几本旧书,它们对我最富有诱惑的力量。

这是因为,在童年时代,我常常在集市或庙会上,去光顾那些出售小书的摊贩。他们出卖各种石印的小说、唱本。有时,在戏台附近,还会遇到陈列在地下的,可以白白拿走的,宣传耶稣教义的各种圣徒的小传。

在保定上学的时候，天华市场有两家小书铺，出卖一些新书。在大街上，有一种当时叫作"一折八扣"的廉价书，那是新旧内容的书都有的，印刷当然很劣。

有一回，在紫河套的地摊上，买到一部姚鼐编的《古文辞类纂》，是商务印书馆的铅印大字本，花了一圆大洋。这在我是破天荒的慷慨之举，又买了二尺花布，拿到一家裱画铺去做了一个书套。但保定大街上，就有商务印书馆的分馆，到里面买一部这种新书，所费也不过如此，才知道上了当。

后来又在紫河套买了一本大字的夏曾佑撰写的《中国历史教科书》（就是后来的《中国古代史》），也是商务排印的大字本，共两册。

最后一次逛紫河套，是一九五二年。我路过保定，远千里同志陪我到"马号"吃了一顿童年时爱吃的小馆，又看了"列国"古迹，然后到紫河套。在一家收旧纸的店铺里，远买了一部石印的《李太白集》。这部书，在远去世后，我在他的夫人于雁军同志那里还看见过。

中学毕业以后，我在北平流浪着。后来，在北平市政府当了一名书记。这个书记，是当时公务人员中最低的职位，专事抄写，是一种雇员，随时可以解职的，每月有二十元薪金。在那里，我第一次见到了旧官场、旧衙门的景象。那地方倒很好，后门正好对着北平图书馆。我正在青年，富于幻想，很不习惯这种职业。我常常到图书馆去看书。到北新桥、西单商场、西四牌楼、宣武门外去逛旧书摊。那时买书，是节衣缩食，所购完全是革命的书。我记得买过六期《文学月报》，五期《北斗》杂志，还有其他一些革命文艺期刊，如《奔流》、《萌芽》、《拓荒者》、《世界文化》等。有时就带上这些刊物去"上衙门"。我住在石驸马大街附近，东太平街天仙庵公寓。那里的一位老工友，见我出门，就如此恭维。好在科里都是一些混饭吃、不读书的人，也没人过问。

我们办公的地方，是在一个小偏院的西房。这个屋子里最高的职位，是一名办事员，姓贺。他的办公桌摆在靠窗的地方，而且也只有他的桌子上有块玻璃板。他的对面也是一位办事员，姓李，好像和市长有些瓜葛，人比较文雅。家就住在府右街，他结婚的时候，我随礼去过。

我的办公桌放在西墙的角落里，其实那只是一张破旧的板桌，根本不是办公用的，桌子上也没有任何文具，只堆放着一些杂物。桌子两旁，放了两条破板凳，我对面坐着一位姓方的青年，是破落户子弟。他写得一手好字，只是染上了严重的嗜好。整天坐在那里打盹，睡醒了就和我开句玩笑。

那位贺办事员，好像是南方人，一上班嘴里的话是不断的，他装出领袖群伦的模样，对谁也不冷淡。他见我好看小说，就说他认识张恨水的内弟。

很久我没有事干，也没人分配给我工作。同屋有位姓石的山东人，为人诚实，他告诉我，这种情况并不好，等科长来考勤，对我很不利。他比较老于官场，他说，这是因为朝中无人的缘故。我那时不知此中的利害，还是把书本摆在那里看。

我们这个科是管市民建筑的。市民要修房建房，必须请这里的技术员，去丈量地基，绘制蓝图，看有没有侵占房基线。然后在窗口那里领照。

我们科的一位股长,是一个胖子,穿着蓝绸长衫,和下僚谈话的时候,老是把一只手托在长衫的前襟下面,做撩袍端带的姿态。他当然不会和我说话的。

　　有一次,我写了一个请假条寄给他。我虽然看过《日用酬世大观》,在中学也读过陈子展的《应用文作法讲话》,高中时的国文老师,还常常把他替要人们拟的公文,发给我们当作教材。但我终于在应用时把"等因奉此"的程式用错了。听姓石的说,股长曾拿到我们屋里,朗诵取笑。股长有一个干儿,并不在我们屋里上班,却常常到我们屋里瞎串。这是一个典型的京华恶少,政界小人。他也好把一只手托在长衫下面,不过他的长衫,不是绸的,而是蓝布,并且旧了。有一天,他又拿那件事开我的玩笑,激怒了我,我当场把他痛骂一顿,他就满脸赔笑地走了。

　　当时我血气方刚,正是一语不合拔剑而起的时候,更何况初入社会,就到了这样一处地方,满腹怨气,无处发作,就对他来了。

　　我是由志成中学的体育教师介绍到那里工作的。他是当时北方的体育明星,娶了一位宦门小姐。他的外兄是工务局的局长。所以说,我官职虽小,来头还算可以。不到一年,这位局长下台,再加上其他原因,我也就"另候任用"了。

　　我被免职以后,同事们照例是在东来顺吃一次火锅,然后到娱乐场所玩玩。和我一同免职的,还有一位家在北平附近的人,脸上有些麻子,忘记了他的姓。他是做外勤的,他的为人和他的破旧自行车上的装备,给人一种商人小贩的印象,失业对他是沉重的打击。走在街上,他悄悄地对我说:

　　"孙兄,你是公子哥儿吧,怎么你一点也不在乎呀!"

我没有回答。我想说：我的精神支柱是书本，他当然是不能领会的。其实，精神支柱也不可靠，我所以不在意，是因为这个职位，实在不值得留恋。另外，我只身一人，这里没有家口，实在不行，我还可以回老家喝粥去。

和同事们告别以后，我又一个人去逛西单市场的书摊。渴望已久的，鲁迅先生翻译的《死魂灵》一书，已经陈列在那里了。用同事们带来的最后一次薪金，购置了这本名著，高高兴兴回到公寓去了。

第二天清晨，挟着这本书，出西直门，路经海淀，到离北平有五六十里路的黑龙潭，去看望在那里山村小学教书的一个朋友，他是我的同乡，又是中学同学。这人为人热情，对于比他年纪小的同乡同学，情谊很深。到他那里，正是深秋时节，黄叶飘落，潭水清冷，我不断想起曹雪芹在这一带著书的情景。住了两天，我又回到了北平。

我在朝阳大学同学处住几天，又到中国大学同学处住几天。后来，感到肚子有些饿，就写了一首诗，投寄《大公报》的《小公园》副刊。内容是：我要离开这个大城市，回到农村去了，因为我看到：在这里，是一部分人正在输血给另一部分人！

诗被采用，给了五角钱。

整理了一下，在北平一年所得的新书旧书，不过一柳条箱，就回到农村，去教小学了。

我的书籍，一损失于抗日战争之时，已在别一篇文章中略记，一损失于土地改革之时。

我的家庭成分是富农。按照当时党的政策，凡是有人在外参加革命，在政治上稍有照顾。关于书，是属于经济，还是属于政治，这是不好分的。贫农团以为书是钱买来的，这当然也是属于财产，他们就先后拿去了。其实也不看。当时，我们那里的农民，已普遍从八路军那里学会裁纸卷烟。在乡下，纸张较之布片还难得，他们是拿去卷烟了。

这时，我在饶阳县一个小区参加土改工作。大概是冀中区党委所在之地吧，发了一个通知，要各村贫农团，把斗争果实中的书籍，全部上缴小区，由专人负责清查保存。大概因为我是知识分子吧，我们的小区区长，把这个责任交给了我。

书籍也并不太多，堆在一间屋子的地下，而且多是一些古旧破书，可以用来卷烟的已经不多。我因家庭成分不好，又由于"客里空"问题，正在《冀中导报》受到公开批判，谨小慎微，对这些书籍，丝毫不敢染指，全部上缴县委了。

我的受批判，是因为那一篇《新安游记》。是个黄昏，我从端村到新安城墙附近绕了绕，那里地势很洼，有些雾气，我把大街的方向弄错了。回去仓促写了一篇抗日英雄故事，在《冀中导报》发表了。土改时被作为"客里空"典型。

在家乡工作期间，已经没有购买书籍的机会，携带也不方便。如果能遇到书本的话，只是用打游击的方式，走到哪里，就看到哪里。

但也有时得到书。我在蠡县工作时，有一次在县城大集上，从一个地摊上，买到一本商务印书馆出版的，铅印精装的《西厢记》。我带着看了一程子，后来送给蠡县一位书记了。

《冀中导报》在饶阳大张岗设立了一处造纸厂。他们收买一些旧书，用牲口拉的大碾，轧成纸浆。有一间棚子，堆放着旧书。我那时常到这家纸厂吃住。从棚子里，我捡到一本石印的

《王圣教》和一本石印的《书谱》。

在河间工作的时候，每逢集日，在一处小树林里，有推着小车贩卖烂纸书本的。有一次，我从车上买到一部初版的《孽海花》。一直保存着，进城后，送给一位新婚燕尔、出国当参赞的同志了。

1979 年 4 月

画的梦

在绘画一事上,我想,没有比我更笨拙的了。和纸墨打了一辈子交道,也常常在纸上涂抹,直到晚年,所画的小兔、老鼠等等小动物,还是不成样子,更不用说人体了。这是我屡屡思考,不能得到解答的一个谜。

我从小就喜欢画。在农村,多么贫苦的人家,在屋里也总有一点点美术。人天生就是喜欢美的。你走遍多少人家,便可以欣赏到多少形式不同的、零零碎碎,甚至残缺不全的画。那或者是窗户上的一片红纸花,或者是墙壁上的几张连续的故事画,或者是贴在柜上的香烟盒纸片,或者是人已经老了,在青年结婚时,亲朋们所送的麒麟送子"中堂"。

这里没有画廊,没有陈列馆,没有画展。要得到这种大规模的、能饱眼福的欣赏机会,就只有年集。年集就是新年之前的集市。赶年集和赶庙会,是童年时代最令人兴奋的事。在年集上,买完了鞭炮,就可以去看画了。那些小贩,把他们的画张挂在人家的闲院里,或是停放大车的门洞里。看画的人多,买画的人少,他并不见怪,小孩们他也不撵,很有点开展览会的风度。他同时卖神像,例如"天地"、"老爷"、"灶马"之类。神画销路最大,因为这是每家每户都要悬挂供奉的。

我在童年时,所见的画,还都是木版水印,有单张的,有联四的。稍大时,则有了石印画,多是戏剧,把梅兰芳印上去,还有娃娃京戏,精彩多了。等我离开家乡,到了城市,见到的多是所谓月份牌画,印刷技术就更先进了,都是时装大美人儿。

在年集上,一位年岁大的同学,曾经告诉我:你如果去捅一下卖画人的屁股,他就会给你拿出一种叫作"手卷"的秘画,也叫"山西灶马",好看极了。

我听来,他这些说法,有些不经,也就没有去尝试。

我没有机会欣赏更多的、更高级的美术作品,我所接触的,只能说是民间的、低级的。但是,千家万户的年画,给了我很多知识,使我知道了很多故事,特别是戏曲方面的故事。

后来,我学习文学,从书上,从杂志上,看到一些美术作品。就在我生活最不安定,最困难的时候,我的书箱里,我的案头,我的住室墙壁上,也总有一些画片。它们大多是我从杂志上裁下的。

对于我钦佩的人物,比如托尔斯泰、契诃夫、高尔基,比如鲁迅,比如丁玲同志,比如阮玲玉,我都保存了他们的很多照片或是画像。

进城以后,本来有机会去欣赏一些名画,甚至可以收集一些名人的画了。但是,因为我外行,有些吝啬,又怕和那些古董商人打交道,所以没有做到。有时花很少的钱,在早市买一两张并非名人的画,回家挂两天,厌烦了,就卖给收破烂的,于是这些画就又回到了早市去。

一九六一年,黄胄同志送给我一张画,我托人拿去裱好了,挂在房间里,上面是一个维吾尔少女牵着一匹毛驴,下面还有一头大些的驴,和一头驴驹。一九六二年,我又转请吴作人同志给我画了三头骆驼,一头是近景,两头是远景,题曰《大漠》。也托人裱好,珍藏起来。

一九六六年,"运动"一开始,黄胄同志就受到"批判"。因为他的作品,家喻户晓,他的"罪名",也就妇孺皆知。家里人把画摘下来了。一天,我出去参加学习,机关的造反人员来抄家,一见黄胄的毛驴不在墙上了,就大怒,到处搜索。搜到一张画,展开不到半截,就摔在地下,喊:"黑画有了!"其实,那不是毛驴,而是骆驼,真是驴唇不对马嘴。就这样把吴作人同志画的三头骆驼牵走了,三匹小毛驴仍留在家中。

"运动"渐渐平息了。我想念过去的一些友人。我写信给好多年不通音讯的彦涵同志,问候他的起居,并请他寄给我一张画。老朋友富于感情,他很快就寄给我那幅有名的木刻《老羊倌》,并题字用章。

我求人为这幅木刻做了一个镜框,悬挂在我的住房的正墙当中。

不久,"四人帮"在北京举办了别有用心的"黑画展览",这是他们继小靳庄之后发动的全国性展览。

机关的一些领导人,要去参观,也通知我去看看,说有车,当天可以回来。

我有十二年没有到北京去了,很长时间也看不到美术作品,就答应了。

在路上停车休息时,同去的我的组长,轻声对我说:"听说彦涵的画展出的不少哩!"我没有答话。他这是知道我房间里挂有彦涵的木刻,对我提出的善意警告。

到了北京美术馆门前,真是和当年的小靳庄一样,车水马龙,人山人海。"四人帮"别无能为,但善于巧立名目,用"示众"的方式蛊惑人心。人们像一窝蜂一样往里面拥挤。这种场合,这种气氛,我都不能适应。我进去了五分钟,只是看了看彦涵同志那些作品,就声称头痛,钻到车里去休息了。

夜晚,我们从北京赶回来,车外一片黑暗。我默默地想:彦涵同志以其天赋之才,在政治上受压抑多年,这次是应国家需要,出来画些画。他这样努力、认真、精心地工作,是为了对人民有所贡献,有所表现。"四人帮"如此对待艺术家的良心,就是直接侮辱了人民之心。回到家来,我面对着那幅木刻,更觉得它可珍贵了。上面刻的是陕北一带的牧羊老人,他手里抱着一只羊羔,身边站立着一只老山羊。牧羊人的呼吸,与塞外高原的风云相通。

这幅木刻,一直悬挂着,并没有摘下。这也是接受了多年的经验教训:过去,我们太怯弱了,太驯服了,这样就助长了那些政治骗子的野心,他们以为人民都是阿斗,可以玩弄于他们的股掌之上。几乎把艺术整个毁灭,也几乎把我们全部葬送。

我是好做梦的,好梦很少,经常是噩梦。有一天夜晚,我梦见我把自己画的一幅画,交给中学时代的美术老师,老师称赞了我,并说要留作成绩,准备展览。

那是一幅很简单的水墨画:秋风败柳,寒蝉附枝。

我很高兴,叹道:我的美术,一直不及格,现在,我也有希望当个画家了。随后又有些害怕，就醒来了。

其实，按照弗洛伊德学说，这不过是一连串零碎意识、印象的偶然的组合，就像万花筒里出现的景象一样。

1979 年 5 月

生辰自述

余之初生,母亲失乳,困处僻乡,无以为哺。乃用蒸馍,发酵煮粥,以之育儿,生命得续。又患惊风,忽然抽搐,母亲心忧,烧香问卜。及余稍长,体弱多病,语言短缺,有似怔忡。智不足商,力不足农,进校攻书,毕业高中。旧日社会,势力争竞,常患失业,每叹途穷。

初学为文,意在人生,语言抒发,少年真情,同情苦弱,心忿不平。天地至大,历史悠长,中华典籍,丰美优良。孜孜以求,他顾不遑,探寻遗绪,发射微芒。

战争年代,侧身行伍,并非先觉,大势所趋。无赫赫功,亦尝辛苦。燕南塞北,雨雪冰霜,屡遇危险,幸未死亡。进城初期,正值壮年,寄食报社,斗室一间。政治斗争,改弦更张,风雨所及,时在文场。生性疏放,不习沉浮,洋场红尘,心气不舒。终于大病,休养海滨,老母逝去,遗恨终身。

一九六六,忽遭大难,腥风血雨,天昏地暗。面目全非,人心大变,如入鬼蜮,如对生蛮。网罗所收,罪皆无辜,发汗沾衣,奇耻大辱,天地不仁,万物狗刍。每念自杀,怯于流血,迫害日深,犁庭扫穴。幸遇清明,得庆重生,垂垂已老,荣辱皆空。性命修短,不在意中。

九死余生,亦有经验:箪食瓢饮,青灯黄卷,与世无争,于人无憾。文士致命,青眼白眼,闭门谢客,以减过愆。贫富易均,人欲难填,刻忮残忍,万恶之源。人心惟危,善恶消长,劝善惩恶,文化教养,刑法修剪,道德土壤。文学艺术,教化一端,瞻望前景,有厚望焉。

跋

以余身体之素质及遭遇,延至今日,寿命可谓长矣。余素无养生之道,亦不信厚自供养可以保全生命延年益寿之说。中年以后,方知人生之险恶;高卑易处,乃见世态之炎凉。勇怯由于势,爱憎出于私。与人为善,不必望善报;谨小慎微,未必得坦途。同情怜悯,乃青年期赤心之表露,身陷不幸,不可希求于他人。要之,不以生活之变化自伤其心,丧其初志,动摇其大节。此志士仁人之所能,为可贵耳。

1981年5月9日(阴历四月初六)

亡人逸事

一

旧式婚姻，过去叫作"天作之合"，是非常偶然的。据亡妻言，她十九岁那年，夏季一个下雨天，她父亲在临街的梢门洞里闲坐，从东面来了两个妇女，是说媒为业的，被雨淋湿了衣服。她父亲认识其中的一个，就让她们到梢门下避避雨再走，随便问道：

"给谁家说亲去来？"

"东头崔家。"

"给哪村说的？"

"东辽城。崔家的姑娘不大般配，恐怕成不了。"

"男方是怎么个人家？"

媒人简单介绍了一下，就笑着问：

"你家二姑娘怎样？不愿意寻吧？"

"怎么不愿意。你们就去给说说吧，我也打听打听。"她父亲回答得很爽快。

就这样，经过媒人来回跑了几趟，亲事竟然说成了。结婚以后，她跟我学认字，我们的洞房喜联横批，就是"天作之合"四个字。她点头笑着说：

"真不假，什么事都是天定的。假如不是雨，我就到不了你家里来！"

二

虽然是封建婚姻，第一次见面却是在结婚之前。订婚后，她们村里唱大戏，我正好放假在家里。她们村有我的一个远房姑姑，特意来叫我去看戏，说是可以相相媳妇。开戏的那天，我去了，姑姑在戏台下等我。她拉着我的手，走到一条长板凳跟前。板凳上，并排站着三个大姑娘，都穿得花枝招展，留着大辫子。姑姑叫着我的名字，说：

"你就在这里看吧，散了戏，我来叫你家去吃饭。"

姑姑的话还没有说完，我看见站在板凳中间的那个姑娘，用力盯了我一眼，从板凳上跳下来，走到照棚外面，钻进了一辆轿车。那时姑娘们出来看戏，虽在本村，也是套车送到台下，然后再搬着带来的板凳，到照棚下面看戏的。

结婚以后，姑姑总是拿这件事和她开玩笑，她也总是说姑姑会出坏道儿。

她礼教观念很重。结婚已经好多年，有一次我路过她家，想叫她跟我一同回家去。她严肃地说：

"你明天叫车来接我吧，我不能这样跟着你走。"我只好一个人走了。

三

她在娘家，因为是小闺女，娇惯一些，从小只会做些针线活，没有下场下地劳动过。到了我们家，我母亲好下地劳动，尤其好打早起，麦秋两季，听见鸡叫，就叫起她来做饭。又没个钟表，有时饭做熟了，天还不亮。她颇以为苦。回到娘家，曾向她父亲哭诉。她父亲问：

"婆婆叫你早起，她也起来吗？"

"她比我起得更早。还说心痛我，让我多睡了会儿哩！"

"那你还哭什么呢？"

我母亲知道她没有力气，常对她说：

"人的力气是使出来的，要伸懒筋。"

有一天，母亲带她到场院去摘北瓜，摘了满满一大筐。母亲问她：

"试试，看你背得动吗？"

她弯下腰，挎好筐系猛一立，因为北瓜太重，把她弄了个后仰，沾了满身土，北瓜也滚了满地。她站起来哭了。母亲倒笑了，自己把北瓜一个个拣起来，背到家里去了。

我们那村庄，自古以来兴织布，她不会。后来孩子多了，穿衣困难，她就下决心学。从纺线到织布，都学会了。我从外面回来，看到她两个大拇指，都因为推机杼，顶得变了形，又粗、又短，指甲也短了。

后来，因为闹日本，家境越来越不好，我又不在家，她带着孩子们下场下地。到了集日，自己去卖线卖布。有时和大女儿轮换着背上二斗高粱,走三里路,到集上去粜卖。从来没有对我叫过苦。

几个孩子,也都是在战争的年月里,一手拉扯成人长大的。农村少医药,我们十二岁的长子,竟以盲肠炎不治死亡。每逢孩子发烧,她总是整夜抱着,来回在炕上走。在她生前,我曾对孩子们说:

"我对你们,没负什么责任。母亲把你们弄大,可不容易,你们应该记着。"

四

一位老朋友、老邻居,近几年来,屡次建议我写写"大嫂"。因为他觉得她待我太好,帮助太大了。老朋友说:

"她在生活上,对你的照顾,自不待言。在文字工作上的帮助,我看也不小。可以看出,你曾多次借用她的形象,写进你的小说。至于语言,你自己承认,她是你的第二源泉。当然,她瞑目之时,冰连地结,人事皆非,言念必不及此,别人也不会做此要求。但目前情况不同,文章一事,除重大题材外,也允许记些私事。你年事已高,如果仓促有所不讳,你不觉得是个遗憾吗?"

我唯唯,但一直拖延着没有写。这是因为,虽然我们结婚很早,但正像古人常说的:相聚之日少,分离之日多;欢乐之时少,相对愁叹之时多耳。我们的青春,在战争年代中抛掷了。以后,家庭及我,又多遭变故,直至最后她的死亡。我衰年多病,实在不愿再去回顾这些。但目前也出现一些异象:过去,青春两地,一别数年,求一梦而不可得。今老年孤处,四壁生寒,却几乎每晚梦见她。想摆脱也做不到。按照迷信的说法，这可能是地下相会之期，已经不远了。因此，选择一些不太使人感伤的断片，记述如上。已散见于其他文字中者，不再重复。就是这样的文字，我也写不下去了。

我们结婚四十年，我有许多事情，对不起她，可以说她没有一件事是对不起我的。在夫妻的情分上，我做得很差。正因为如此，她对我们之间的恩爱，记忆很深。我在北平当小职员时，曾经买过两丈花布，直接寄至她家。临终之前，她还向我提起这一件小事，问道：

"你那时为什么把布寄到我娘家去啊？"

我说：

"为的是叫你做衣服方便呀！"

她闭上眼睛，久病的脸上，展现了一丝幸福的笑容。

1982 年 2 月 12 日晚

芸斋梦余

关于花

青年时的我,对花是没有什么感情的,心里只有衣食二字。童年的印象里没有花。十四岁上了中学,学校里有一座很小的校园,一个老园丁。校园紧靠图书馆,有点时间,我宁肯进图书馆,很少到校园。在上植物学课时,张老师(河南人)带领我们去看含羞草啊,无花果啊,也觉得实在没有意思。校园里有一棵昙花,视为稀罕之物,每逢开花,即使已经下了晚自习,张老师还要把我们集合起来,排队去观赏,心里更认为他是多此一举,小题大做。

毕业后,为衣食奔走,我很少想到花,即使逛花园,心里也是沉重的。后来,参加了抗日战争,大部分时间是在山里打游击。山里有很多花,村头,河边,山顶都有花。杏花,桃花,梨花,还有很多野花,我很少观赏。不但不观赏,行军时践踏它们,休息时把它们当坐垫,无情地、无意识地拔起身边的野花,连嗅一嗅的兴趣都没有,抛到远处去,然后爬起来赶路。

我，青春时代，对花是无情的，可以说是辜负了所有遇到的花。

写作时，我也没有用花形容过女人。这不只是因为有先哲的名言，也是因为那时的我，认为用花来形容什么，是小资产阶级意识的表现。

及至现在，我老了，白发疏稀，感觉迟钝，我很喜爱花了。我花钱去买花，用瓷的花盆去栽种。然而花不开，它们干黄、枯萎，甚至不活。而在"十年动乱"时，造反派看中我的花盆，把花全部端走了。我对花的感情最浓厚，最丰盛，投放的精力也最大。然而花对我很冷漠，它们几乎是背转脸去，毫无笑模样，再也不理我。

这不能说是花对我无情，也不能怨它恨它，是它对我的理所当然的报复。

关 于 果

战争时期，我经常吃不饱。霜降以后我常到山沟里去，拣食残落的红枣、黑枣、梨子和核桃。树下没有了，我仰头望着树上，还有打不净的。稍低的用手去摘，再高的，用石块去投。常常望见在树的顶梢，有一个最大的、最红的、最引诱人的果子。这是主人的竿子也够不着，打不下来，才不得不留下来，恨恨地走去的。我向它瞄准，投了十下，不中。投了一百下，还是不中。我环绕着树身走着，望着，计划着。最后，我的脖颈僵了，筋疲力尽了，还是投不下来。我望着天空，面对四方，我希望刮起一股劲风，把它吹下来。但终于天气晴和，一丝风也没有。红果在天空摇曳着，讪笑着，诱惑着。

　　天晚了，我只好回去，我的肚子更饿了，这叫作得不偿失，无效劳动。我一步一回头，望着那颗距离我越来越远的红色果子。

　　夜里，我又梦见了它。第二天黎明，集合行军了，每人发了半个冷窝窝头。要爬上前面一座高山，我把窝窝头吃光了。还没爬到山顶，我饿得晕倒在山路上。忽然我的手被刺伤了，我醒来一看，是一棵酸枣树。我饥不择食，一把掳去，把果子、叶子、树枝和刺针，都塞到嘴里。

　　年老了，不再愿吃酸味的水果，但酸枣救活了我，我感念酸枣。每逢见到了酸枣树，我总是向它表示敬意。

　　　　　　　　关 于 河

　　听说，我家乡的滹沱河，已经干涸很多年了，夏天也没有一点水。我在一部小说里，对它作过详细的描述，现在要拍摄这些场面，是没有办法了。听说家乡房屋街道的形式，也大变了。

　　建筑是艺术的一种，它必然随着政治的变动，改变其形式。它的形式，是受经济基础决定的。

　　关于河流，就很难说了。历史的发展，可以引起地理环境的变动吗？大概是肯定的。

　　这条河，在我的童年，每年要发水，泛滥所及，冲倒庄稼，有时还冲倒房子。它带来黄沙，也带来肥土，第二年就可以吃到一季好麦。它给人们带来很多不便，夏天要花钱过惊险的摆渡，冬天要花钱过摇摇欲坠的草桥。走在桥上，仄仄闪闪的，吱吱呀呀的,下面是围着桥桩堆积起来的坚冰。

　　童年,我在这里,看到了雁群,看到了鹭鸶。看到了对艚大船上的船夫船妇,看到了纤夫,看到了白帆。他们远来远去,东来西往,给这一带的农民,带来了新鲜奇异的生活感受,彼此共同的辛酸苦辣的生活感受。

　　对于这条河流,祖祖辈辈,我没有听见人们议论过它的功过。是喜欢它,还是厌恶它,是有它好,还是没有它好。人们只是觉得,它是大自然的一部分。而大自然总是对人们既有利又有害,既有恩也有怨,无可奈何。

　　河,现在干涸了,将永远不存在了。

1982 年 12 月 19 日

母亲的记忆

母亲生了七个孩子,只养活了我一个。一年,农村闹瘟疫,一个月里,她死了三个孩子。爷爷对母亲说:

"心里想不开,人就会疯了。你出去和人们斗斗纸牌吧!"

后来,母亲就养成了春冬两闲和妇女们斗牌的习惯;并且常对家里人说:

"这是爷爷吩咐下来的,你们不要管我。"

麦秋两季,母亲为地里的庄稼,像疯了似的劳动。她每天一听见鸡叫就到地里去,帮着收割、打场。每天很晚才回到家里来。她的身上都是土,头发上是柴草。蓝布衣裤,汗湿得泛起一层白碱,她总是撩起褂子的大襟,抹去脸上的汗水。她的口号是:"争秋夺麦!""养兵千日,用兵一时!"一家人谁也别想偷懒。

我生下来,就没有奶吃。母亲把馍馍晾干了,再粉碎煮成糊喂我。我多病,每逢病了,夜间,母亲总是放一碗清水在窗台上,祷告过往的神灵。母亲对人说:"我这个孩子,是不会孝顺的,因为他是我烧香还愿,从庙里求来的。"

家境小康以后,母亲对于村中的孤苦饥寒,尽力周济,对于过往的人,凡有求于她,无不热心相帮。有两个远村的尼姑,每年麦秋收成后,总到我们家化缘。母亲除给她们很多粮食外,还常留她们食宿。我记得有一个年轻的尼姑,长得眉清目秀。冬天住在我家,她怀揣一个蝈蝈葫芦,夜里叫得很好听,我很想要。第二天清早,母亲告诉她,小尼姑就把蝈蝈送给我了。

抗日战争时,村庄附近,敌人安上了炮楼。一年春天,我从远处回来,不敢到家里去,绕到村边的场院小屋里。母亲听说了,高兴得不知给孩子什么好。家里有一棵月季,父亲养了一春天,刚开了一朵大花,她折下就给我送去了。父亲很心痛,母亲笑着说:"我说为什么这朵花,早也不开,晚也不开,今天忽然开了呢,因为我的儿子回来,它要先给我报个信儿!"

一九五六年,我在天津,得了大病,要到外地去疗养。那时母亲已经八十多岁,当我走出屋来,她站在廊子里,对我说:
"别人病了往家里走,你怎么病了往外走呢!"
这是我同母亲的永诀。我在外养病期间,母亲去世了,享年八十四岁。

1982 年 12 月

牲口的故事

在我童年的记忆里,我们这个小小的村庄,饲养大牲口——即骡马的人家很少。除去西头有一家地主,其实也是所谓经营地主,喂着一骡一马外,就只有北头的一家油坊,喂着四五头大牲口,挂着两辆长套大车,作运输油和原料的工具。他家的大车,总是在人们还没有起床的时候,就从村里摇旗呐喊地出发了,而直到天黑以后,才从远远的地方赶回来,人喊马嘶的声音,送到每家每户正在灯下吃晚饭的人们耳中,人们心里都要说一句:

"油坊的车回来了!"

当我在村中念小学的时候,有几年的时间,我们家也挂了一辆大车,买了一骡一马,农闲时,由叔父赶着去作运输。这时我们家已经上升为中农。但不久父亲就叫把骡马卖了,因为兵荒马乱,这种牲口是最容易惹事的。从此,我们家总是养一头大黄牛,有时再喂一匹驴,这是为的接送在外面做生意的父亲。

我小的时候,父亲或叔父,常常把我放在驴背的前面,一同乘骑。我记得有一匹大叫驴,夏天舅父牵着它过滹沱河,被船夫们哄骗,叫驴凫水,结果淹死了,一家人很难过了些日子。

后来，接送我父亲，就常常借用街上当牲口经纪的四海的小毛驴。他这头小毛驴，比大山羊高不了多少，但装饰得很漂亮，一串挂红缨的铜铃，鞍鞯齐备。那时，当牲口经纪的都养一匹这样的小毛驴。每逢集日，清早骑着上市，事情完后，酒足饭饱，已是黄昏，一个个偏骑在小驴背上，扬鞭赶路，那种目空一切的神气，就是凯旋的将军，也难以比得的。

后来我到了山地，才知道，这种小毛驴，虽然谈不上名贵，用途却是很多的。它们能驮山果、木材、柴草，能往山上送粪，能往山下运粮，能走亲访友，能迎婚送嫁。它们负着比它身体还重的货载，在上山时，步步留神，在下山时，兢兢业业，不声不响，直到完成任务为止。

抗日战争时期，在军旅运输上，小毛驴也帮了我们不少忙。那时的交通站上，除去小孩子，就是小毛驴用处最大，也最活跃。战争后期，我们从延安出发到华北，我当了很长时间的毛驴队长。骑毛驴的都是身体不好的女同志。一天夜晚，偷越同蒲路，因为一位女同志下驴到高粱地去小便，以致与前队失了联络，铁路没有过成，又退回来。第二天夜里再过，我宣布：凡是女同志小便，不准远离队列，即在驴边解手。解毕，由牵驴人立即抱之上驴，在驴背上再系腰带。由于我这一发明，此夜得以胜利通过敌人的封锁线，直到现在，想起来，还觉得有些得意。

平分土地的同时，地主家的骡马，富农家的大黄牛，被贫农团牵走，贫农一家喂不起，几家合喂，没有负责，牲口糟蹋了不少。成立了互助组，小驴小牛时兴一阵。成立了合作社，骡马又有了用武之地。以后农村虽然有了铁牛，牲畜的用途还是很多，但喂养都不够细心，使用也不够爱惜。牲口饿跑了、被盗了的情况，时常发生。有一年我回到故乡，正值春耕之时，平原景色如故，遍地牛马，忽然见到一匹骆驼耕地。骆驼这东西，在我们这一带原很少见，是庙会上，手摇串铃的江湖医生牵着的玩意。以它形状新奇，很能招揽观众。现在突然出现在平原上，高峰长颈，昂视阔步，像一座游动的小山，显得很不协调。我问乡亲们是怎么回事，有人告诉我：不知从哪里跑来这么一匹饿坏了的骆驼，一直跑到大队的牲口棚，伸脖子就吃草，把棚子里的一匹大骡子吓惊了断缰窜出，直到现在还没找回来。一匹骡子换了一匹骆驼，真不上算。大队试试它能拉犁不，还行！

很有些年，小毛驴的命运，甚是不佳。据说，有人从山西来，骑着一匹小毛驴，到了平原，把缰绳一丢，就不再要它，随它去了。其不值钱，可想而知。

但从农村实行责任制以后，小毛驴的身价顿增，何止百倍？牛的命运也很好了。

呜呼，万物兴衰相承，显晦有时，乃不易之理，而其命运，又无不与政治、政策相关也。

1983 年 1 月 22 日

猫鼠的故事

　　目前,我屋里的耗子多极了。白天,我在桌前坐着看书或写字,它们就在桌下来回游动,好像并不怕人。有时,看样子我一跺脚就可以把它踩死,它却飞快跑走了。夜晚,我躺在床上,偶一开灯,就看见三五成群的耗子,在地板、墙根串游,有的甚至钻到我的火炉下面去取暖,我也无可奈何。

　　有朋友劝我养一只猫。我说,不顶事。

　　这个都市的猫是不拿耗子的。这里的人们养猫,是为了玩,并不是为了叫它捉耗子,所以耗子方得如此猖獗。这里养猫,就像养花种草、玩字画古董一样,把猫的本能给玩得无影无踪了。

　　我有一位邻居,也是老干部,他养着一只黄猫,据说品种花色都很讲究。每日三餐,非鱼即肉,有时还喂牛奶。三日一梳毛,五日一沐浴。每天抱在怀里抚摩着,亲吻着。夜晚,猫的窝里,有铺的,有盖的,都是特制的小被褥。

　　这样养了十几年,猫也老了,偶尔下地走走,有些蹒跚迟钝。它从来不知耗子为何物,更不用说有捕捉之志了。

　　我还是选用了我们原始祖先发明的捕鼠工具:夹子。支得得法，每天可以打住一只或两只。

我把死鼠埋到花盆里去。朋友问我为什么不送给院里养猫的人家。我说：这里的猫，不只不捉耗子，而且不吃耗子。

这是不久以前的经验教训。我打住了一只耗子，好心好意送给邻居，说：

"叫你家的猫吃了吧。"

主人冷冷地说：

"那上面有跳蚤，我们的猫怕传染。如果是吃了耗子药，那就更麻烦。"

我只好提了回来，埋在地里。

又过了不久，终于出现了以下如果不是我亲眼所见，一定有人会认为是造谣的场面。

有一家，在阳台上盛杂物的筐里，发现了一窝耗子，一群孩子呼叫着："快去抱一只猫来，快去抱一只猫来！"

正赶上老干部抱着猫在阳台上散步，他忽然动了试一试的兴致，自告奋勇，把猫抱到了筐前，孩子们一齐呐喊：

"猫来了，猫来捉耗子了！"

老人把猫往筐里一放，猫跳出来。再放再跳，三放三跳，终于逃回家去了。

孩子们大失所望，一齐喊："废物猫，猫废物！"

老人的脸红了。他跑到家里，又把猫抱回来，硬把它按进筐里，不松手。谁知道，猫没有去咬耗子，耗子却不客气，把老干部的手指咬伤，鲜血淋淋，只好先到卫生所，去进行包扎。

群儿大笑不止。其实这无足奇怪，因为这只老猫，从来不认识耗子，它见了耗子实在有些害怕。

"十年动乱"期间，我曾回到老家，住在侄子家里。那一年收成不好，耗子却很多，侄子从别人家要来一只尚未断奶的小猫，又舍不得喂它，小猫枯瘦如柴，走路都不稳当。有一天，我看见它从立柜下面，连续拖出两只比它的身体还长一段的大耗子，找了个背静地方全吃了。这就叫充分发挥了猫的本能。

其实，这个大都市，猫是很多的。我住的是个大杂院，每天夜里，猫叫为灾。乡下的猫，是二八月到房顶上交尾，这里的猫，不分季节，冬夏常青。也不分场合，每天夜里，房上房下，窗前门后，互相追逐，互相呼叫，那声音悲惨凄厉，难听极了：有时像狼，有时像枭，有时像泼妇刁婆，有时像流氓混混儿。直至天明，还不停息。早起散步，还看见一院子是猫，发情求配不已。

这样多的猫在院里，那样多的耗子在屋里，这也算是一种矛盾现象吧？

城狐社鼠，自古并称。其实，狐之为害，远不及鼠。鼠形体小，而繁殖众，又密迹人事，投之则忌器，药之恐误伤，遂使此蕞尔细物，子孙繁衍，为害无止境。幼年在农村，闻父老言，捕田鼠缝闭其肛门，纵入家鼠洞内，可尽除家鼠。但做此种手术，易被咬伤手指，终于未曾实验。

1983年4月5日

夜晚的故事

我幼年就知道,社会上除去士农工商、帝王将相以外,还有所谓盗贼。盗贼中的轻微者,谓之小偷。

我们的村庄很小,只有百来户人家。当然也有穷有富,每年冬季,村里总是雇一名打更的,由富户出一些粮食作为报酬。我记得根雨叔和西头红脸小记,专门承担这种任务。每逢夜深,更夫左手拿一个长柄的大木梆子,右手拿一根木棒,梆梆地敲着,在大街巡逻。平静的时候,他们的梆点,只是一下一下,像钟摆似的;如果他们发现什么可疑的情况,梆点就变得急促繁乱起来。

母亲一听到这种杂乱的梆点,就机警地坐起来,披上衣服,静静地听着。其实并没有发生什么事情,过了一会儿,梆点又规律了,母亲就又吹灯睡下了。

根雨叔打更,对我家尤其有个关照。我家住在很深的一条小胡同底上,他每次转到这一带,总是一直打到我家门前,如果有什么紧急情况,他还会用力敲打几下,叫母亲经心。

我在村里生活了那么多年,并没有发生过什么盗案,偷鸡摸狗的小事，地边道沿丢些庄稼，当然免不了。大的抢劫案件，整个县里我也只是听说发生过一次。县政府每年处决犯人，也只是很少的几个人。

这并不是说，那个时候，就是什么太平盛世。我只是觉得那时农村的民风淳朴，多数人有恒产恒心，男女老幼都知道人生的本分，知道犯法的可耻。

后来我读了一些小说，听了一些评书，看了一些戏，又知道盗贼之中也有所谓英雄，也重什么义气，有人并因此当了将帅，当了帝王。觉得其中也有很多可以同情的地方，有很多耸人听闻的罗曼史。

我一直是个穷书生，对财物看得也很重，一生之中，并没有失过几次盗。青年时在北平流浪，失业无聊，有一天在天桥游逛，停在一处放西洋景的摊子前面。那是夏天，我穿一件白褂，兜里有一个钱包。我正仰头看着，觉得有人触动了我一下，我一转脸，看见一个青年，正用手指轻轻夹我的钱包，知道我发现，他就若无其事地转身走了。当时感情旺盛，我还很为这个青年，为社会，为自身，感慨了一阵子。

直到现在，我对这个人印象很清楚，他高个儿，穿着破旧，满脸烟气，大概是个白面客。

另一次是在本县羽林村看大戏，也是夏天，皮包里有一块现洋叫人扒去了，没有发觉。

在解放区十几年，那里是没有盗贼的。初进城的几年，这个大城市，也可以说是路不拾遗的。

问题就出在"文化大革命"上。在"动乱"中，造反和偷盗分不清，革命和抢劫分不清。那些大的事件，姑且不论。单说我住的这个院子,原是吴鼎昌姨太太的别墅,日本人住过,国民党也住过,都没有多少破坏。房子很阔气,正门的门限上,镶着很厚很大的一块黄铜,足有二十斤重。"动乱"期间,附近南市的顽童进院造反,其著名的领袖,一个叫作三猪,一个叫作癞蛤蟆,癞蛤蟆喜欢铁器,三猪喜欢铜器。他把所有的铜门把,铜饰件,都拿走了,就是起不下这块铜门限来。他非常喜爱这块铜,因此他也就离不开这个院,这个院成了他的革命总部和根据地。他每天从早到晚坐在铜门限上,指挥他的群众。住户不能出门,只好请军管人员把他抱出去。三猪并不示弱,他听说解放军奉令骂不还口,打不还手,他就亲爹亲娘骂了起来。谁知这位农民出身的青年战士,受不了这种当众辱骂,不管什么最高指示,把三猪的头按在铜门限上,狠狠碰了几下,拖了出去。

城市里有些居民,也感染了三猪一类的习气,采取的手段比较和平,多是化公为私。比如说院墙,夜晚推倒一段,白天把砖抱回家来,盖一间小屋。院里的走廊,先把它弄得动摇了,然后就拆下木料,去做一件自用家具。这当然是物质不灭。不过一旦成为私有的东西,就倍加爱惜,也就成为神圣之物,不可侵犯了。

后来我到了干校。先是种地,公家买了很多农具,锄头,铁锨,小推车,都是崭新的。后来又盖房,砖瓦,洋灰,木料,也是充足的。但过了不久,就被附近农村的人拿走了大半。农民有一条谚语,道:"五七干校是个宝,我们缺什么就到里边找。"

这当然也可解释为:取之于民,用之于民。

现在,我们的院子,经过天灾人祸,已经是满目疮痍,不堪回首。大门又不严紧。人们还是争着在院里开一片荒地,种植葡萄或瓜果。秋季，当葡萄熟了，每天都有成群结伙的青少年在院里串游，垂涎架下，久久不肯离去。夜晚则借口捉蟋蟀，闯入院内，刀剪齐下，几分钟可以把一架葡萄弄得干干净净；手脚利索，架下连个落叶都没有。有一户种了一棵吊瓜，瓜色艳红，是我院秋色之冠，也被摘去了，为了携带方便，还顺手牵羊，拿走了另一户的一只新篮子。

我年老体弱，无力经营葡萄，也生不了这个气，就在自己窗下的尺寸之地，栽了一架瓜蒌。这是苦东西，没有病的人，是不吃的。另外养了几盆花，放置在窗台上，却接二连三被偷走了。

每天晚上，关灯睡下，半夜醒来，想到有一两名小偷就在窗前窥伺，虽然我是见过世面的人，也真的感到有些不安全了。

谚云：饥寒起盗心。国家施政，虽游民亦可得温饱，今之盗窃，实与饥寒无关也。或谓：偷花者出于爱美，尤为大谬不然矣！

1983年4月20日改讫

书　信

　　自古以来书信作为一种文体，常常编入作家们的文集之中。书与信字相连，可知这一文体的严肃性。它的主要特点，是传达一种真实的信息。

　　古代的历史著作，也常常把一个人物的重要信件，编入他的传记之内。

　　古代，书信的名号很多，有上书，有启，有笺，有书……各有讲究。《昭明文选》用了几卷的篇幅收录了这些文章。历代文学总集，也无不如此。

　　如此说来，书信一体，实在是不可玩忽的一种文学读物了。过去书市中也有供人学习应酬文字的尺牍大观，那当然不在此列。

　　在中学读书时，我读过一本高语罕编的《白话书信》，内容已经记不清。还读过一本《八贤手札》，则是清朝咸同时期，镇压太平天国的那些大人物的往来信札，内容也记不清了。只记得那些信的称呼，很复杂也很难懂。

　　书信这一文体，我可以说是幼而习之的。在外面读书做事，总是要给家中写信的。所用的文字当然是解放了的白话。这些家信无非是报告平安，没有什么特殊的内容。经过几次变乱，可以说是只字不存了。

在保定读书时，我认识了本城一个女孩子，她家住在白衣庵一个大杂院里。我每星期总要给她写一封信，用的都是时兴的粉色布纹纸信封。我的信写得都很长，不知道从哪里来的那么多热情的话。她家生活很困难，我有时还在信里给她附一些寄回信的邮票。但她常常接不到我寄给她的信，却常常听到邮递员对她说的一些不三不四的话。我并不了解她的家庭，我曾几次在那个大杂院的门口徘徊，终于没有进去。我也曾到邮政局的无法投递的信柜里去寻找，也见不到失落的信件。我估计一定是邮递员搞的鬼。我忘记我给她写了多少封信，信里尽倾诉了什么感情。她也不会保存这些信。至于她的命运，她的生存，已经过去五十年，就更难推测了。

在晋察冀边区工作，我曾给通讯员和文学爱好者，写过不少信，文字很长，数量很大，但现在一封也找不到了。

一九四四年秋天，我在延安窑洞里，用从笔记本撕下的一片纸，写了一封万金家书。我离家已经六七年了，听人说父亲健康情况不好，长子不幸夭折，我心里很沉重。家乡还被敌人占据着，寄信很危险。但我实在控制不住对家庭的思念，我在这片白纸的正面，给父亲写了一封短信；在背面，给妻子写了几句话。她不认识字，父亲会念给她听。

这封信我先寄给在晋察冀工作的周小舟同志，烦他转交我的家中。一九四六年，我回到家里，妻子告诉我，收到了这封信。在一家人正要吃午饭的时候收到的这封信，父亲站在屋门口念了，一家人都哭了。我很感谢我们的交通站和周小舟同志，我不知道千里迢迢，关山阻隔，敌人封锁得那么紧，他们怎样把这封信送到了我的家。

这封信的内容，我是记得的，它的每句话都是有用的，有千斤重量的，也没保存下来。

一九七〇年十月起，至一九七二年四月，经人介绍，我与远在江西的一位女同志通信。发信频繁，一天一封，或两天一封或一天两封。查记录：一九七一年八月，我寄出的信，已达一百十二封。信，本来保存得很好，并由我装订成册，共为五册。后因变故，我都用来升火炉了。

这些信件，真实地记录了我那几年动荡不安的生活，无法倾诉的悲愤，以及只能向尚未见面的近似虚无缥缈的异性表露的内心。一旦毁弃了是很可惜的，但当时也只有这样付之一炬，心里才觉得干净。潮水一样的感情，几乎是无目的地倾泻而去，现在已经无法解释了。

自从"文化大革命"开始，断绝了写作的机会，从与她通讯，才又开始了我的文字生活，这是可以纪念的。这些信，训练了我久已放下了的笔，使我后来能够写文章时，手和脑并没有完全生疏、迟钝。这也可以说是失之东隅，收之桑榆吧。至于解放前后，我写给朋友们的信件，经过"文化大革命"，已所剩无几。这很难怪，我向来也不大保存朋友们的来信，但在"文化大革命"以前，曾在书柜里保存康濯同志的来信，有两大捆，约二百封。"文化大革命"期间，接连不断地抄家，小女儿竟把这些信件烧毁了。太平以后，我很觉得对不起康濯同志，把详情告诉了他。而我写给他的信，被抄走，又送了回来，虽略有损失，听说还有一百多封。这可以说是迄今保存的我的书信的大宗了。他怎样处理这些信件，因为上述原因，我一直不好意思去过问。

　　先哲有言，信件较文章更能传达人的真实感情，更能表现本来面目。看来，信件的能否保存，远不及文章可靠。文章如能发表，即使是油印、石印，也是此失彼存，有希望找到的。而信件寄出，保存与否，已非作者所能处置。遇有变故，最易遭灾，求其幸存，已经不易。况时过境迁，交游萍水，难以求其究竟乎！

1983 年 10 月 16 日

昆虫的故事

人的一生,真正的欢乐,在于童年。成年以后的欢乐,则常带有种种限制。例如说:寻欢取乐,强作欢笑,甚至以苦为乐等等。

而童年的欢乐,又在于黄昏。这是因为:一天劳作之后,晚饭未熟之前,孩子们是可以偷一些空闲,尽情玩一会儿的。时间虽短,其欢乐的程度,是大大超过青年人的人约黄昏后的情景的。

黄昏的欢乐,又多在春天和夏天,又常常和昆虫有关。

一是捉黑老婆虫。

这种昆虫,黑色,有硬壳,但下面又有软翅。当村边的柳树初发芽时,它们不知从何处飞来,群集在柳枝上。儿童们用脚一踢树干,它们就纷纷落地装死。儿童们争先恐后地把它们装入瓶子,拿回家去喂鸡。我们的童年,即使是游戏,也常常和衣食紧密相连。

二是摸爬爬儿。

爬爬儿是蝉的幼虫,黄昏时从地里钻出来,爬到附近的树上，或是篱笆上。第二天清晨，脱去一层黄色的皮，就变成了蝉。

摸蝉的幼虫，有两种方式。一是摸洞，每到黄昏，到场边树下去转悠，看到有新挖开的小洞，用手指往里一探，幼虫的前爪，就会钩住你的手指，随即带了出来。这种洞是有特点的，口很小，呈不规则圆形，边缘很薄。我幼年时，是察看这种洞的能手，几乎百无一失。另一种方式是摸树。这时天渐渐黑了，幼虫已经爬到树上，但还停留在树的下部，用手从树的周围去摸。这种方式，有点碰运气，弄不好，还会碰到别的虫子，例如蝎子，那就很倒霉了。而且这时母亲也就要喊我们回家吃饭了。

捉了蝉的幼虫，回家用盐水泡起来，可以煎着吃。

三是抄老道儿。

我们那里，沙地很多，都是白沙，一望无垠，洁白如雪，人们就种上柳子。柳子地，是我童年的一大乐园。玩累了，坐在沙地上，就会看见有很多小酒盅似的坑儿。里面光滑整洁，无声无息，偶尔有一个蚂蚁或是小飞虫，滑落到里面，很快就没有踪迹了。我们一边嘴里念念有词："老道儿，老道儿，我给你送肉吃来了。"一边用手往沙地深处猛一抄，小酒盅就到了手掌，沙土从指缝里流落，最后剩一条灰色软体的，形似书鱼而略大的小爬虫在掌心。这种虫子就叫老道儿。它总是倒着走，把它放在沙地上，它迅速地倒退着，不久就又形成一个窝，它也不见了。

它的头部，有两只很硬的钳子。别的小昆虫一掉进它的陷阱，被它拉进土里吃掉，这就叫无声的死亡，或者叫莫名其妙的死亡。

现在想来：道家以清静无为、玄虚冲淡为教旨。导引吐纳、餐风饮露以延年。虫之所为，甚不类矣。何以千古相传，赐此嘉名？岂农民对诡秘之行，有所讽喻乎？

1984 年 3 月 28 日上午

移家天津

一九四九年一月,我随《冀中导报》的人马,进入天津,在新办的《天津日报》工作。很多同志,都有眷属。过了春节,我也想回家去看看。还想像来时一样,骑那辆破自行车。可是没走出南市,我就退回来了。一是我骑车技术不行,街上人太多,一时出不了城。二是我方向也弄不清,怕走错了路。我到长途汽车站买了一张去河间的票,第二天清晨上车,天黑了才到河间。河间是熟地方,我投宿在新华书店,先去雇了一辆大车。第二天车夫又变了卦,不愿去了。我只好步行到肃宁,那里有一个熟识的纸厂,住了一宿,再坐纸厂去安国的大车,半路下车,走回老家。

这次回家,为了减轻家里的负担,把二女儿带出。先由她舅父用牛车把我们送到安国县,再买长途汽车票。那时的长途汽车,都是破旧的大卡车,卖票又没限制,路上不断抛锚。二女儿因为从小没有跟过我,一路上很规矩,她坐在车边,碰掉一个牙齿,也不敢哭。

到了天津,孩子住在我那间小屋里,我白天上班,她一个人在屋里，闷了就睡觉，有一天真哭了。我带她去投考附近的一所小学，老师随便考试了一下，就录取了。

以后，母亲随一位要去上海的亲戚，来天津一次；大女儿也随她堂叔父从河道坐船来天津一次，都住在我那间小屋里，都是住上十天半月，就又回老家了。

第二年春天，才轮到我的妻子来。我先写了一封信，说是要坐火车，不要坐汽车。结果她还是跟一个来天津的亲戚，到安国上的长途汽车，也是由小孩的舅父套牛车去送。她带着两个孩子，一个会跑，一个还抱着。车上人很挤，她怕把孩子挤坏，车到任邱，她就下车了，也不知道，任邱离天津还有多远。

那个带她们的亲戚，到了天津，也不到我的住处，只是往办公室打了一个电话说："你的家眷来了。"

我问在哪里，他才说在任邱什么店里。

我一听就急了，一边听电话，一边请身边的同志，把店名记下来。当即找报社的杨经理去商议。老杨先给了我一叠钞票，然后又派了一辆双套马车，由车夫老张和我去任邱。

我焦急不安。我知道，她从来没出过远门。只是娘家到婆家，婆家到娘家，像拐线子一样，在那只有八里路程的道上，来回走过。身边还有两个小孩子。最使我担心的，是她身上没有多少钱。那时家里已经不名一文，因此，一位邻居，托我给他的孩子在天津买一本小字典，我都要把发票寄给人家，叫人家把钱还给家里用。她这次来得仓促，我也没有寄钱给她们，实在说，我手里也没有多少钱。

不管我多么着急，大车也只能明天出发，不能当晚出发。第二天，车夫老张又要按部就班地准备，等到开车，已经是上午九点了。在路上打尖时,我迎住了一辆往南开的汽车,请司机带一个纸条,到任邱交给店里。后来知道,人家也没照办。

第二天下午三点左右,才到了任邱,找到了那家店房。妻和两个孩子,住在店掌柜的家里。早有人送了信去,都过来了。我要了几碗烩饼,叫她们饱吃一顿。

妻一见我,就埋怨:为什么昨天还不来。我没有说话。她说已经有两顿不敢吃饭了,在街上买了一点棒子面,到野地去捡些树枝,给男孩子煮点粥。

她去和店家的女主人说了说,当晚我也和她们住在一起。那时老区人和人的关系,还是很朴实的。

第二天一早,告别店主,一家人上车赶路,天晚宿在唐官屯店中,睡在只有一张破席的炕上。荒村野店,也有爱情。

她来时,家里只有一件她自己织的粗布小褂,也穿得半旧了。向邻家借了一件旧阴丹士林褂子,穿在身上。到了天津,我去买了两丈蓝布,她在我屋里缝制了一身新衣。

我每天上班,小屋里住了一家四五口人,不得安静。几口人吃公家的饭,也不合适,住了大约有半月时间,我就叫她回去。先是说跟报社一位同志坐火车走,我把她们送到车站,上车的人太多,太拥挤,怕她带不好孩子,又退票回来了。过了几天,有《河北日报》的汽车回去,她们跟人家的车,先到保定,在那里工作的熟人,照顾她们,给雇了一辆大车,回到家里,正是麦收的时候。

又过了半年,报社实行薪金制,我的稿费收入也多些了,才又把她们接出。稍后又把母亲和大女儿接出,托报社老崔同志,买了米面炉灶,算是在天津安了家。

我对故乡的感情很深。虽然从十二岁起,就经常外出,但每次回家。一望见自己家里屋顶上的炊烟,心里就升起一种难以表达难以抑制的幸福感情。我想:我一定老死故乡,不会流寓外地的。但终于离开了,并且终于携家带口地离开了。

1984 年 4 月 23 日

老　家

前几年，我曾诌过两句旧诗："梦中每迷还乡路，愈知晚途念桑梓。"最近几天，又接连做这样的梦：要回家，总是不自由；请假不准，或是路途遥远。有时决心起程，单人独行，又总是在日已西斜时，迷失路途，忘记要经过的村庄的名字，无法打听。或者是遇见雨水，道路泥泞；而所穿鞋子又不利于行路，有时鞋太大，有时鞋太小，有时倒穿着，有时横穿着，有时系以绳索。种种困扰，非弄到急醒了不可。

也好，醒了也就不再着急，我还是躺在原来的地方，原来的床上，舒一口气，翻一个身。

其实，"文化大革命"以后，我已经回过两次老家，这些年就再也没有回去过，也不想再回去了。一是，家里已经没有亲人，回去连给我做饭的人也没有了。二是，村中和我认识的老年人，越来越少，中年以下，都不认识，见面只能寒暄几句，没有什么意思。

前两次回去：一次是陪伴一位正在相爱的女人，一次是在和这位女人不睦之后。第一次，我们在村庄的周围走了走，在田头路边坐了坐。蘑菇也采过，柴火也拾过。第二次，我一个人，看见亲人丘陇，故园荒废触景生情，心绪很坏，不久就回来了。

现在，梦中思念故乡的情绪，又如此浓烈，究竟是什么道理呢？实在说不清楚。

我是从十二岁，离开故乡的。但有时出来，有时回去，老家还是我固定的窠巢，游子的归宿。中年以后，则在外之日多，居家之日少，且经战乱，行居无定。及至晚年，不管怎样说和如何想，回老家去住，是不可能的了。

是的，从我这一辈起，我这一家人，就要流落异乡了。

人对故乡，感情是难以割断的，而且会越来越萦绕在意识的深处，形成不断的梦境。

那里的河流，确已经干了，但风沙还是熟悉的；屋顶上的炊烟不见了，灶下做饭的人，也早已不在。老屋顶上长着很高的草，破漏不堪；村人故旧，都指点着说："这一家人，都到外面去了，不再回来了。"

我越来越思念我的故乡，也越来越尊重我的故乡。前不久，我写信给一位青年作家说："写文章得罪人，是免不了的。但我甚不愿因为写文章，得罪乡里。遇有此等情节，一定请你提醒我注意！"

最近有朋友到我们村里去了一趟，给我几间老屋，拍了一张照片，在村支书家里，吃了一顿饺子。关于老屋，支书对他说，"前几年，我去信问他，他回信说：也不拆，也不卖，听其自然，倒了再说。看来，他对这几间破房，还是有感情的。"

朋友告诉我：现在村里，新房林立；村外，果木成林。我那几间破房，留在那里，实在太不调和了。

我解嘲似的说:"那总是一个标志,证明我曾是村中的一户。人们路过那里,看到那破房,就会想起我,念叨我。不然,就真的会把我忘记了。"

但是,新的正在突起,旧的终归要消失。

1986 年 8 月 20 日,晨起作。闷热,小雨。

鸡　叫

在这个大杂院里，总是有人养鸡。我可以设想：在我们进城以前，建筑这座宅院的主人吴鼎昌，不会想到养鸡；日本占领时期，驻在这里的特务机关，也不会想到养鸡。

其实，我们接收时，也没有想到养鸡。那时院里的亭台楼阁，山石花木，都保留得很好，每天清晨，传达室的老头，还认真地打扫。

养鸡，我记得是"大跃进"以后的事，那时机关已经不在这里办公，迁往新建的大楼，这里相应地改成了"十三级以上"的干部宿舍。这个特殊规定，只是维持了很短的时间，就被打破了，家数越住越多，人也越来越杂。

但开始养鸡的时候，人家还是不多的，确是一些"负责同志"。这些负责同志，都是来自农村，他们的家属，带来一套农村生活的习惯，养鸡当然是其中的一种。不过，当年养起鸡来，并非习惯使然，而是经济使然。"大跃进"，使一个鸡蛋涨价到一元人民币，人们都有些浮肿，需要营养，主妇们就想：养只母鸡，下个蛋吧！

我们家，那时也养鸡，没有喂的，冬天给它们剁白菜帮，春天就给它们煮蒜瓣——这是我那老伴的发明。

总之，养鸡在那一定的历史条件下，是权宜之计。不过终于流传下来了，欲禁不能。就像院里那些煤池子和各式各样的随便搭盖的小屋一样。

过去，每逢"五一"或是"十一"，就会有街道上的人，来禁止养鸡。有一次还很坚决，第一天来通知，有些人家还迟迟不动；第二天就带了刀来，当场宰掉，把死鸡扔在台阶上。这种果断的禁鸡方式，我也只见过这一回。

有鸡就有鸡叫。我现在老了，一个人睡在屋子里，又好失眠，夜里常常听到后边邻居家的鸡叫。人家的鸡养在什么地方，是什么毛色，我都没有留心过，但听这声音，是很熟悉的，很动人的。说白了，我很爱听鸡叫，尤其是夜间的鸡叫。我以为，在这昼夜喧嚣、人海如潮的大城市，能听到这种富有天籁情趣的声音，是难得的享受。

美中不足的是：这里的鸡叫，没有什么准头。这可能是灯光和噪音干扰了它。鸡是司晨的，晨鸡三唱。这三唱的顺序，应是下一点，下三点，下五点。鸡叫三遍，人们就该起床了。

我十二岁的时候，就在外地求学。每逢假期已满，学校开课之日，母亲总是听着窗外的鸡叫。鸡叫头遍，她就起来给我做饭，鸡叫二遍再把我叫醒。待我长大结婚以后，在外地教书做事，她就把这个差事，交给了我的妻子。一直到我长期离开家乡，参加革命。

乡谚云：不图利名，不打早起。我在农村听到的鸡叫，是伴着晨星，伴着寒露，伴着严霜的。伴着父母妻子对我的期望，伴着我自身青春的奋发。

现在听到的鸡叫，只是唤起我对童年的回忆，对逝去的时光和亲人的思念。

彩云流散了，留在记忆里的，仍是彩云。莺歌远去了，留在耳边的还是莺歌。

1987 年 4 月 5 日清明节

黄　叶

又届深秋，黄叶在飘落。我坐在门前有阳光的地方。邻居老李下班回来，望了望我。想说什么，又走过去。但终于转回来，告诉我：一位老朋友，死在马路上了。很久才有人认出来，送到医院，已经没法抢救了。

我听了很难过。这位朋友，是老熟人，老同事。一九四六年，我在河间认识他。

他原是一个乡村教师，爱好文学，在《大公报》文艺版发表过小说。抗战后，先在冀中七分区办油印小报，负责通讯工作。敌人"五一"大扫荡以后，转入地下。白天钻进地道里，点着小油灯，给通讯员写信，夜晚，背上稿件转移。

他长得高大、白净，作风温文，谈吐谨慎。在河间，我们常到野外散步。进城后，在一家报社共事多年。

他喜欢散步。当乡村教师时，黄昏放学以后，他好到田野里散步。抗日期间，夜晚行军，也算是散步吧。现在年老退休，他好到马路上散步，终于跌了一跤，死在马路上。

马路上车水马龙，行人熙熙攘攘，但没有人认识他。不知他来自何方，家在何处？躺了很久，才有一个认识他的人。

那条马路上树木很多，黄叶也在飘落，落在他的身边，落在他的脸上。

他走的路，可以说是很多很长了，他终于死在走路上。这里的路好走呢，还是夜晚行军时的路好走呢？当然是前者。这里既平坦又光明，但他终于跌了一跤。如果他是一个舞场名花，或是时装模特，早就被人认出来了。可惜他只是一个离休老人，普普通通，已经很少有人认识他了。

我很难过。除去悼念他的死，我对他还有一点遗憾。

他当过报社的总编，当过市委的宣传部长，但到老来，他愿意出一本小书——文艺作品。老年人，总是愿意留下一本书。一天黄昏，他带着稿子到我家里，从纸袋里取出一封原已写好的，给我的信。然后慢慢地说：

"我看，还是亲自来一趟。"

这是表示郑重。他要我给他的书，写一篇序言。

我拒绝了。这很出乎他的意料，他的脸沉了下来。

我向他解释说：我正在为写序的事苦恼，也可以说是正在生气。前不久，给一位诗人，也是老朋友，写了一篇序。结果，我那篇序，从已经铸版的刊物上，硬挖下来。而这家刊物，远在福州，是我连夜打电报，请人家这样办的。因为那位诗人，无论如何不要这篇序。

其实，我只是说了说，他写的诗过于雕琢。因此，我已经写了文章声明，不再给人写序了。

对面的老朋友，好像并不理解我的话，拿起书稿，告辞走了。并从此没有来过。

而我那篇声明文章,在上海一家报社,放了很长时间,又把小样,转给了南方一家报社,也放了很久。终于要了回来,在自家报纸发表了。这已经在老朋友告辞之后,所以还是不能挽回这一点点遗憾。

不久,出版那本书的地方,就传出我不近人情,连老朋友的情面都不顾的话。

给人写序,不好。不给人写序,也不好。我心里很别扭。

我终觉是对不起老朋友的。对于他的死,我倍觉难过。

北风很紧,树上的黄叶,已经所剩无几了。太阳转了过去,外面很冷,我掩门回到屋里。

1987 年 10 月 19 日

菜 花

每年春天,去年冬季贮存下来的大白菜,都近于干枯了,做饭时,常常只用上面的一些嫩叶,根部一大块就放置在那里。一过清明节,有些菜头就会鼓胀起来,俗话叫做菜怀胎。慢慢把菜帮剥掉,里面就露出一株连在菜根上的嫩黄菜花,顶上已经布满像一堆小米粒的花蕊。把根部铲平,放在水盆里,安置在书案上,是我书房中的一种开春景观。

菜花,亭亭玉立,明丽自然,淡雅清净。它没有香味,因此也就没有什么异味。色彩单调,因此也就没有斑驳。平常得很,就是这种黄色。但普天之下,除去菜花,再也见不到这种黄色了。

今年春天,因为忙于搬家,整理书籍,没有闲情栽种一株白菜花。去年冬季,小外孙给我抱来了一个大旱萝卜,家乡叫作灯笼红。鲜红可爱,本来想把它雕刻成花篮,撒上小麦种,贮水倒挂,像童年时常做的那样。也因为杂事缠身,胡乱把它埋在一个花盆里了。一开春,它竟一枝独秀,拔出很高的茎子,开了很多的花,还招来不少蜜蜂儿。

这也是一种菜花。它的花，白中略带一点紫色，给人一种清冷的感觉。它的根茎俱在，营养不缺，适于放在院中。正当花开得繁盛之时，被邻家的小孩，揪得七零八落。花的神韵，人的欣赏之情，差不多完全丧失了。

今年春天风大，清明前后，接连几天，刮得天昏地暗，厨房里的光线，尤其不好。有一天，天晴朗了，我发现桌案下面，堆放着蔬菜的地方，有一株白菜花。它不是从菜心那里长出，而是从横放的菜根部长出，像一根老木头长出的直立的新枝。有些花蕾已经开放，耀眼地光明。我高兴极了，把菜帮菜根修了修，放在水盂里。

我的案头，又有一株菜花了。这是天赐之物。

家乡有句歌谣：十里菜花香。在童年，我见到的菜花，不是一株两株，也不是一亩二亩，是一望无边的。春阳照拂，春风吹动，蜂群轰鸣，一片金黄。那不是白菜花，是油菜花。花色同白菜花是一样的。

一九四六年春天，我从延安回到家乡。经过八年抗日战争，父亲已经很见衰老。见我回来了，他当然很高兴，但也很少和我交谈。有一天，他从地里回来，忽然给我说了一句待对的联语：丁香花，百头，千头，万头。他说完了，也没有叫我去对，只是笑了笑。父亲做了一辈子生意，晚年退休在家，战事期间，照顾一家大小，艰险备尝。对于自己一生挣来的家产，爱护备至，一点也不愿意耗损。那天，是看见地里的油菜长得好，心里高兴，才对我讲起对联的。我没有想到这些，对这副对联，如何对法，也没有兴趣，就只是听着，没有说什么。当时是应该趁老人高兴，和他多谈几句的。没等油菜结籽，父亲就因为劳动后受寒，得病逝世了。临终，告诉我，把一处闲宅院卖给叔父家，好办理丧事。

现在，我已衰暮，久居城市，故园如梦。面对一株菜花，忽然想起很多往事。往事又像菜花的色味，淡远虚无，不可捉摸，只能引起惆怅。

人的一生，无疑是个大题目。有不少人，竭尽全力，想把它撰写成一篇宏伟的文章。我只能把它写成一篇小文章，一篇像案头菜花一样的散文。菜花也是生命，凡是生命，都可以成为文章的题目。

1988 年 5 月 2 日灯下写讫

转　移

我终于要离开这个大院了。

一九五一年，从天津山西路移居此院。先住后面小屋，又搬到后院楼上，再搬到正房中间，又搬到正房西侧。除去"文革"三年，没有离开过。

三十七年间，私人之事有：我之得病，母亲去世。"文革"中，白昼轮番抄家，寅夜聚众入室。限两小时，扫地出门，流放到佟楼去等等。国家之事有：反胡风，反丁陈，三年困难，"文化革命"，大地震等等。他人之事，亦变幻百端，不及详记。

人们都说我不愿搬家。人的感情是复杂的，这也很难说清楚。我之迟迟不搬，实由于惰性，并非因为这里是宝地。

大院之变化，乃时代之缩影。在这里，静观默察，确实看到了，近似沧海桑田的自然景观；也体会到了，无数翻云覆雨的人情世态。很多是过去不能懂得的。

"十年动乱"，大地震，是人性的大呈现。小人之用心，在于势利，多起自嫉妒。卑鄙阴毒，出人意表。平时闷闷，唯恐天下不乱。一遇机会，则乘国家之危，他人之不幸，刀砍斧劫，什么事都干得出来。几年以前,一位老同事,曾对我说:再遇大乱,还有老百姓,像根据地那样,掩护我们吗?我笑而不答。心想:不出大门,五步之内,会遇到什么人,什么事,都很难说。这位同事有心脏病。"文化大革命"时,因为他老婆的关系,有一派人保他,没有受过什么罪,所以还会有以上想法。他好像有什么预感,很快就搬走了。

青年作家某,曾对我感叹说:人,不怕贼偷,就怕贼琢磨。我以为是名言,深记不忘。

在这里,我是最老的住户,人熟地熟,都是好事。但这个地方,常常引起我不愉快的回忆,和对未来的恐惧。我实在不愿再看到一些人的面孔,不愿再听到一些人的声音。见到或听到,都能使我在白天五内不安,在夜间辗转反侧。这次搬家,与其说是搬开环境,不如说是搬开视听,求得耳目一新。

这种感情,过去也是没有的,天实为之。

青年时出来抗日革命,是两袖清风,一无所有的。及至晚年,无甲可解,无田可归。国家给安排一套四居室的住房,虽挤于楼群之中,四方干扰,也算不错了。

笨鸟先飞,从春节以后,就开始整理东西,今已初步就绪。计书籍二十一箱,书画一箱,瓷器五筐,文具一筐,衣服被褥五箱,破鞋烂袜一筐。其他生活用品,如锅碗盆勺,尚未收拾。

行李之大,长物之众,我自己也感到吃惊和厌烦了。奇怪的是,什么东西也不肯丢,舍不得处理。很多都是过时、破旧、无用之物,如一针一线也不放弃,搬过去,将无处堆放。

书籍,"文革"时是"四旧"之长。现在,有好几位过去的造反者,恭维地对我说:你那些书,都是无价之宝呀!这又使我为之不安，认为是一大隐患。就像过去，他们传说我有多少古董一样。

老屋，已经没有什么可留恋之处。门窗都坏了，没有一扇关得严实，冬天很冷。房顶每年漏雨，房子周围，盖满了小屋，连放个梯子上去修理，都遇到困难。前些日子，天花板的一角，已经塌落，幸未伤人。

另外，这次搬家，比"文革"时那次搬家，体面多了。孩子们给买了新灯，新窗帘，张挂起来，到时一定有一番红火热闹的。

1988 年 6 月 12 日凌晨记

吃菜根

人在幼年，吃惯了什么东西，到老年，还是喜欢吃。这也是一种习性。

我在幼年，是吃五谷杂粮长大的，是吃蔬菜和野菜长大的。如果说，到了现在，身居高楼，地处繁华，还不忘糠皮野菜，那有些近于矫揉造作；但有些故乡的食物，还是常常想念的，其中包括"甜疙瘩"。

甜疙瘩是油菜的根部，黄白色，比手指粗一些，肉质松软，切断，放在粥里煮，有甜味，也有一些苦味，北方农民喜食之。

蔓菁的根部，家乡也叫"甜疙瘩"。两种容易相混，其食用价值是一样的。

母亲很喜欢吃甜疙瘩，我自幼吃的机会就多了，实际上，农民是把它当作粮食看待，并非佐食材料。妻子也喜欢吃，我们到了天津，她还在菜市买过蔓菁疙瘩。

我不知道，当今的菜市，是否还有这种食物，但新的一代青年，以及他们的孩子，肯定不知其为何物，也不喜欢吃它的。所以我偶然得到一点，总是留着自己享用，绝不叫他们尝尝的。

古人常用嚼菜根，教育后代，以为菜根不只是根本，而且也是一种学问。甜味中略带一种清苦味，其妙无穷，可以著作一本"味根录"。其作用，有些近似忆苦思甜，但又不完全一样。

事实是：有的人后来做了大官，从前曾经吃过苦菜。但更多的人，吃了更多的苦菜，还是终身受苦。叫吃巧克力奶粉长大的子弟"味根"，子弟也不一定能领悟其道；能领悟其道的，也不一定就能终身吃巧克力和奶粉。

我的家乡，有一种地方戏叫"老调"，也叫"丝弦"。其中有一出折子戏叫"教学"。演的是一个教私塾的老先生，天寒失业，沿街叫卖，不停地吆喝："教书！""教书！"最后，抵挡不住饥肠辘辘，跑到野地里去偷挖人家的蔓菁。

这可能是得意的文人，写剧本奚落失意的文人。在作者看来，这真是斯文扫地了，必然是一种"失落"。因为在集市上，人们只听见过卖包子、卖馒头的吆喝声，从来没有听见过卖"教书"的吆喝声。

其实，这也是一种没有更新的观念，拿到商业机制中观察，就会成为宏观的走向。

今年冬季，饶阳李君，送了我一包油菜甜疙瘩，用山西卫君所赠棒子面煮之，真是余味无穷。这两种食品，用传统方法种植，都没有使用化肥，味道纯正，实是难得的。

1989年1月9日试笔

看电视

从去年八月间,迁入新居以后,我有了一台电视机。

搬入新居,不同旧地,要有一个人做伴,小孙子来了。他在我身边,很拘束,也很闷,不大安心,我的女儿就把她家换下来的,一台黑白十二寸电视,搬来放在小孙子的房间。

后来,小孙子终于走了,我搬到他的房间睡觉,就享有了这台电视机。

多少年来,我一直没有购置这种玩意,也没有正式看过。现在,一个人坐在屋里,暖气烧得很旺,太阳照满全屋,窗明几净,粉壁无瑕,抚今思昔,顿时有一种苦尽甘来、晚景如春之感。这正是需要锦上添花之时,按照小孙子教给我的做法,随手就拉开了电视。

有一个大圆球显示在我的眼前,里面在放送音乐。音乐我也听。这二年,我每天晚上听流行音乐;每天早上听西洋名曲。时间长了,还真是听出了一些味道。

听完音乐,不久就是电大的植物学课程,我接着看。这位教授很有学者风度,讲得也好。我在中学就喜欢植物学,考试成绩不错。现在一听这个科,那个目,还是很有兴趣。听着这种课程,我的心情总是非常平静,走进忘我的境界。它不同于看报纸、读文件、听广播。这里没有经济问题,也没有政治问题。没有历史,也没有现实。它不会引起思想波动,思想斗争。它只是说明自然界的进化现象,花和叶的生长规律。没有新观念和旧观念的冲突,意识形态的混乱,以及修辞造句的胡说八道。

植物学,今天就讲到这里。下面是《动物世界》。以前很多朋友劝我买电视机,都说:别的不看,《新闻联播》和《动物世界》,还是可以看看的。先是海底世界,大鱼吃小鱼;陆上,弱肉强食,有的生角才能保护自己,有的生刺才能得安全。寻食、追逐、交配,赤裸裸的一种凶残、贪婪之象,充满画面。讲解员说:大鱼吃小鱼,是为了自然界的生态平衡,不然小鱼就会臭在海底,对人类不利。既是《动物世界》,看着看着,就不能不联想到人类:战争、饥荒、洪水、蝗虫,加上地震、人为的灾难,是否也是大自然在冥冥之中,为了生态平衡,而不得不采取的措施?

这是哲学,不愿想,电视也不愿看了。刚要关上,荧光屏上出现了一个白胡子老头。在童年,每适听故事遇到难题时,就会出现一个白胡子老头。

这是名人名言节日,泰戈尔说:把友谊献给别人,是本身的一种快乐。

我上中学时,就不喜欢动物学,但对文学家的话,还是相信的。

下面是英语教学,这位外国女教师,教得多么好。我从十二岁学习英文,学了整整八年。经历的英文教师,男的女的,有十几位，谁也没有这位女士教得好。我聚精会神地听着，看着。我没有别的野心，不想出国留学，也不想交外国朋友。我只是想证实一下，当初废寝忘食学了那么多年的英文，我现在还记得多少。

各地风光，我也爱看。现在正介绍五台山和尚们的生活。五台山，和尚们，久违了。抗日战争期间，我曾在北台顶一家大寺院，和僧人们睡在一条烧得很暖的炕上，和他们交了朋友，至今念念不忘。

一位故去的女作家曾说：看破红尘的人，是世界上最自私的人。但在逝世前，她又说：她要去成仙成佛了。这使我迷惑不解。据我想：在家出家，做官为民，都要吃饭。庙宇成为旅游胜地之后，香火虽多，却已不是静修之处。

在南北朝时出家，是最阔气的了，那时，不管南方北方，都崇尚佛教，寺庙盖得最讲究，皇帝皇太后都支持。僧尼吃的穿的，实非现在所能比拟。古今僧尼的心态，恐怕也有些不同吧。

当前有一种新口号，叫"迎接挑战"。有的人喊着这种口号，官品越来越高，待遇越来越丰厚，叫的劲头也就越大。他养尊处优，一点战斗的气息也没有，一点危险也没有。这只能看作是时代英雄的"口头禅"，远没有僧尼的呢喃可信。

孩子们看见我这样入迷，都很高兴，说："早就劝你买一台，你就是不买，你看多好，回头换一台彩色的吧！"

1989 年 1 月 13 日写讫

记春节

如果说我也有欢乐的时候，那就是童年，而童年最欢乐的时候，则莫过于春节。

春节从贴对联开始。我家地处偏僻农村，贴对联的人家很少。父亲在安国县做生意，商家讲究对联，每逢年前写对联时，父亲就请写好字的同事，多写几副，捎回家中。

贴对联的任务，是由叔父和我完成。叔父不识字，一切杂活：打浆糊、扫门板、刷贴，都由他做。我只是看看父亲已经在背面注明的"上、下"两个字，告诉叔父，他按照经验，就知道分左右贴好，没有发生过错误。我记得每年都有的一副是：荆树有花兄弟乐，砚田无税子孙耕。这是父亲认为合乎我家情况的。

以后就是竖天灯。天灯，村里也很少人家有。据说，我家竖天灯，是为父亲许的愿。是一棵大杉木，上面有一个三脚架，插着柏树枝，架上有一个小木轮，系着长绳。竖起以后，用绳子把一个纸灯笼拉上去。天灯就竖在北屋台阶旁，村外很远的地方，也可以望见。母亲说：这样行人就不迷路了。

再其次就是搭神棚。神棚搭在天灯旁边，是用一领荻箔。里面放一张六人桌，桌上摆着五供和香炉，供的是全神，即所谓天地三界万方真宰。神像中有一位千手千眼佛，幼年对她最感兴趣。人世间，三只眼、三只手，已属可怕而难斗。她竟有如此之多的手和眼，可以说是无所不见，无所不可捞取，能量之大，实在令人羡慕不已。我常常站在神棚前面，向她注视，这样的女神，太可怕了。

　　五更时，母亲先起来，把人们叫醒，都跪在神棚面前。院子里撒满芝麻秸，踩在上面，啪啪作响，是一种吉利。田叔父捧疏，疏是用黄裱纸，叠成一个塔形，其中装着表文，从上端点着。母亲在一旁高声说："保佑全家平安。"然后又大声喊："收一收！"这时那燃烧着的疏，就一收缩，噗的响一声。"再收一收！"疏可能就再响一声。响到三声，就大吉大利。这本是火和冷空气的自然作用，但当时感到庄严极了，神秘极了。

　　最后是叔父和我放鞭炮。我放的有小鞭、灯炮、墊子鼓。春节的欢乐，达到高潮。

　　这就是童年的春节欢乐。年岁越大，欢乐越少。二十五岁以后，是八年抗日战争的春节，枪炮声代替了鞭炮声。再以后是三年解放战争、土地改革的春节。以后又有"文化大革命"隔离的春节，放逐的春节，牛棚里的春节等等。

　　前几年，每逢春节，我还买一挂小鞭炮，叫孙儿或外孙儿，拿到院里放放，我在屋里听听。自迁入楼房，连这一点高兴，也没有了。每年春节，我不只感到饭菜、水果的味道，不似童年，连鞭炮的声音也不像童年可爱了。

今年春节,三十晚上,我八点钟就躺下了。十二点前后,鞭炮声大作,醒了一阵。欢情已尽,生意全消,确实应该振作一下了。

1990 年 2 月 2 日上午

楼居随笔

观垂柳

农谚:"七九、八九,隔河观柳。"身居大城市,年老不能远行,是享受不到这种情景了。但我住的楼后面,小马路两旁,栽种的却是垂柳。

这是去年春季,由农村来的民工经手栽的。他们比城里人用心、负责,隔几天就浇一次水。所以,虽说这一带土质不好,其他花卉,死了不少,这些小柳树,经过一个冬季,经过儿童们的攀折,汽车的碰撞,骡马的啃噬,还算是成活了不少。两场春雨过后,都已经发芽,充满绿意了。

我自幼就喜欢小树。童年的春天,在野地玩,见到一棵小杏树、小桃树,甚至小槐树、小榆树,都要小心翼翼地移到自家的庭院去。但不记得有多少株成活、成材。

柳树是不用特意去寻觅的。我的家乡,多是沙土地,又好发水,柳树都是自己长出来的,只要不妨碍农活,人们就把它留了下来,它也很快就长得高大了。每个村子的周围,都有高大的柳树,这是平原的一大奇观。走在路上,四周观望,看不见村庄房舍,看到的,都是黑压压、雾沉沉的柳树。平原大地,就是柳树的天下。

柳树是一种梦幻的树。它的枝条叶子和飞絮,都是轻浮的,柔软的,缭绕、挑逗着人的情怀。

这种景象,在我的头脑中,就要像梦境一样消失了。楼下的小垂柳,只能引起我短暂的回忆。

1990 年 4 月 5 日晨

观藤萝

楼前的小庭院里,精心设计了一个走廊形的藤萝架。去年夏天,五六个民工,费了很多时日,才算架起来了。然后运来了树苗,在两旁各栽种一排。树苗很细,只有筷子那样粗,用塑料绳系在架上,及时浇灌,多数成活了。

冬天,民工不见了,藤萝苗又都散落到地上,任人践踏。幸好,前天来了一群园林处的妇女,带着一捆别的爬蔓的树苗,和藤萝埋在一起,也和藤萝一块儿又系到架上去了。

系上就走了,也没有浇水。

进城初期,很多讲究的庭院,都有藤萝架。我住过的大院里,就有两架,一架方形,一架圆形,都是钢筋水泥做的,和现在观看到的一样,藤身有碗口粗,每年春天,都开很多花,然后结很多果。因为大院,不久就变成了大杂院,没人管理,又没有规章制度,藤萝很快就被作践死了,架也被人拆去,地方也被当做别用。

当时建造、种植它的人,是几多经营,藤身长到碗口粗细,也确非一日之功。一旦根断花消,也确给人以沧海桑田之感。

一件东西的成长,是很不容易的,要用很多人工、财力。一件东西的破坏,只要一个不逞之徒的私心一动,就可完事了。他们对于"化公为私",是处心积虑的,无所不为的,办法和手段,也是很多的。

这些年,有人轻易地破坏了很多已经长成的东西。现在又不得不种植新的、小的。我们失去的,是一颗道德之心。再培养这颗心,是更艰难的。

新种的藤萝,也不一定乐观。因为我看见:养苗的不管移栽,移栽的又不管死活,即使活了,又没有人认真地管理。公家之物,还是没有主儿的东西。

1990 年 4 月 5 日晨

听乡音

乡音,就是水土之音。

我自幼离乡背井,稍长奔走四方,后居大城市,与五方之人杂处,所以,对于谁是什么口音,从来不大注意。自己的口音,变了多少,也不知道。只是对于来自乡下,却强学城市口音的人,听来觉得不舒服而已。

这个城市的土著口音,说不上好听,但我也习惯了。只是当"文革"期间,我们迁移到另一个居民区时,老伴忽然对我说:

"为什么这里的人，说话这样难听？"

我想她是情绪不好，加上别人对她不客气所致，因此未加可否。

现在搬到新居，周围有很多老干部，散步时，常常听到乡音。但是大家相忘江湖，已经很久了，就很少上前招呼的热情了。

我每天晚上，八点钟就要上床，其实并睡不着，有时就把收音机放在床头。有一次调整收音机，河北电台，忽然传出说西河大鼓的声音，就听了一段，说的是呼家将。

我幼年时，曾在本村听过半部呼延庆打擂，没有打擂，说书的就回家过年去了。现在说的是打擂以后的事，最热闹的场面，是命定听不到了。西河大鼓，是我们那里流行的一种说书，它那鼓、板、三弦的配合音响，一听就使人入迷，这也算是一种乡音。说书的是一位女艺人。

最难得的，是书说完了，有一段广告，由一位女同志广播。她的声音，突然唤醒我对家乡的迷恋和热爱。虽然她的口音，已经标准化，广告词也每天相同。她的广告，还是成为我一个冬季的保留欣赏节目，每晚必听，一直到呼家将全书完毕。

这证明，我还是依恋故土的，思念家乡的，渴望听到乡音的。

1990年4月5日下午

听风声

楼居怕风,这在过去,是没有体会的。过去住老旧的平房,是怕下雨。一下雨,就担心漏房。雨还是每年下,房还是每年漏。就那么夜不安眠地,过了好些年。

现在住的是新楼,而且是墙壁甫干,街道未平,就搬进来住了。又住中层,确是不会有漏房之忧了,高枕安眠吧。谁知又不然,夜里听到了极可怕的风声。

春季,尤其厉害。我们的楼房,处在五条小马路的交叉点,风无论往哪个方向来,它总要迎战两个或三个风口的风力。加上楼房又高,距离又近,类似高山峡谷,大大增加了风的威力。其吼鸣之声,如惊涛骇浪,实在可怕,尤其是在夜晚。

可怕,不出去也就是了,闭上眼睡觉吧!问题在于,如果有哪一个门窗,没有上好,就有被刮开的危险。而一处洞开,则全部窗门乱动,披衣去关,已经来不及,摔碎玻璃事小,极容易伤风感冒。

所以,每逢入睡之前,我必须检查全部门窗。

我老了,听着这种风声,是难以入睡的。

其实,这种风,如果放到平原大地上去,也不过是春风吹拂而已。我幼年时,并不怕风,春天在野地里砍草,遇到顶天立地的大旋风过来,我敢迎着上,钻了进去。

后来,我就越来越怕风了。这不是指风的实质,而是指风的象征。

在风雨飘摇中,我度过了半个世纪。风吹草动,草木皆兵。

这种体验，不只在抗日，防御残暴的敌人时有，在"文革"，担心小人的暗算时也有。

我很少有安眠的夜晚，幸福的夜晚。

1990 年 4 月 7 日晨

故园的消失

土改后,老家剩下三间带耳房的北屋。举家来津后,先是生产大队放置农具,原来母亲放在屋里的一些木料和杂物,当家本院的,都拿去用了,连两条木炕沿也拆走了。但每年雨季,他们见房子坍塌漏雨,也给修理修理。后来房顶茂草丛生,房基歪斜,生产队也没有了,就没有人再愿意管它。

村支部书记曾给我来过一封信,说明这种情况,问我如何处理。那时外面事情很多,我心里乱糟,实在顾不上这些事,就写了一封回信,大意是:也不拆,也不卖,听其自然,倒了再说。

后来知道,这座老屋,除去有倒塌的危险,还妨碍着村里新的街道规划。"文化大革命"后不久,当捐献集资之风刮起的时候,村里来了三个人:老支书、新支书和一个老贫农团员。我先安排他们找了个旅舍住下,并说明我这里没有人做饭,给了他们三十元钱,到附近饭馆用餐。第二天上午,才开始谈话。

他们说村里想新建一所小学校,县里又不给拨款,所以出来找找在外地工作的同志。

我开门见山地说,建小学,每个人都有责任。从我在村里上小学时，就没有一个正规的校舍，都是借用人家的闲房闲院。可是，你们不能对我抱过高的希望。村里传说我有多少钱，那都是猜想。我没有写出很红的书，销数都不大。过去倒是存了一些稿费，"文化大革命"时，大部分都上缴了。现在老了，也写不了多少东西，稿费也很低。我说着，从书柜里拿出新出版的一本散文集，对他们说：

"这样一本书，要写一年多，人家才给八百元。你们考虑过那几间破房吗？"

"倒是考虑过。"老支书说。

我说："有两个方案：一个是我给你们两千元。一个是你们回去把旧房拆了卖了，我再给一千元。"

他们显然有些失望，同意了第二个方案。并把我给他们的饭费还给了我，说这是因公出差，回去可以报销，就告辞了。

又过了些日子，听说有报纸报道了我捐资兴学的消息，县里也来信表扬，我都认为是小题大做。后来，本乡的乡长又来了，说是想把新盖的小学，以我的名字命名。我说："别开玩笑。我拿两千块钱，就可以命名一所小学；如果拿两万，岂不是可以命名一所大学了吗？我的奉献是很微薄的，我们那里如果有个港商就好了。"

"你给题个校名吧！"乡长说。

我说："我的字写不好，也不想写。回去找个写好字的给写一下吧。"

我送给他一本《风云初记》和一本《芸斋小说》。

这件事就结束了。至此，老家已经是空白，不再留一草一木，一砖一瓦。这标志着：父母一辈人的生活经历、生活方式、生活志趣、生活意向的结束。也是一个从无到有,又从有到无的自然过程。

但老屋也留下了一张照片,这是儿子那年出差路经我村时拍摄的。可以看到:下沉的房基,油漆剥尽的屋门,空荡透风的窗棂,房前的杂草树枝,墙边的一只觅食的母鸡。儿子并说:他拍照时,并没有碰见一个村里的人。

芸斋曰:余少小离家,壮年军伍。虽亦眷恋故土,实少见屋顶炊烟。中间并有有家不得归者三次,时间相加十余年。回味一生,亲人团聚之情少,生离死别之痛多。漂萍随水,转蓬随风,及至老年,萍滞蓬摧,故亦少故园之梦矣。唯祝家乡兴旺,人才辈出而已。

1991 年 5 月 30 日

第二辑

读　书

耕堂读书记（节选）

《庄子》

在初中读《庄子》，是谢老师教课。谢老师讲书，是用清朝注释家的办法。讲一篇课文，他总是抱来一大堆参考书，详详细细把注解写在黑板上，叫我抄录在讲义的顶端。在学校，我读了《逍遥游》、《养生主》、《马蹄》、《胠箧》等篇。

老实说，对于这部书，我直到现在也没有真正读懂。有一时期，很喜欢它的文字。《庄子》一书，被列入中国哲学的经典著作，当然是很深奥的。我不能探其深处，只能探其浅处。

我以为，庄生在写作时，他也是希望人能容易看懂容易接受的。它讲的道理，可能玄妙一些，但还不是韩非子所称的那种"微妙之言"。微妙之言常常是一种似是而非、可东可西的"大言"，大言常常是企图欺骗"愚昧"之人的。

像《庄子》这样的书，我以为也是现实主义的。司马迁说它通篇都是寓言。庄子的寓言，现实意义很强烈。当然，它善于夸张，比如写大鸟一飞九万里。但紧接着就写一种小鸟，这种小鸟,"腾跃而上,不过数仞而下","翱翔蓬蒿之间",描写得更加具体,更加生动活泼。因为它有现实生活的依据。因此我们看出,庄子之所以夸张,正是为了表现现实生活中的具体细节。在书中这种例子是很多的。他常常用人们习见的事物,来说明他的哲学思想。这种传统,从庄子到柳宗元,我以为是中国散文的非常重要的传统。

前些日子和一位客人谈话,涉及这方面的问题,简记如下:

客:我看你近来写文章,只谈现实主义,很少谈浪漫主义。

主:是的,我近来不大喜欢谈浪漫主义了。

客:什么原因呢?

主:我以为在文学创作上,我们当前的急务,是恢复几乎失去了的现实主义传统。现实主义是古今中外文学创作的主流,它可以说是浪漫主义的基础。失去了现实主义,还谈什么浪漫主义?前些年,对现实主义有误解,对浪漫主义的误解则尤甚,已经近于歪曲。浪漫主义被当成是说大话,说绝话,说谎话。被当成是上天入地,刀山火海,装疯卖傻。以为这种虚妄的东西越多,就越能构成浪漫主义。因此,发誓赌咒,撒泼骂街也成了浪漫主义不可缺少的东西。

我认为浪漫主义虽是文艺思潮史上的一种流派,作为创作方法,浪漫主义必须以现实主义为根基。浪漫主义是从现实主义的基础上升华出来,没有凭空设想的浪漫主义。海市蜃楼的景象,也得有特定的物质基础,才能出现。

客:我注意到,你在现实主义之上也不加限制词。这是什么道理?

主:我以为没有什么必要,认真去做,效果会是一样的。

我们读书，即使像《庄子》这样的书，也应该首先注意它的现实主义成分，这对从事创作的人，是很有好处的。从事哲学研究的人，着眼点可以不同，但也要注意它所反映的历史生活的真实细节，这才是真正的哲学基础所在。

我现在用的是王先谦的集解本，这是很好的读本。他在序中说：

> 余治此有年，领其要，得二语焉。曰：喜怒哀乐，不入于胸次。窃尝持此，以为卫生之经，而果有益也。

对于这种话，我是不大相信的，至少，很难做到吧！如果庄子本人能够做到这一点，他就不可能写出这样充满喜怒哀乐的文章了。凡是愤世嫉俗之作，都是因为作者对现实感情过深产生的。这一点，与"卫生"是背道而驰的。

这位谢老师，原是新诗闯将，自执教以来，乃沉湎于古籍，对文坛形势现状，非常茫然，多垂询于我辈后生。我当时甚以为怪，现在才悟出一些道理来。

1980 年 1 月

陆机 《文赋》

在中学时期，有两种古代文学形式，没有学好，一是楚辞；一是汉赋。一直到现在，总是对它们不太感兴趣，也不能得其要领。抗日时期，有一位姓梁的女孩子，从北平出来到解放区，就学于我教课的地方。她热情地送给我一本《楚辞》，是商务印的选本，我和女孩子同行，千里迢迢，把这本书带到延安，一次水灾，把书冲到了延河里，与其作者同命运。

司马相如、扬雄的赋，近年念了一些，总是深入不进去。才知道，一门功课，如果在幼年打不下基础，是只能老大徒伤悲的。

在读晋赋的时候，忽然发现陆机的作品，和我很投缘，特别是他的《吊曹孟德文》和《文赋》两篇。

《吊曹孟德文》，我记得鲁迅先生曾两次在文章中引用，可见也是很爱好的。

此文是陆机因为工作之便，得睹魏武的遗令遗物，深有感触而后作。事迹未远而忌讳已无，故能畅所欲言，得为杰作。但这究竟是就事实有所抒发，不足为奇；《文赋》一篇，乃是就一种意识形态而言，并以韵文出之，这就很困难。

中国古代文论，真正涉及创作规律的，除去零篇断简，成本的书就是《文心雕龙》。《文赋》一篇，完全可以与之抗衡。又因为陆机是作家，所以在透彻切实方面，有些地方超过了刘勰。

这篇赋写到了为文之道和为文之法，这包括：作者的立志立意；为文前多方面的修养；对生活的体会感受；对结构的安排和文字的运用；写作时的甘与苦，即顺畅与凝滞，成功与失败。

自古以来，论文之作，或存有私心，所论多成偏见；或从来没有创作，识见又甚卑下，所论多隔靴搔痒之谈；又或本身虽亦创作，并称作家，论文反不能从实际出发，故弄玄虚，如江湖卖花者所为。徒有其名，而无其实。致使后来者得不到正确途径，望洋兴叹，视为畏途。像《文赋》这样切实，从亲身体验得来的文论是很少见的。这种文字，才不是欺人之谈。

前几年，我借人家的书，把这篇赋抄录一过。并把开头一段，请老友陈肇同志书为条幅。后因没有好的裱工，未得张挂。

1980 年 1 月

买章太炎遗书记

我先后购买的章氏遗书，计有：

一、《章太炎先生所著书》。上海古书流通处一九二四年石印，所据为浙江图书馆校刊《章氏丛书》本。共二十册，有光纸，价十二元。其目录为：

《春秋左传读叙录》、《刘子政左氏说》、《文始》、《新方言附岭外三州语》、《小学答问》、《说文部首均语》、《庄子解故》、《管子余义》、《齐物论释又重定本》、《国故论衡》、《检论》、《太炎文录初编》、《补编》，《菿汉微言》。

二、《章氏丛书续编》。成都薛氏崇礼堂木刻本，共四册，价八元。其目录为：

《广论语骈枝》、《体撰录》、《太史公古文尚书说》、《古文尚书拾遗》、《春秋左氏疑义答问》、《新出三体石经考》、《菿汉昌言》。

三、《章太炎先生家书》。中华书局 1962 年影印本。家书共八十四通，系与夫人汤国梨之通信。

此外，还购有《章太炎年谱长编》。章志钧编，1999 年中华书局版。此书以章氏自订年谱为纲，系以各时期与章氏思想行动有关之资料，收罗丰富，编织有序。不只从一个时代，反映出一个人物的风格，也从一个人物，反映出一个时代的面貌。此书上下二册。

中学时，我买了一本《国故论衡》，可能是国文老师的介绍，是为读章氏著作之始。当时是怎样读的，现在已经记不清，但没有读懂，是可以肯定的。因为就是现在我读起此书，还是很吃力。当时，确是认真读过的，就像我那时读《费尔巴哈论纲》，英文原本《林肯传》，严译《名学纲要》一样，是用一种硬啃的读书法。这种读书法，当时颇具效力，好像是钻进书中去了。但印象不深刻，经过若干年，又都茫茫然。现在，购置了以上书籍，通读能懂的也只有：《文录》、《菿汉微言》及《昌言》（这都是章氏对弟子的谈话记录，多关于历史、人物、时事，文字比较通俗）、家书以及年谱。

章太炎二十三岁时，肄业诂经精舍，受德清俞荫甫（樾）教。曾国藩说过：李鸿章拼命做官，俞荫甫拼命著书。是当时知名学者。严格说，这是章太炎做学问之始，并从此得以成为朴学大师，享名于后。朴学是清朝一种主导的学术，如果不是时局的影响，他可能一生从事这种书斋中的工作。因为排满运动的兴起，他成为革命人物，辛亥革命以后，他又成为民国的元勋，政治和学术的名望，同时有之。实际上，他只以学术文章见长，虽然好参与政治，好谈政治，好作幻想大言，多不切于实际。所以在政治上，名望虽高，却并没有什么实绩，也没有做成什么大官。民国以后，政局屡变，章氏言论态度亦屡变，甚至依附过军阀吴佩孚和孙传芳。后来不能活动，就常常发通电表示政治见解，看来他是一生不甘寂寞的。

章氏幼年即患有眩厥症。应童子试时，即因此病而未终场。他自己后来也常常提到："予少时多病"。眩厥是一种脑神经疾病，但并不影响读书、作文，且有时表现为灵敏、激越，故章氏文章，锋利如削，有一种奇异色彩，此病理使然。然此病有时兴奋易怒，有时沉郁寡言，显然不宜于理政，所以他虽热心政治，当权者从未委他以重任。袁世凯不得已委他个东三省筹边使，他也没有做出多少成绩，很快就辞职不干了。

章氏为文，好骂人，有些地方，看起来近似人身攻击。如骂吴敬恒："善钳尔口，勿令舐痈；善补尔裤，勿令后穿。"等语，当时称为名句。有一次，竟骂蔡元培为法国人，非中国人。但对人对事，又像并无成见，时有改变，也不记私怨。为友为敌，常有反复，这也是和他的性格有关的。

章氏好铺张，章士钊在一篇回忆文章中说，章太炎好穿奇装异服，招摇过市。另有记载，有一次，他到四川公干，买了一大条红布，制成一幅横标，雇两个人抬着，作为他的前导，以壮行威。

此人很重道义，他为参与缔造民国光荣牺牲的同志，都写了传记，并为他们请封表扬。传记真实地记录了这些人的个性行迹，使我们可以看到清末民初那些志士仁人的形象。如记邹容幼年好雕刻，狱中得弱症，章氏为其诊脉处方等情节，都有班马史传之遗意。

他的学术，因为我不懂，姑且不论。章氏的文章，我以为辩才不及梁启超，然切实过之；深湛不及王国维，然条畅过之。章梁文体，实为后来报章文字之先声，影响新闻界至巨。他的著名文字，如《讨满洲檄》，我以为写得并不精彩，罗列罪状，有勉强凑数之弊,文字也冗长造作,生动之笔太少。与康有为论难的信,感情就充沛得多了。又好用古字,人多不识,这实际上是限制了自己文字的流传。

文人逸事,热闹有趣者多,真实可信者少。章太炎大闹总统府一事,最为当时所乐道。记载颇多,且加演义,以为章太炎如何英雄,袁世凯如何没有办法。其实,在那种场合下,有办法的还是大总统,没办法的还是穷书生,他究竟是被拘留起来了。章氏自记,就平实得多,晚年并称赞了袁世凯的肚量,证明章太炎是一个诚实的人,一个真正的书呆子。

章氏晚年,受人馈赠,卖文章,为海上闻人如杜月笙的先人写碑传,为人所诟病。其实这些都是小节,是情有可原的。他的爱民族爱国家的大节,至死是为人们所称道的。

他晚年,不承认甲骨文的真实和价值,这是鲁迅说的"专家之悖"造成的,也是情有可原的。人一旦成为某一学术领域的权威,即不知不觉,把自己看成偶像。偶像是要本能地排除自己所不知的新生事物的。

古人以能立功、立德、立言者,为名人。章氏有功于民国,虽无大德于民,然亦无亏缺之处。至于言,煌煌大著,更无论矣。成为中国近代史上一大名人,固非投机取巧、沽名钓誉者流可比。然名人都有时代的特点,为历史所铸造,与英雄同。当其一旦成为名人,则追逐者日众,吹捧者日多,军阀官僚商贾皆争先利用之。或赠以高楼,或赠以骏马。黄金不求自得,美女纷至沓来。于舆论优势之外,往往亦得实利。本人亦以不同凡俗自居,人之阿谀,不以为怪,人之厚赠,以为应当。日久天长,主观客观上,名存实亡,变成偶像。言行不顾,见利忘义,有些名人，遂成为不名誉之人。名人既败，毁之者亦众，过去誉之者，心转而造谣，投井下石而后快。此名人兴衰之通则也。

近世之名人，为数甚众，流品角色亦甚杂，根基牢固者少，忽起忽落者多，求如章氏之人品学术贯彻始终者，并不多见。我读他的著作，是怀着虔诚尊教之心的。

发愿写这样一篇文章，时间已有三年。参考书打开又放起，放起又打开，一直未得成篇。此因过去读过的书，都已忘记，年老少精神，又不愿去翻检，知难而退。近日，其他文章不好写，遂决心写出，然亦只是读书的印象断片，不得称为研究文字也。

1986 年 8 月 23 日校讫并记

买《世说新语》记

我们知道，鲁迅先生不好给青年人开列必读书目，但他给许寿裳的儿子许世瑛开的那张书目，对我们这一代青年，却发生了意想不到的影响。我记得在进城以后，大家都争先恐后地搜集那几本书。《世说新语》就是其中的一种。

我先在南市地摊上，买了一本启智书局铅印的本子，只有上册。这本书后来送人了。

不久我在南开区一家废纸店，买了一部《四部丛刊》黑纸本的《世说新语》。那时，《四部丛刊》流落街头的很多，旧书店只收一些成套的白纸本，黑纸本无人过问，就都卖给废纸店了。这部书一共三册，我给他三角钱，他已经很高兴了。

《四部丛刊》本的《世说新语》，是影印的明袁氏嘉趣堂刊

本,首页有袁褧写的序,他说:

> 晋人话言,简约玄澹,尔雅有韵,世言江左善清淡,今阅《新语》,信乎其言之也。临川撰为此书,采缀综叙,明畅不繁。孝标所注,能收录诸家小史,分释其义,训诂之赏,见于高似孙纬略。余家藏宋本,是放翁校刊本。

目录后所附的高氏纬略说:

> 宋临川王义庆,采撷汉晋以来,佳事佳话,为《世说新语》,极为精绝,而犹未为奇也。梁刘孝标注此书,引援详确,有不言之妙。

从以上两段引文,可见古人对此书的评价。这是当之无愧的。

后来,我又在天祥市场,买了一本唐写本《世说新书》。是罗振玉印的,极讲究,大本宣纸。这是《世说新语》最古的本子,系长卷,分藏四个日本人家,罗氏借来合印的。末附罗振玉手写的长跋,其中包括杨守敬初见此卷时的题跋。

这个写本,后来附印在中华书局一九六二年影印的,宋绍兴八年,广川董棻,据晏殊校定本所刻的《世说新语》的后面,当然是大大缩小了。这部书,我也购存一部,末附宋人汪藻所作叙录,包括书名篇数考证、考异、人名谱各一卷。

我买唐写本时,并不是打算考证《世说新语》的源流,对于这种学问,我是一无所知的。是为了习字。唐人写经,我已经有了几种,很喜欢这种楷法,这个写本,字更精彩,也大一些。

买来以后，我临写过两次。发现：这个写本，虽为考古家所重，当作字帖也很好。如果当作书籍来读，就很费劲。抄写时，脱字、错字很多，很多地方，读不成句，或不明其义。此外，有些字的写法，也很特别，虽系古法，已不适用于今日。

唐时，书籍靠抄写，为人抄写经卷，是一种职业。但这些书手，只写得一手好字，文化却不高明。抄写错漏之处，也不愿修改，因为那样一来，会使得卷面不干净，引起主人的不满。如果主人再不察，随即束之高阁，那就只能以讹传讹了。

无论是晏殊校本，还是陆游校本（实际也是根据的晏殊校本，即董棻刻本），都是在传写的基础上，经过整理的。古籍经过整理，总要进一步，但也要看整理者是什么人。如果遇人不淑，不学无术，妄自尊大，那古书的命运就很难说了。晏、陆二家，一代名宿，所校当然可靠。但《四部丛刊》本陆游跋语甚简略，并未说曾经他校改。文字可疑之处，已经后人校出，列于书后。

《四部丛刊》本《世说新语》，虽系明刻，实际上重开宋本，仅次真迹一等，确是善本。我现在阅读的，主要是这个本子。

我还从天津古籍书店，买过一部光绪十七年，湖南思贤讲舍刻的，经王先谦、叶德辉校勘的本子，共四册。第一册多题跋、释名，各一卷，第四册多考证、校勘小识，引用书目、佚文各一卷。材料多一些，但读起来，还是不如《四部丛刊》本醒目。

这部书，在书店翻阅时，标的定价是四元，当时我没买。后来，请他们给我送来，书价已改为六元。临时加码，装入私囊，这是一些书商的惯技，所遇已非一次，我只好任他敲了一下轻轻的竹杠，权当送他的车马费。

杨守敬跋唐写本云:

> 自规箴篇孙休好射雉起,至张闿毁门止,其正文异者数十字,其注异文尤多,所引管辂别传,多出七十余字,窃谓此卷不过十一条,而差异若此。

这是考据家的发现,应该尊重,但与读书关系不大。后来的整理本,删去管辂别传七十余字,是因为这一注文过长,有些文字与正文关联不大。其他个别字的差异,则因为写本的遗漏或错误。如元帝过江犹好酒一条,末句:"酌酒一酣,从是遂断"。写本作"酌酒一唾从此断",显然不雅。远公在庐山一条,"执经登坐,讽诵朗畅"句,写本脱"朗畅"二字,使句子不整。

像《世说新语》这类书,记载的是历史人物的言行,在古代,曾被列入史部,后来才改为子部小说类。史评家刘知几,曾对这样的"史书",作如下评论:

> 孝标善于攻缪,博而且精,固以察及泉鱼,辨穷河豚。嗟乎!以峻(孝标名——耕堂注)之才识,足堪远大。而不能探颐彪峤,纲罗班马,方复留情于委巷小说,锐思于流俗短书,可谓劳而无功,费而无当者矣。(《史通》)

但真正的历史家,例如司马光,在他撰写《资治通鉴》时,却常常取材于这类"小说",读者信之,不以为非。

在古代,历史和小说,真是难分难解,能否吸取它的精华,全看自己的鉴裁眼光如何。

《世说新语》这部书的好处和价值,已见开篇引文。为更使

览者明确,再引鲁迅论断:

> 《世说新语》今本凡三十八篇,自《德行》至《仇隙》,以类相从,事起后汉,止于东晋,记言则玄远冷俊,记行则高简瑰奇,下至缪惑,亦资一笑。孝标作注,又征引浩博。或驳或申,映带本文,增其隽永,所用书四百余种,今又多不存,故世人尤珍重之。(《中国小说史略》)

我读这部书,是既把它当作小说,又把它当作历史的。以之为史,则事件可信,具体而微,可发幽思,可作鉴照。以之为文,则情节动人,铺叙有致;寒泉晨露,使人清醒。尤其是刘孝标的注,单读是史无疑,和正文一配合,则又是文学作品。这就是鲁迅说的"映带",高似孙说的"有不言之妙"。这部书所记的是人,是事,是言,而以记言为主。事出于人,言出于事,情景交融,语言生色,是这部书的特色。这真是一部文学高妙之作,语言艺术之宝藏。

虽是小品,有时像诗句,有时像小说梗概,有时像戏剧情节。三言两语,意味无尽。这是中国一种特殊的文体,一种文史结合、互相生发的艺术表现形式。

人言东晋,清谈误国,是否如此,不得而知。统观此书,其谈吐虽冲远清淡,神韵玄虚,然皆有助于世道人心之向善,即所记人物行止,亦皆备惩劝之功能,绝非虚无出世之释道思想,所可比拟也。

此书尚有清代纷欣阁刻本,亦称善本,寒斋未备。

1986 年 12 月 20 日记

我的读书生活

最近,北京一位朋友独创新论,把我的创作生活划为四个阶段。我觉得他的分期,很是新颖有意思。现在回忆我的读书生活,也按照他的框架,分四期叙述:

一、中学六年,为第一期。

当然,读课外书,从小学就开始了。在村中上初小,我读了《封神演义》和《红楼梦》。在安国县上高小,我开始读新文学作品和新杂志,但集中读书,还是在保定育德中学的六年。

那时中学,确是一个读书环境。学校收费,为的是叫人家子弟多读些书;学生上学,父母供给不易,不努力读书,也觉得于心有愧。另外,离家很远,半年才得回去一次。整天吃住在学校,不读书,确实也难打发时光。特别是在高中二年,功课不那么紧,自己的学识,有了些基础,读书眼界也开扩了一些,于是就把大部分时间用在读书上。读书的方式,一是到阅览室看报、看杂志。二是在图书室借阅书籍。三是少量购买。读书兴趣,初中时为文艺作品,高中时为哲学、政治经济学和新的文艺理论。

中学时期,记忆力好,读过的书,能够记得大概,对后来有用处。

二、毕业后流浪和做事，为第二期。

在北平流浪、做事，断断续续，有三年时间，主要也是读书。逛市场，逛冷摊，也算是读书的机会。有时买本杂志，买本心爱的书，带回公寓看，那是很专心的。后来到安新县同口镇小学教书一年，教务很忙，当一个班的级任，教三个班的课，看两个班的作文，夜晚还得要读些书，并做笔记。挣钱虽少，买书算是第一用项。

三、抗日战争和解放战争，为第三期。

这合起来是十一个年头。读书，也只能说是游击式的，逮住什么就看点什么，说什么时候集合，就放下不读。书也多是房东家的，自己也不愿多带书，那很累人。

在延安一年多，生活比较安定，鲁艺有个图书馆，借读了一些书。

这十一年中，当然谈不上买书。

四、进城四十多年，为第四期。

进城后，大量买书，已时常记在文字，不细说。其间又分几个小阶段：

初期，还买一些新的文艺书，后遂转为购置旧书。购旧书，先是买新印的；后又转为买石印的，木版的。

先是买笔记小说，后买正史、野史。以后又买碑帖、汉画像、砖、铜镜拓片。还买出土文物画册，汉简汇编一类书册。总之是越买离本行越远，越读不懂，只是消磨时间，安定心神而已。

石印书、木版书，一般字体较大，书也轻便，对老年人来说，已是难得之物，所以我还是很爱惜它们。这些书，没有标点，注释也很简单，读时费力一些，但记得准确。现在，有些古书，经专家注释，本来很薄的一本，一下涨成了很厚的一册。正文夹在注释中间，如沉入大海，寻觅都难。我觉得这是喧宾夺主。古人注书，主张简要，且夹注在正文之间，读起来方便。另外，什么都注个详细，对读者也不一定就好。应该留些地方，叫读者自己去查考，渐渐养成治学的本领。我这种想法，不知当否？

我的读书，从新文艺，转入旧文艺；从新理论转到旧理论；从文学转到历史。这一转化，也不知道是怎么形成的。这只是个人经历，不足为法。

我近年已很少买书，原因是，能买到的，不一定想看；想看的，又买不起。大部头的书，没地方安置，也搬拿不动了。

虽然买了那么多旧书，中国古典散文、诗歌，读得多些。词、曲读得并不多。特别是宋词，中学时买过一些，现存的《全宋词》、《六十名家词》，都捆放在那里，未能细读。元曲也是这样，《六十种曲》、《元曲选》，买来都未细读。只是在中学时，迷恋过一阵《西厢记》和《牡丹亭》。这两种剧本，经我手不知买过多少次。赋也不大喜欢读。近年在读《汉书》时，才连带读上一遍，也记不住了。

人的一生，虽是爱书的人，书也实在读不了多少，所以我劝人读选本。老年，对书的感情，也渐渐淡了，远了。

平生读书是为了增加知识，探求文采。不读浅薄无聊之书，不看下流黄色小说，不在这上面浪费时光。一经发现，便不屑再顾，这绝非欺人之谈。

总之，青年读书，是想有所作为，是为人生的，是顺时代潮流而动的。老年读书，则有点像经过长途跋涉之后，身心都有些疲劳，想停下桨橹，靠在河边柳岸，凉爽凉爽，休息一下了。

1992 年 3 月

野味读书

我一生买书的经验是:

一、进大书店,不如进小书铺。进小书铺,不如逛书摊。逛书摊,不如偶然遇上。

二、青年店员不如老年店员,女店员不如男店员。

我曾寒酸地买过书:节省几个铜板,买一本旧书,少吃一碗烩饼。也曾阔气地买过书:面对书架,只看书名,不看价目,随手抽出,交给店员,然后结账。经验是:寒酸时买的书,都记得住。阔气时买的书,读得不认真。读书必须在寒窗前,坐冷板凳。

解放战争时期,我在河间工作。每逢集日,在大街的尽头,有一片小树林,卖旧纸的小贩,把推着的独轮车,停靠在一棵大柳树上,坐在地上吸烟。纸堆里有些破旧书。有一次,我买到两本《孽海花》,是原版书,只花很少钱。也坐在树下读起来,直到现在,还感到其味无穷。

另外,冀中邮局,不知为什么代存着一些土改时收来的旧书,我去翻了一下,找到好几种亚东图书馆印的白话小说,书都是新的，可惜配不上套，有的只有上册，有的只有下册。我也读了很久。

我在大官亭做土改。有一天，到一家扫地出门的地主家里，在正房的满是灰尘的方桌上面，放着一本竹纸印的《金瓶梅》，我翻了翻，又放回原处。那时纪律很严，是不能随便动胜利果实的。现在想来，可能是明版书。贫农团也不知注意，一定糟蹋了。

冀中导报社地上，堆着一些从纪晓岚老家弄来的旧书，其中有内府刻本《全唐诗》。我从里面拆出乐府部分，装订成四册。那时，我对民间文艺有兴趣，因此也喜欢古代乐府。这好像不能说是窃取，只能说是游击作风。那时也没有别的人爱好这些老古董。

至于更早年代的回忆，例如在北平流浪时，在地摊上买一些旧杂志，在保定紫河套买一些旧书，也都有过记述，就不再多说了。

前代学者，不知有多少人，记述在琉璃厂、海王村、隆福寺买书的盛事。其实，那也都是文章，真正的闲情、乐趣，也不见得就有那么多。只是文人无聊生活的一种点缀，自我陶醉而已。不过，读书与穷愁，总是有些相关的。书到难得时，也才对人有大用处。"文革"以后，我除"红宝书"外，一无所有，向一位朋友的孩子，借了两册大学汉语课本，逐一抄录，用功甚勤。现在笔记本还在手下。计有：《论语》、《庄子》、《诗品》、《韩非子》、《扬子法言》、《汉书》、《文心雕龙》、《宋书》、《史通》等书的断片，以及一些著名文章的全文。自拥书城时，是不肯下这种功夫的。读书也是穷而后工的。

所以，我对野味的读书，印象特深，乐趣也最大。文化生活和物质生活一样，大富大贵，说穿了，意思并不大。山林高卧，一卷在手，只要惠风和畅，没有雷阵雨，那滋味倒是不错的。

可怀念的游击年代！

读书究竟有用无用，这是很难说清楚的。要看时势和时机。汉高祖在攻打天下的时候，主张读书无用论。他侮辱书生，在他们的帽子里撒尿。这是做给那些乌合之众、文盲战士们看的，讨得他们的欢心，帮他打天下。等到做了皇帝，又说"过去为非"，自己也读书也作文章了。这也是为了讨好那些儒生，帮他安定天下，才这样做的。

总之，读书一直被看作一种功利手段，因此，读书人也就只能碰运气了。

1992 年 4 月 13 日

我的绿色书

我自幼喜欢植物，不喜欢动物。进入学校，也是对植物学有兴趣。在我的藏书中，有不少是关于植物的书，如《群芳谱》，《广群芳谱》，《花镜》，《花经》。其中《植物名实图考长编》，是一部大著作；它的姊妹篇，是《植物名实图考》，都是图，白描工笔，比看植物标本，还有味道，就不用说照片了。

我喜欢植物，和我的生活经历有关：我幼年在农村庄稼地里度过，后来又在山林中，游击八年。那时，农村的树木很多，村边，房后，农民都栽树。旧戏有段念白：看前边，黑压压，雾沉沉，不是村庄，便是庙宇。最能形容过去农村树木繁盛的景象。

幼年时，我只有看见农民种植树木、修剪树木的印象，没有看见有人砍伐树木的印象。

"文化大革命"以后，我曾亲眼看到一个花园式庭院毁灭的经过：先是私人，为了私利，把院中名贵的、高大的花木砍伐了；然后是公家，为了方便，把假山、小河，夷为平地，抹上洋灰，使它寸草不生，成了停车场。

在干校劳动时，那里是个农场，却看不到一棵成材的树。村边有一棵孤零零的小柳树，我整天为它的前途担心，结果，长到茶杯粗，夜里就叫人砍去，拴栅栏门了。

我的家乡，也不再是村村杨柳围绕，一眼望去，赤地千里，成了无遮拦的光杆村庄。

这是怎么回事？

有人说，这是素质不高；有人说，这是道德欠缺；有人说是因没有文化；有人说是因为穷。

当然，这都是前些年的事，现在的景象如何，我不得而知，因为我已经很久不出门了。

但从楼上往下看，还到处是揪下的柳枝，踏平的草地。藤萝种了多年，爬不到架上去，蔷薇本来长得很好，不知为什么，又被住户铲去了。

有人说这是管理不善；有人说这是法制观念淡薄；有人说，如果是私人的，就不会是这样了。这问题更难说清楚了。

我不知道，我过去走过的山坡、山道，现在的情景如何，恐怕也有很大变化吧！泉水还那样清吗？果子还那样甜吗？花儿还那样红吗？

见不到了，也不想再去打游击了。闭门读书吧。这些植物书，特别是其中的各种植物图，的确给老年人，增添无限安静的感觉。

1992 年 8 月 12 日清晨

谈读书

读书，主要靠自学。记得上中学时，精力旺盛，读书最多，也最专心。我们的国文老师除去选些课文，在课堂给我们讲解外，就是介绍一些参考书，叫我们自己在课外去选择、去阅览。

文学非同科学，有时是可以无师自通的，只要个人努力。读书也没有准则，只有摸索着前进。读书和自己的志趣有关，一个人的志趣，常常因为时代、环境的变化，而有所改变。所以，就是师长给你介绍的书，也不一定就正中你的心意，正合你当时的爱好。

例如鲁迅先生给许世瑛开的十部书，是很有名的。但仔细一想，许世瑛那时年纪还小，他能读《全上古三代秦汉三国六朝文》或《四库全书总目》那类的古书吗？会有兴趣吗？但开这样一个书目，对他还是有好处的。使他知道：人世间有这样几部书，鲁迅先生是推重这些作品的。

现在，也常常有人叫我给他开个书目之类的单子，我是从来不开的。迫不得已，我就给他开些唐诗古文之类的书，这是书林中的菽粟，对谁也不会有害处的。我想：我读过的，你不一定去读，也不一定爱好。我没有读过的好书多得很，而我读书，是从来没有计划，是遇到什么就读什么的。其中，有些书读了，确实有好处，有些书却读不懂，有些书虽然读过了，却毫无所得。

根据以上这个经验，我后来读书，就知道有所选择了。先看前人的读书提要，了解一下书的作者及其内容。而古人的读书笔记，多是藏书记，只记他这本书，如何得来，如何珍贵，对内容含义，缺少正确的评价，这就只好又去碰了。

"开卷有益"，我常常这样安慰自己。

我的习惯，选择了一本书，我就要认真把它读完。半途而废的情况很少。其中我认为好的地方，就把它摘录在本子上。我爱惜书，不忍在书上涂写，或做什么记号，其实这是因小失大。读书，应该把随时的感想记在书眉上，读完一本，或读完一章，都应该把内容要点以及你的读后意见，记在章尾书后，供日后查考。读古书，这样做方便一些，因为所留天地很大，前后并有闲纸，现在印书，为了节省纸张，空白很少，只好写在纸条上，夹在书里面。不然年深日久，你读过的书就会遗忘，等于没有读。古人读书，都做提要，对作者身世，著作内容，作简要的叙述和评价，这个办法，很值得我们读书时取法。

青年人读书，常常和政治要求、文坛现状、时代思想有关；也常常和个人遭遇、思想情绪有关。然而，总的趋势，是向前发展的，不是一成不变的。老年人的爱好，常常和青年人的爱好不大一样，这是很自然的，也不要相互勉强。

比如，我现在喜欢读一些字大行稀、赏心悦目的历史古书，不喜欢看文字密密麻麻，情节复杂奇幻的爱情小说，但这却是不能强求于青年人的。反过来说，青年人喜欢看、乐意写的这样的小说，我也是宁可闲坐一会儿，不大喜欢去读的。

1983 年 9 月 8 日晨雨

谈爱书

上

那天,有一位客人来闲谈。他问:"听说,你写的稿子,编辑不能改动一个字。另外,到你这里来,千万不要提借书的事。都是真的吗?"

我回答说:

关于稿子的事,这里先不谈。关于借书的事,传说的也不尽属实。我喜爱书,珍惜书。要用的书,即是所谓藏书,我确是不愿意借出去的。但是,对我用处不大,我也不大喜欢的书,我是宁可送给别人,不要他归还的。我有一种洁癖,看书有自己的习惯。别人借去,总是要有些污损。例如,这个书架上的杂志和书,院里院外的孩子们要看,我都是装上封套,送给他们。他们拿回去怎样看,我就管不了许多。

即使是我喜爱的书,在一种特殊的时机,我也是可以慷慨送人的。例如抗日战争爆发以后,许多同志都到我家拿过书。大敌当前,身家性命都不保,同志们把书拿出去,增加知识,为抗日增加一份力量,何乐而不为?王林、路一、陈乔,都曾打开我的书箱,挑拣过书籍。有的自己看,有的选择有用的材料,油印流传。这些书,都是我从中学求学,北平流浪,同口教书,节衣缩食买下来,平日惜如性命的。

"十年动乱"开始,我的书共十书柜,全部被抄。我的老伴,知道书是我的性命,非常难过。看看我的面色,却很冷漠,她奇怪了。还以为我能临事不惊,心胸宽阔呢。当时,我只对她说:

"书是小事。"

有些书,我确是不轻易外借的。比如《金瓶梅》这部书,我买的是解放后国家影印的本子。二十四册,两布函,价五十元。"动乱"之前,就常常有同志想看,知道我的毛病,又不好意思说。有的人拐弯抹角:"我想借你部书看。"我说:"什么书?新出版的诗集、小说,都在这个书架上,你随便挑吧!""不,"他说,"我想借一部旧书看看。""那也好。"我心里已经明白七分,"这里有一部新印的《聊斋》。"他好像也明白了,不再说话。

抄去的书籍还能够发还,正如人能从这场灾难中活过来,原是我意想不到的。但终于说是要落实政策了,但就是不发还这一部。我心里已经有底,知道有人想借机扣下,就是不放弃。过了半年,还是有权者给说了话,才答应给我。这一天,报社的革委会主任,把我叫到政工组的内间。我以为他有什么公事,要和我谈。坐下来后,他说:

"听说要发还你那部书了,我想借去看看。"

"可以。"他是革委会主任,我不便拒绝,说,"最好快一些。另外,请不要外传。"

政工组到查抄办公室,把书领回来,就直接交到他手里去了。那是我未曾触手的一部新书，还好，他送给我时，污损不大，时间也不太长。我想他不一定通读，而是选读。

过去，《金瓶梅词话》的洁本出版以后，北平书摊上，忽然出现一本小书，封面上画着一只金色的瓶子，上面插着一枝梅花，写着"补遗"二字，定价高昂。对于只想看"那一部分"的读者，大敲竹杠。我很后悔没有买下一本，应付来借这部书的人们。

客人又问：

"从你写的一些文章看，你的家庭并不是书香门第，那你为什么从幼年就爱上了书呢？"

我答：我幼年时，我家里，可以说是一本书也没有。我的父亲，只念过二年私塾，然后经招赘在本村的一个山西人，介绍到祁州（后来改称安国县）一家店铺去学徒。家境很不好，祖父一直盼望父亲，能吃上一点股份，没有等到就去世了。祖父的死，甚至难以为葬，同事们劝父亲"打秋风"，父亲不愿，借贷了一些钱，才出了殡。这是母亲告诉我的。父亲没有多读书，但看到我的兄弟们都已夭伤，我又多病，既不能务农，又因娇惯也不能低声下气去侍候人——学徒。眼下家境好些了，所以决定让我读书。我记得从我上学起，父亲给我买过一部《曾文正公家书》，从别人要来一本《京剧大观》，还交给过我一本他亲手抄录的、本县一位姓阎的翰林，放学政时在路途上写的诗。父亲好写字，家里还有一些破旧的字帖。

我的书都是后来我做事，慢慢买起来的，父亲也从不干预。但父亲很早就看出我是个无能之辈，不会有多大出息，暗暗有些失望了。

下

我喜爱书，在乡里也小有名声。我十七岁，与黄城王姓结婚。结婚后的年节，要去住丈人家。这在旧社会，被看作是人生一大快事，与金榜题名、作品获奖相等。因为到那里，不只被称作娇客，吃得很好，而且有她的姐妹兄弟陪着玩。在正月，就是大家在一起摸纸牌。围在一起，说说笑笑，打打闹闹，其乐可以说是无穷的。但我对这些事没有兴趣。她家外院有一间闲屋，里面有几部旧书，也不知是哪一辈传流下来的，满是灰尘。我把书抱回屋里，埋头去看。别人来叫，她催我去，我也不动。这样，在她们村里，就有两种传说：老年人说我到底是个念书人；姑娘们说我是个书呆子，不合群。

我的一生，虽说是与书结下了不解之缘，中间也有间断。一九五六年秋末，我得了严重的神经衰弱症。经过长期失眠，我的心神好像失落了，我觉得马上就要死，天地间突然暗了一色。我非常悲观，对什么也没有了兴趣，平日喜爱的书，再也无心去看。在北京的一家医院医治时，一位大夫曾把他的唐诗宋词拿来，试图恢复我的爱好，我连动都没动。三个月后，我到小汤山疗养院。附近有一家新华书店，里面有一些书，是城里不好买的，我到那里买了一部《拍案惊奇》和一本《唐才子传》，这证明我的病，经过大自然的陶冶，已经好了许多。

半年以后，我又转到青岛疗养，住在正阳关路十号。路两旁是一色的紫薇花树。每星期，有车进市里，我不买别的东西，专逛书店。我买了不少《丛书集成》的零本，看完后还有心思包扎好，寄回家中。吹过海风，我的身体更进一步好转了。

"十年动乱"，我的书没有了，后来领到一小本四合一的红宝书。第一次开批判会，我忘记带上，被罚站两个小时，从此就一直带在身上，随时念诵。一是对领袖尊敬，二是爱护书籍的习惯没改，这本小书，用了几年，还是很干净整齐。别人的，都摸成黑色了。

客："可不可以这样说：你的有生之年，就是爱书之日呢？"

我说：这也很难说。我的书，经过几次沧桑，已如上述。书籍发还以后，我对它们还是有一种久别重逢的感情的。从今年起，我对书的感情渐渐淡漠了，不愿再去整理。这恐怕是和年岁有关，是大限将临的一种征兆。也很少买书了。前些天，托人买了一部《文苑英华》，一看字缩印得那样小，本子装订得又那样厚，实在兴趣索然。本来还想买一部《册府元龟》的，也作罢了。

我的生平，没有什么其他爱好。不用说声色犬马，就是打扑克、下象棋，我也不会。对于衣食器用，你都看见了，我一向是随随便便，得过且过的。但进城以后，有些稿费，既对别的事物无多需求，旧习不改，就想多买书。其实也看不了许多，想当一个藏书家。"文化大革命"期间，有人说我是聚浮财，有人说我是玩书。玩人丧德，玩物丧志，玩书又将如何呢？这就很难说清楚了。黄丕烈、陆心源都是藏书家，也可以说都是玩书的人。不过人家钱多，玩得大方一些，我钱少，玩得小气一些。人无他好，又无他能，有些余力，就只好爱爱书吧。

我死以后,是打算把一些有用的书,捐献给国家的,虽然并没有什么珍本。不过包书皮上,我多有胡涂乱写,想在近期清理一下,以免遗笑后世。

1983 年 9 月 19 日夜记

谈赠书

青年时，每出一本书，我总是郑重其事，签名赠给朋友们、同事们、师长们。这是青年时的一种兴致，一种想法，一种情谊。后来我病了，无书可赠，经过"文化大革命"，这种赠书的习惯，几乎断绝。

这几年，我的书接连印了不少，我很少送人。除去出版社送我的二十本，我很少自己预定。我想：我所在地方的党政领导、文化界名流，出版社早就送去了，我用不着再送，以免重复。朋友们都上了年岁，视力不佳，兴趣也不在这上面，就不必送了。我的书大都是旧作，他们过去看过，新写的文章，没有深意，他们也不会去看的。

当然也有例外。近些年来有的同志，把书看成一种货物，一种交换品，或者说是流通品。我有一位老战友，从外地调到本市，正赶上《白洋淀纪事》重印出版。他先告诉我，给他在北京的小姨子寄一本，我照地址寄去了。他要我再送他一本，他住招待所，他把书送给了服务员。他再要一本，我又在书上签了名。他拿着书到街上去了。年纪大了尿频，他想找个地方小便。正好路过我所在的机关,他把书交给传达室说:"我刚从某某那里出来,他还送我一本书哩。你们的厕所在什么地方?"等他小解出来,也不再要那本书,扬长走去了。传达室问:"书哩?""你们看吧!"他摆摆手。他是想用这本书拉上关系,永远打开这座方便之门。

老战友直言不讳告诉我这些事,我做何感想?再赠他书,当然就有些戒心了,但是没有办法。他消息灵通,态度执着,每逢我出了书,还是有他的份。至于他怎样去处理,只好不闻不问。

这些年,素不相识的人,写信来要书的也不少。一般的,我是分别对待。对于那些先引证鲁迅如何在书店送书给青年等等范例的人,暂时不送。非其人而责以其人之事,不为也。对于那些先对我进行一大段吹捧,然后要书的人,暂时也不送。我有时看出:他这样的信,不只发向我一人。对于用很大篇幅,很多细节描述自己如何穷困,像写小说一样的人,也暂时不送。我想,他何不把这些心思,这些力量,用去写自己的作品?

我不是一个慷慨的人,是一个吝啬的人;不是一个多情的人,是一个薄情的人。

但是,对于那些也是素不相识,信上也没有向我要书,只是看到他们的信写得清楚,写得真挚;寄来的稿子,虽然不一定能够发表,但下了功夫、用了苦心的青年人,我总是主动地寄一本书去。按照他们的程度,他们的爱好,或是一本小说,或是一本散文,或是一本文论。如果说,这些年,我也赠过一些书,大部分就是送给这些人了。我觉得这样赠书,才能书得其所,才能使书发挥它的作用,得到重视和爱护。

我是穷学生出身,后又当薪给微薄的村塾教师,爱书爱了一辈子。积累的经验是：只有用自己劳动所得买来的书，才最知爱惜，对自己也最有用。公家发给的书，别处来的材料，就差一些。

鲁迅把别人送给他的书，单独放在一个书柜里。自己印了书，郑重地分赠学生和故交，这是先贤的古道。我虽然把别人送我的书，也单独放在一个书架上，却是开放的，孩子们和青年朋友们，可以随便翻阅，也可以拿走，去古道就很远了。

许寿裳和鲁迅是至交。鲁迅生前有新著作，总是送他一本的。鲁迅逝世之后，许寿裳向许广平要一本鲁迅的书，总是按价付款。这时许广平的生活，已经远不如鲁迅生前。这也是一种古道。

四川出版了我的小说选，那里的编辑同志，除赠书二十册外，又热情地代我买了五十册。我收到这些书以后，想到机关同组的同志，共事多年，应该每人送一本。书送去以后，竟争相传言：某某在发书，你快去领吧！像那些年发材料一样热闹，使我非常败兴，就再也不愿做这种傻事了。

1984 年 10 月 22 日

托尔斯泰

　　托尔斯泰虽然是一个贵族,但他经常地保持了简单朴素爱好劳动的生活习惯。在晚年,努力使自己的生活像一个普通的农民。

　　在他的故乡的庄园里,他写了那些重要的长篇的作品。庄园里树林很密,他住的房子并不高大,他把自己的写作室,安排在原来是堆放杂物的仓房里。这是楼下一间低低的小小的房子,托尔斯泰很喜欢它,窗外的环境很安静,他在这里写作,坐着一个木箱。房的一角,放着一个单身铁床,屋顶上有几个铁环,原来是悬挂农具的,他利用它们来做体操。托尔斯泰喜欢运动,他的卧室里,放着铁哑铃。

　　那些包括很多富丽堂皇的场面的、反映了俄罗斯一个时代的生活风习的小说,就是在这个简陋的地方写出来。这老人很喜欢操作和劳动,在莫斯科住宅的一个小房间里,木案上保存着他做工的斧、锯、钳子和铁钉。站在这些工具前面,把这些工具和他那不朽的文字工作联系起来,想一想吧。

　　他和劳动人民保持了密切的联系,农民们常找他来谈话,托尔斯泰的夫人很不欢迎这些来客，在莫斯科的住宅里，托尔斯泰专辟了一个小门，以便劳动者能直接进入他的房间。他喜爱他学医的小女儿，这女孩子经常在她自己的房间，为那些贫苦的劳动者诊断医疗。托尔斯泰说，在家庭里，只有这个女儿真正了解他。

他和劳动者谈话，并且喜欢人们争吵，在他的写作时间以外，他从不拒绝任何来访问他的人。

他喜欢散步，每天下午写作以后，就到野外去了，走得很远。莫斯科离他的故乡有二百公里，他曾四次徒步回家。他喜欢打猎，故乡的书房的墙壁上装饰着很多的大鹿角，他把一张自己猎取的大熊皮，铺在莫斯科住宅会客室的钢琴下面。

托尔斯泰喜欢到田间和农民一同操作，画家们曾描绘了他耕地、割草的种种形象。

托尔斯泰逼真地描写了当时俄罗斯社会各个阶层的生活，托尔斯泰描写的农民的形象，是美丽的生动的，他抱着深刻的同情心，体验了农民的生活。

托尔斯泰并不了解革命，他想给农民寻找一个出路，结果找到一条错误的有害的道路，但因为他的现实主义的精神，他的笔下出现了俄罗斯农民在资产阶级革命阶段的形象，反映了农民长期积累的革命的情绪和他们在革命中间的弱点。

我只是从他生活朴素、爱好劳动、接近劳动人民这些特质来回忆这位伟大的现实主义作家。

生活，和群众生活保持的距离，可以衡量一个作家的品质，可以判断他的收获。鲁迅先生的俭朴的生活作风，就又是一个例证。

托尔斯泰的墓地，没有任何装饰。就像他写的那篇小故事一样，一个人死后只需要这样小小的一块土地。

　　在树林中的道路的旁边，在厚厚的雪地上，在柏树枝掩盖的托尔斯泰的墓前，我们脱了帽。

　　托尔斯泰的故乡和他在莫斯科的住宅，都改成了博物馆。在他的故乡，还有一所孤儿院。

　　我们在夜晚参观了孤儿院，这是一所修建得很好，里面很温暖的学校。那些在卫国战争中失去父母的孩子们，热情地可爱地欢迎和招待了我们。他们不愿意我们离开，表演了很多的节目。我体会到了这些孩子们的真正的国际主义的心肠。孩子们坐在中间，我们坐在沙发上，背靠着他们亲手绣的花靠枕，桌上陈设着他们培养的长青的树。在演唱的时候，我们一致赞扬了那个唱高音的女孩子的最是嘹亮婉转的声音。

　　他们唱了一支由托尔斯泰作词的民间曲调的歌。托尔斯泰很喜欢这个曲调。显然，这些孩子们的生活和思想已经远远超过了托尔斯泰的时代，但孩子们很尊敬这老人，一个女孩子又背诵了一大段《战争与和平》里的对话。

1952 年 1 月 10 日

果戈理

——纪念他逝世一百周年

去年冬季,我们在苏联访问。关于果戈理,我所见到的只是莫斯科的果戈理广场和他的铜像;他的名剧《钦差大臣》在艺术剧院的一次演出。

那时,广场上铺着厚雪。密密的槐林,在夏秋两季,一定是很好的游玩休息的地方。果戈理披着宽大的头巾,俯着身子凝视着土地。这铜像传达了作家的深沉的忠于国土的热情。

果戈理,有时会被认为是一个孤独冷静的人,善于嘲讽的人。如果他只是这样的一个人,就不能忠实地反映他的时代,出色地描绘他的乡土,也就不会和未来的生活相通。实际上,果戈理是一个非常热情的人,他的著作充满健康乐观的气氛,他的文字的功业,已经远远超过了他的时代,不只为革命以后的苏联人民所珍重,而且为全世界的忠于斗争和劳动的人民所爱戴。

果戈理自然是一位杰出的讽刺作家。什么是讽刺?根据鲁迅先生的界说,讽刺的生命是热情,是对祖国和人民的爱,是对民族弱点的慈善智慧的鞭策,是对未来幸福生活的热烈的仰望。

讽刺作家，必然是伟大的现实主义作家。没有现实主义的负责的认真的努力，就不会成功讽刺。讽刺作家对现实的人民生活，尤其要有全面的了解，他不只能指出那些落后的腐朽的方面，更必须抱负医治的热情。只是会说"多么黑暗呀！""这真可笑呀！"的人，不会写出真正的讽刺作品；只能张扬那些血污的人，就不会负责地收生婴儿，更不会负责地养育婴儿。

因为他的时代，他的出身，果戈理自然也有缺陷。然而，他是热爱祖国和人民的，因为热爱，他才讽刺。果戈理在幼年的时候，就努力使自己成为一个对祖国有用的人。因为要做到有益于祖国和人民的讽刺，他对祖国和乡土的历史，对人民生活的风俗习惯，作了认真的观察，探求了最好的表现方法。

果戈理的作品里自然有悲剧，然而主要的是喜剧。他的喜剧不是轻描淡写的，是深厚感人的。在俄罗斯文学历史里，果戈理成为一个"时期"，他和陀思妥耶夫斯基、安特列夫，不是一个系统；他是普希金、契诃夫中间，承上启下的人。

庸俗的讽刺，可能是仅仅博取观众一笑，也可能是单纯的揭发和冷嘲。果戈理的讽刺，不是这种讽刺。庸俗的讽刺，使观众看后，只觉得社会原来如此黑暗，命运原来如此离奇，甚至于养成投机取巧的心理。果戈理作品的效果，不是这种效果。

果戈理的作品自然常常引人发笑，然而立时就使读者感到：正在笑他自己，果戈理的针灸正按在他的病痛上。果戈理作品里有严重的暴露，这种暴露，对新兴的阶级很有好处，使他们看见了敌人的污毒，增加了搏战的勇气。

果戈理的作品，都是真实的，并且有热烈的幻想。他写出了俄罗斯和他的家乡的丰富美丽的风土，用真诚的抒情的方法，写出了人民对生活的希望。在他的作品里，现实生活和人民的希望交织在一起，因为有这些内容，果戈理的作品，才真正成了诗篇。

在果戈理的短篇著作里，我们已经看到那些香馥的草原，迷茫的道路，美丽的夜晚，富于诗意的小镇和奋勇热烈的战争生活了。他的抒情不是柔细单纯的风景画，其中包含了丰富的历史、社会、民俗学的知识。贯彻着对于国家，对于人民的负责的精神。

果戈理的小说，有浓重的爱国主义。《塔拉斯·布尔巴》是一篇杰出的关于俄罗斯人民反抗侵略的战争小说，是一首真实的史诗。而布尔巴无疑是文学历史上最富于性格色彩的英雄人物之一。这是果戈理作品的真正精神，这种精神，自然为苏联的人民喜爱，必然有助于苏联人民保卫祖国的忠诚。

长篇《死魂灵》是俄罗斯一个时代的生活横断面。在这部作品里，他不只把那些地主吝啬鬼和骗子铸成典型；果戈理把他对祖国的热烈的希望，就是作为一个忠实儿子的情感，也写进去了。一部书里，包含作家的全部心血，他的理智的见解和情感的奔流。当我们有一次坐了汽车走远路的时候，我忽然想起果戈理坐了旧式的马车，在俄国风雪的道路上旅行的情景。想起了他一路的赞叹之词：

> 俄国呀！我的俄国呀！我在看你……然而是一种什么不可捉摸的，非常神秘的力量，把我拉到你这里去的呢？为什么你那忧郁的，不息的，无远弗届，无海弗传的歌声，在我们的耳朵里响个不住的呢？……唉唉，俄国呀！……你要我

怎样？……莫非因为你自己是无穷的，就得在这里，在你的怀抱里，也生了无穷的思想吗？空间旷远，可以施展，可以迈步，这里不该生出英雄来吗？

这样就使我想到果戈理对他的祖国已经尽了庄严的职责，想到他在献给普希金的一篇文章里说的——"一听到俄罗斯这个字，我们诗人的眼睛就更光亮了，他的眼界也更扩大了，他仿佛立刻庄严了很多，比较任何人都要来得伟大。自然，这是一种非同寻常的爱国的热情！"这是诗人由衷的声音。

果戈理对中国的新文艺，有深刻的影响，他的现实主义的光芒，很早就投射到中国的一颗文学巨星身上。鲁迅先生是中国新文苑的扶犁人，一九一八年在《新青年》杂志上发表了第一篇白话小说《狂人日记》。这篇小说是中国文学革命的第一次成功的收获，它不只是讨伐封建社会的檄文，也在认真的实践上奠定了现实主义的基础。

《狂人日记》有果戈理的影响。这时十月革命已经成功，马列主义已经传播到中国，鲁迅先生的先觉的战斗的精神，使他的现实主义的力量更为发扬，使中国新文艺的现实主义的方针更为巩固，成为主流。

鲁迅先生晚年，努力介绍果戈理，组织了果戈理选集的翻译工作，亲自翻译了巨著《死魂灵》。这是果戈理作品的出色的翻译，两大才能交相辉映，中译本确切地传达了果戈理的精神，保存了原作文字的锋芒。鲁迅先生还主持翻印了《死魂灵百图》，包括阿庚和梭可罗夫两家关于《死魂灵》的绘画，既有益于文学读者，又有助于画家。

在翻译期间和中译《死魂灵》出版以后，鲁迅先生常常提到果戈理文字的特点，促使文学青年注意。这些提示就在先生的《论讽刺》、《什么是讽刺》、《几乎无事的悲剧》、《〈死魂灵百图〉小引》那些文章里。

1952 年 2 月 28 日

契诃夫

——纪念他逝世五十周年

    我们只能从他的作品认识他。我们也读了别人关于他的纪事,这些纪事常常是侧重一个方面,或者也有些渲染;他本人遗留下的通信、日记和手册,自然是很重要的材料,但看到的也是一些断片。其实,对于像这样一个真诚的作家,我们只要认真地阅读他的作品,便可以全面地理解他了。

    契诃夫作品的特色,究竟在哪些地方?它之所以永久被人爱好,具备这样强烈的感染力量,凭借的是哪些特质?有一次,契诃夫读了一篇学生作文,他对一位作家说:海——是阔大的,这描写很好。契诃夫作品主要的特色,就是朴素和真实。

    朴素,对于我们当前的写作,是一个重要的问题。我们的创作道路,常常从朴素开始,而在有了一定成就和进展的时候,就会忽然转向浮夸,因而也就急剧地衰退和坠落了。这是一个非常可惜的下场。

    为了什么要这样做呢?我们不能保持作品初期的朴素风格,像保持童年的天真那样努力吗?难道也有什么外界的影响像社会上残余的恶习一样，感染和诱惑了我们的笔墨？这些外界的影响，也还可能是存在的。例如一些人对于作品的不实际的要求，对于文学事业的盲目地吹捧或棒喝，文坛上残余的投机取巧、自吹自擂的现象，有的时候也会影响一个作家的健康成长。但是，主要的原因，还存在作家的主观方面。

在主观方面，也有分别。有的初学写作，在创作实践当中，一定会遇到很多的困难。例如刻画人物，虽然已经有很多理论家提供了很多办法，但还是解决不了我们在这一问题上的许多困难。我们的人物总是刻画不好。为什么在那些古典作家的作品里，三言两句，就使得一个并非主要的人物，也深刻地印证在读者的心里？为什么我们用这么多篇幅描写了的主要人物，还会被读者掩卷以后，立即遗忘？

这就不能不去学习，不能不发生向大作家学习的渴望。但是，学习的途径，不一定每个人都安排得很好。有的从理论书上找到一些条文，按性格、环境、内心、行动等等方面，去捏造他的人物；有的从一些当代名家的作品里去学习那些能或是已经招致了喝彩声和掌声的"风格"。如果学习得好，我相信是会有好处的。但这种学习，像勉强学习别人的举止，那些学习来的成果，常常是不自然的，反而掩杀了他本身的天真的特质。

我们的文坛，有的时候被想象做看台一样。初学写作者自然羡慕那些站在上面一层的人，他们想找些简便的办法，平步登云，和那些人站在一道去。有的人，写过几篇文章，便不知道为什么骄傲起来，在作品中，也要装个样儿，这也是使作品失去朴素、装塞浮夸的一个原因。

这就使得文坛上的浮沉起伏的现象，频繁和急骤起来。在文学园地里，新的花朵不断开放，新的果实不断结成，新的林木不断矗立起来。这是很好的现象。有的作品能够像恒星一样，在天空长期悬照，但也有的像流星一样，很快地陨落了，即使它当时带有多么摇曳强烈的光辉。

这些自然现象，只能促使我们自警，不断地努力，却不能采取什么别的手段，勉强维持自己的作家的名色。作家应该有修养，有把持，就是认真地、坚韧地深入生活，从切实的阶梯，攀上文坛的高峰。

这样，我们就应该从契诃夫的创作道路学习。契诃夫说：

"一个人必须……不顾惜自己地……工作了一生。"

契诃夫从学生时代，就开始写作了。从幼年，他就积累了很多深切的生活感受，契诃夫是一个很善观察和想象的人。他一开始写作，就表现了很大的毅力，他写得很多很快，写得多和快，这常常是表现着作者生活感受的丰富和创作热情的高涨。他常常写着一篇故事就想起了另外一篇，他在业余的时间，一个晚上就能完成一篇小说。这种顽强的创作实践的精神，是契诃夫创作成功的一个重要因素。

当然，契诃夫向编辑们说过这样的话，他指着桌上的一个烟盘说：如果你要一个这样题目的故事，明天便可以交给你一篇。这并不是玩笑话，更不能说契诃夫创作态度不严肃。他所以能够这样保证，是因为他素常积累的材料很多，构思的方面很广，他的创作要求，像喷泉一样，能满足和冲激到各个方面。

契诃夫一直没有离开群众，一直没有减低对人民生活的关怀。他担任医生，很长时间做慈善事业，做调查工作。医务工作，使他有机会接触到各方面的人。

根据人们对他的回忆，忠诚和朴实是作家契诃夫人格的主要特色。这种特色突出地、自然地表现在他的作品里，形成他特有的风格。从他早期的作品，那篇诗一样的小说《草原》，我们就完全为作家的这种伟大的胸怀感动了。

这种伟大的胸怀，真正拥抱和了解了他那国土的全部事物，表现在他对人的美丽的和善良的品格的发扬和维护，对于弱小的和不幸的抚养和同情。他常常为美丽的东西被丑恶的东西破坏而痛心，即便是一棵小小的花树，一只默默的水鸟或一处荒废了的田园。他对俄罗斯人民的伟大的可尊敬的性格，抱有坚强的自信，对于他的祖国必然走向幸福富庶之途，作过无数次的辩证和召唤。

关于契诃夫在文学事业上所达到的高尚的成果，我想不用再来叙述。我们只想说，契诃夫的作品曾经坚定了他同时代人民的善良的信心，并热烈地鼓励了他们。他全力追求的是快乐和幸福。冷漠和孤僻与他绝对无缘。他的作品会永久有助和有益于人类向上的灵魂。当然我们也反对把契诃夫拉出他的时代，强加给他在当时不可能完成的任务。

我们只想说明契诃夫具备一个当作作家来看的完整的品格。这种品格是应该学习的。这种品格从大的方面来说，是作家对他的祖国和人民的改革和进步所做的重大的努力，他所表现的高贵的责任心、忠实性，以及无微不至的关怀。具体到作家本身，契诃夫有着完整的个人品格，在完成社会职责和做人的道德上，有很多值得我们学习的地方。

我想不会有人把契诃夫那贯注一生的对事业的认真，对朋友和同志的信用和帮助，对家庭成员：母亲、弟妹、妻子的强烈的爱，看作"旧道德"吧。今年纪念契诃夫的时候，我想会有他的妹妹和妻子的声音，在契诃夫生时，她们是多么了解过和信赖过自己这一位善良的亲人啊！她们会更多地告诉我们契诃夫在日常生活里的对人的真诚和爱。

所有这一切，在契诃夫那里，都是朴实的、自然的。契诃夫非常反对造作。他有一次说：有些真正像虎狼一样的人，有时还把爪牙隐蔽起来，装作安详的样儿，而有些文人，却把自己装扮成张牙舞爪的样儿。他觉得很奇怪。这种造作表现在作品上就会是自命不凡，虚伪夸张，大声喊叫，企图叫读者认为这篇文章的作者，确是一个英雄，一个大力士，一个时代的歌手。

做人的朴实和文字的朴实有密切的关联。有时候，是因为作者脱离实际，本钱小了，不得不装模作样，故弄玄虚。有时候，是盲目地学习的结果。前些时候，我看过一个同志寄来的小说，内容很充实，文字也很朴素，有些中国古典白话短篇小说的风格，这篇作品后来在一个刊物上发表了。过了一个时期，又有机会看到了那位同志寄来的一篇作品，在这篇作品里，情节本来很简单，但文章写得很长，原因是他叫他的人物说了很多无谓的话，做了很多无理取闹的行动，想了很多奇奇怪怪的问题。在夜晚，这个人物起来又躺下，躺下又起来，说一阵，想一阵。作品中充满一大段一大段的道理、哲理、实际上都是没用的话。而他写的是一个久经考验的战斗员，这种写法很明显地和人物的性格不相称。这篇作品，被删去了二分之一，留下那些实际的可能的东西也发表了。不知道这位同志，对这次删改是什么看法，会从中吸取什么教训。我们觉得这样删改是对的，是去伪存真的工作。这就是因为作者要学习什么，学坏了。他忘记了，作家主要的要向生活学习。生活本身，即便是激烈动荡的场面，也可以用朴实的笔法表现出来，这就是现实主义的功力。真实地朴素地表现一种事物，确实比喊叫着夸张着表现困难得多，但这正是现实主义较之那些空洞的渲染和虚伪的抒情更为可贵的地方，我们应该努力学习的地方。

有人说，目前这些不三不四的"性格"刻画，铺张浪费的"心理"描写，擦油抹粉的"风景"场面，是不学习民族遗产，醉心外国小说的结果。这是不正确的说法。固然，不学习民族遗产，是产生这种现象的一个原因，但任何好的外国作品都没有显示着这些造作。造作的本身只能归咎于作者生活的贫乏和矫揉的创作态度。

从契诃夫的作品里，我们会学习到对待文学事业的朴实作风，他走过的这条从小到大，日积月累，从单纯到复杂的切实的创作道路，永久被强烈的阳光照耀着，通过繁盛的林木田野，广阔而长远。

"我承认，"有一位熟知契诃夫的人说，"我遇见过和契诃夫一样诚实的人。但是像契诃夫那样朴实，那样不装腔不矫情的人，我却从没见过第二位。"

1954 年 6 月 24 日

谈柳宗元

在旧社会,朋友是五伦之一。这方面的道义,古人看得很重。因为人在社会上工作、生活,就有一个人与人的关系问题。这一关系,在决定一个人的工作和生活的成败利钝方面,较之家庭,尤为重要。所以,古往今来,有很多文章、戏曲,记述朋友之道,以教育后人,影响社会。

讲朋友故事的文学作品,在中国有相当大的数量。有些并不是一般人所能做得到的,也是很难学习的。这些故事,常常赋予人物以重大的矛盾冲突,其结局多带有悲剧的性质。有的表面看来,矛盾冲突并不那样严重,只是志同道合,报答知己,比如挂剑摔琴之类。

古代的友道,现在看来,似乎没有阶级性,现在新的概念是同志或战友。

中国古文中有一种文体,叫"诔"。在历史文集中,它占有相当的位置。字典上说,诔就是:哀死而述其行之辞。就是现在的悼念文章,都是生者怀念他的死去的同志的。此体而外,古文中还有悼诗、挽歌、碑文、墓志、行状、吊文、祭文等等。可见，中国文学用之于死人者，在过去实在是分量太大了。

纪念死者，主要是为了教育生者。如果不是这样，过去这些文章，就没有存在的价值了。

唐代韩愈写的《柳子厚墓志铭》，是作家悼念作家的文章。他真实而生动地记述和描写了当时文人相交的一些情况，文章写得很是精辟。在这篇文章里，我初次见到了"落井下石"一词和挤之落井的"挤"字。

"四人帮"把柳宗元拉入法家，我不懂历史，莫名其妙。大概是这些政治暴发户，看上了柳宗元的躁进这一特点吧。但无论如何，柳宗元也不会喜欢他们这种乱拜祖先的做法的。

我很喜欢柳宗元的文章。他的文章都写得很短，包含着很深的人生哲理。这种哲理，不是凭空设想，而是从现实生活中体验得来。我很少见到像他这样把哲理和现实生活，真正形成血肉一体的艺术功力。他还能把自然界、人的日常生活中的现象和政治思想、社会组织联系起来。就是说，他能用自然规律、生活规律，表达他对政治、对社会的见解和理想。他使天人互通，把天道和人道统一起来。他用以表达这样奥秘的道理的手段，却是活生生的，人人习见的现实生活的精细描绘。

例如《河间传》这篇纪事，后人是把它编入外集的，并不是柳文的典范之作。就是这样一篇文章，也充分显示了柳宗元对现实生活的深刻剖析的艺术能力，同时包含了一种可怕的人生几微。

柳宗元是很天真的。他原来是没经过什么挫折，一帆风顺地走上政治舞台的。一旦不幸，他就经不起风浪，表现得非常狼狈。连和他有同样遭遇的苏东坡，也说他不行。一流放到永州，他就丢魂落魄，头也不梳，脸也不洗，浑身泥垢，指甲很长。我没有到过永州，不熟悉那里的自然环境。据他自述：到野外散散步，消消愁闷吧，又怕遇见蛇咬他，又怕遇见大蜂蜇他，还怕水边有一种虫子，能含沙射向他的影子，使他生疮。遇到风景幽静的地方，他又不敢久停，急忙回家。嬉笑之怒，长歌之哀，看来是很有些神经衰弱了。

中国古代谚语：在东方失去的东西，会在西方得到。柳宗元到永州以后，他的生活视野，思想深度，大大扩展加强了。他认真地、系统地读了很多书，他对所闻所见的生活现象、自然景物，反复研究思考，然后加以极其深刻、极其传神的描画。他在这一时期的作品，登峰造极，辉煌地列入中国文学遗产的宝库。

中国封建社会的政治上的流放刑废，使历史上增加了很多伟大的作家。这些人，可能本来就不是政治上的而应该是文学上的大材。王安石论及八司马，有一段话十分透辟。

毕竟文人是很脆弱的。他付出的劳力过重，所经的忧患过深，所处的境遇过苦，在好容易盼到量移柳州之后不久，就死去了，仅仅四十七岁。

柳宗元死后，他的朋友刘禹锡一祭再祭，都有文章。朋友中间，以韩愈名望最重，所以请他写了墓志铭。这些文章，并不能达于幽冥，安慰死者，但流传下来，对于后代研究柳文者，却有知人论世之用。

这一非凡的生命的不正常的终结，当然不是"始以童子有奇名"，后"为名进士"，"以文章称首"的青年时代的柳宗元，所能预料到的。

柳宗元遭遇如此坎坷，是有自己的弱点，确实犯了错误，并非完全是无辜受害，或有功反受害，含冤而死。他自己说："立身一败，万事瓦裂，身残家破，为世大修。"如果不是假检讨，那么就是"皆自所求取得之，又何怪也"！朋友们也说到他的缺点，韩愈说他"不自贵重"，刘禹锡说他是"疏隽少检"。

仔细想来，柳宗元在当时，对于国家，对于人民，并没有斩将搴旗、争城夺地的功劳。他所遭际的，不过是当时习见的官场失意。再说，司马虽小，但究竟还是官职，他可以携带家口，并有僮仆，还可以买地辟园，傲啸山水，读书作文，垂名后世，可以说是不幸之幸。

我从青年时期，列身战斗的行伍，对于旧的朋友之道，是不大讲求的。后来因为身体不好，不耐烦嚣，平时不好宾客，也很少外出交游。对于同志、战友，也不作过严的要求，以为自己也不一定做得到的事，就不要责备人家。

自从一九七六年，我开始能表达一点真实的情感的时候，我却非常怀念这些年死去的伙伴，想写一点什么来纪念我们过去那一段难得再有的战斗生活。这种感情，强烈而迫切，慨叹而戚怆，但拿起笔来，又茫然不知从何说起。我们习惯于听评书掉泪，替古人担忧，在揭示现实生活方面，其能力和胆量确是有逊于古人了。

1978 年 12 月 20 日

《红楼梦》杂说

清兵的入关,使中国封建社会的阶级关系,发生新的畸形的变化。民族压迫和阶级压迫交织在一起,相互促进,广大农民所受的剥削和压榨,更加深重了。汉人变成了旗人的奴隶,原来的地主阶级,把所受旗人的剥夺,转嫁给他们的奴隶——农民。"随龙入关"的,数以百万计的控弦之士,连同他们为数众多的家属,不劳而食,拥有庄园、商业、作坊。

统一全国后,上层统治者中间的矛盾斗争,愈演愈烈,父子兄弟之间,倾陷残杀。因此,就愈严等级之分,上下之别,层层统制,互相监视。政治方面的这种风气,由宫廷而官场,由官场而散布于社会,形成观念和风习。

《郎潜纪闻》一书中记载:在这一时期,每年只京城一地,旗人的奴仆,因不堪虐待,自杀身死,申报到刑部的,就数以千计。其隐瞒不报,或贫病而死的,还不知有多少。这一广大的奴隶群,身价之低贱,命运之悲惨,走投之无路,已经可见一斑。

旗人除强占土地、房屋、财产以外,还将大量的奴隶,收入他们的府内。其中包括大量的男女小孩,多数是京畿一带农民的子女。

这些奴隶,也把他们的社会关系,生活习惯,民间语言,民间传说,带进宫廷、官府,如此就大大丰富了像曹雪芹这些人的生活知识和语言仓库。

清代统治者,原来也设想,就保持他们的无文化或低文化状态,并在汉民中也推行这种愚民政策,以弓马的优势,统治中国。但这是不可能的。文化对于人民,如同菽粟,高级的进步的文化,必然要影响低级落后的文化,而促使其进步,必然要像水向低处流,填补其空白区。

雍、乾时期,旗人的文化生活,逐渐丰富起来。皇帝三令五申,也阻止不住它的飞速发展。皇帝愿意他的旗下奴隶,继续练习弓马,准备为朝廷效力(就像贾珍教训子弟那样)。限制他们与汉人文士交接往来,养成舞文弄墨的恶劣习惯。但他们却非要吟诗作赋,写字画画不可。他们不事生产,养尊处优,在中国文化的美丽奇幻的长江大河之中,畅游不息,充军杀头,也控制不住这种趋势。于是在很短的时间里,就出现了那么多的八旗名士。

这一部分人,对于他们面临的现实生活、政治设施、社会现象,有较深的观察能力和理解能力,也具备了一定的表现能力。而曹雪芹无疑是这些人中间的佼佼者。

当然,曹雪芹感受最深的,是他本阶级的飘摇以及他的家庭的突然中落。大家知道,在雍、乾两朝,像曹家这种遭遇,并不是个别少见,而是接踵而来,司空见惯的。雍正皇帝,以抄臣民的家,作为他主要的统治手段,并且直言不讳,得意扬扬,认为是一种杰作。他刻薄寡恩,利用奸民家奴,侦察倾陷大臣,用朱批谕旨，牵制封疆，用圣谕广训，禁锢人民思想，使朝野上下，日处于惊惶恐怖之中。曹家的亲友，就不断发生类似的飞灾横祸。

曹雪芹面对这种现实，他思考、探讨，并企图得到答案：什么是人生？人生为何如此？

他从现实生活中，归结出一个普遍的规律：生活在时刻变化，变化无常，并不断向相反的方面转化。决定人生命运的，不是自己，而是外界的一种力量。这种力量，有时可知，有时不可知。他痛感身不由主，"好""了"相寻，谋求解脱，而又处于无可奈何之中。

在命运的轮转推移中，遭逢不幸，并不限于底下层，也包括那些最上层——高官命妇，公子小姐。曹雪芹的思想是入世的，是热爱人生的，是赞美人生的。他认为世界上有如此众多的可爱的人物和性格，他为他们的不幸，流下了热泪，以至泪尽而逝。

是的，只有完全体验了人生的各种滋味，即经历了生离死别，悲欢离合，兴衰成败，贫富荣辱，才能了解全部人生。否则，只能说是知道人生的一半。曹雪芹是知道全部人生的，这就是"红"书上所谓"过来人"。

历史上"过来人"是那样多，可以说是恒河沙数，为什么历史上的伟大作品，却寥若晨星，很不相称呢？这是因为"过来人"经过一番浩劫之后，容易产生消极思想，心有余悸，不敢正视现实。或逃于庄，或遁于禅，自南北朝以后，尤其如此。而曹雪芹虽亦有些这方面的影子，总的说来，振奋多了，所以极为可贵。

因此，《红楼梦》绝不是出世的书，也不是劝诫的书，也不是暴露的书，也不是作者的自传。它是经历了人生全过程之后，在丰富的生活基础上，产生了现实主义，而严肃的现实主义，产生了完全创新的艺术。

我们可以用陈旧的话说：《红楼梦》是为人生的艺术，它的主题思想，是热望解放人生，解放个性。

1979年2月4日重写

欧阳修的散文

世称唐宋八家,实以韩柳欧苏为最,其他四位,应说是政治家,而非文学家。欧阳修的文风接近柳宗元,他是严格的现实主义者。苏轼宗韩,为文多浮夸嚣张之气,常常是胸中先有一篇大道理,然后归纳成一句警语,在文章开始就亮出来。

欧阳修的文章,常常是从平易近人处出发,从入情入理的具体事物出发,从极平凡的道理出发。及至写到中间,或写到最后,其文章所含蓄的道理,也是惊人不凡的。而留下的印象,比大声喧唱者,尤为深刻。

欧阳修虽也自负,但他并不是天才的作家。他是认真观察,反复思考,融合于心,然后执笔,写成文章,又不厌其烦地推敲修改。他的文章实以力得来,非以才得来。

在文章的最关键处,他常常变换语法,使他的文章和道理,给人留下新鲜深刻的印象。例如《泷冈阡表》里的:"夫养不必丰,要于孝。利虽不得博于物,要其心之厚于仁。"

在外集卷十三,另有一篇《先君墓表》,据说是《泷冈阡表》的初稿,文字很有不同,这一段的原稿文字是:

"夫士有用舍，志之得施与否，不在己。而为仁与孝，不取于人也。"

显然，经过删润的文字，更深刻新颖，更与内容主题合拍。

原稿最后，是一大段四字句韵文，后来删去，改为散文而富于节奏：

"呜呼，为善无不报，而迟速有时，此理之常也。惟我祖考，积善成德，宜享其隆。虽不克有于其躬，而赐爵受封，显荣褒大，实有三朝之锡命。"

结尾，列自己封爵全衔，以尊荣其父母。从此可见，欧阳修修改文章，是剪去蔓弱使主题思想更突出。此文只记父母的身教言教，表彰先人遗德，丝毫不及他事。《泷冈阡表》共一千五百字，是欧阳修重点文章，用心之作。

《相州昼锦堂记》是记韩琦的。欧阳与韩，政治见解相同，韩为前辈，当时是宰相。但文章内无溢美之词，立论宏远正大，并突出最能代表相业的如下一节："至于临大事，决大议，垂绅正笏，不动声色，而措天下于泰山之安，可谓社稷之臣矣。"

这篇被时人称为"天下文章，莫大于是"的作品，共七百五十个字。

我们都喜欢读《醉翁亭记》，并惊叹欧阳修用了那么多的也字。问题当然不在这些也字，这些也字，不过像楚辞里的那些兮字，去掉一些，丝毫不减此文的价值。文章的真正功力，在于写实；写实的独到之处，在于层次明晰，合理展开；在于情景交融，人地相当；在于处处自然，不伤造作。

韩文多怪僻。欧阳修幼时，最初读的是韩文，韩应是他的启蒙老师。为什么我说他宗柳呢？一经比较，我们就会看出欧、韩的不同处,这是文章本质的不同。这和作家经历、见识、气质有关。韩愈一生想做大官,而终于做不成;欧阳修的官,可以说是做大了,但他遭受的坎坷,内心的痛苦,也非韩愈所能梦想。因此,欧文多从实际出发,富有人生根据,并对事物有准确看法,这一点,他是和柳宗元更为接近的。

欧阳修的其他杂著,《集古录跋尾》,是这种著作的继往开来之作。因为他的精细的考订和具有卓识的鉴赏,一直被后人重视。他的笔记《归田录》,不只在宋人笔记中首屈一指,即在后来笔记小说的海洋里,也一直是规范之作。他撰述的《新五代史》,我在一年夏天,逐字逐句读了一遍。一种史书,能使人手不释卷,全部读下去,是很不容易的。即如《史记》、《汉书》,有些篇章,也是干燥无味的。为什么他写的《新五代史》,能这样吸引人,简直像一部很好的文学著作呢?这是因为,欧阳修在《旧五代史》的基础上,删繁就简,着重记载人物事迹,史实连贯,人物性格突出完整。所见者大,所记者实,所论者正中要害,确是一部很好的史书。这是他一贯的求实作风,在史学上的表现。

据韩琦撰墓志铭,欧阳修"嘉祐三年夏,兼龙图阁学士,权知开封府事。前尹孝肃包公,以威严得名,都下震恐。而公动必循理,不求赫赫之誉。或以少风采为言,公曰,人才性各有短长,吾之长止于此,恶可勉其所短以徇人邪!既而京师亦治"。从此处,可以看出他的为人处世的作风,这种实事求是的工作态度,必然也反映到他的为文上。

他居官并不顺利,曾两次因朝廷宗派之争,受到诬陷,事连帷薄,暧昧难明。欧阳修能坚持斗争,终于使真相大白于天下,恶人受到惩罚。但他自己也遭到坎坷，屡次下放州郡，不到四十岁，须发尽白，皇帝见到，都觉得可怜。

据吴充所为行状："嘉祐初，公知贡举，时举者为文，以新奇相尚，文体大坏。公深革其弊。前以怪僻在高第者，黜之几尽。务求平澹典要。士人初怨怒骂讥，中稍信服，已而文格遂变而复正者，公之力也。"

韩琦称赞他的文章："得之自然，非学所至。超然独骛，众莫能及。譬夫天地之妙，造化万物，动者植者，无细与大，不见痕迹，自极其工。于是文风一变，时人竞为模范。"

道德文章的统一，为人与为文的风格统一，才能成为一代文章的模范。欧阳修为人忠诚厚重，在朝如此，对朋友如此，观察事物，评论得失，无不如此。自然、朴实，加上艺术上的不断探索，精益求精，使得他的文章，如此见重于当时，推仰于后世。

古代散文，并非文章的一体，而是许多文体的总称。包括：论、记、序、传、书、祭文、墓志等。这些文体，在写作时，都有具体的对象，有具体的内容。古代散文，很少是悬空设想，随意出之的。当然，在某一文章中，作者可因事立志，发挥自己的见解，但究竟有所依据，不尚空谈。因此，古代散文，多是有内容的，有时代形象和时代感觉的。文章也都很短小。

近来我们的散义，多变成了"散文诗"，或"散文小说"。内容脱离社会实际，多作者主观幻想之言。古代散文以及任何文体，文字虽讲求艺术，题目都力求朴素无华，字少而富有含蓄。今日文章题目，多如农村酒招，华丽而破旧，一语道破整篇内容。散文如无具体约束，无真情实感，就会枝蔓无边。近来的散文，篇幅都在数千字以上，甚至有过万者，古代实少有之。

散文乃是对韵文而言,现在有一种误解,好像散文就是松散的文章,随便的文体。其实,中国散文的特点,是组织要求严密,形体要求短小,思想要求集中。我们从以上所举欧阳修的三篇散文,就可以领略。至于那种称作随笔的,是另外一种文体,是执笔则可为之的,外国叫作 Essay。和散文并非一回事。

　　现在还有人鼓吹,要加强散文的"诗意"。中国古代散文,其取胜之处,从不在于诗,而在于理。它从具体事物写起,然后引申出一种见解,一种道理。这种见解和道理,因为是从实际出发的,就为人们所承认、信服,如此形成这篇散文的生命。

1980 年 5 月

与友人论学习古文

承问我学习古代文字的经验,实在惭愧,我在这方面的根底很薄,不能冒充高深。

我上小学的时候,是一九一九年,已经是国民小学。在农村,小学校的设备虽然很简陋,不过是借一家闲院,两间泥房做教室,复式教学,一个先生教四班学生。虽然这样,学校的门口,还是左右挂了两面虎头牌:"学校重地"及"闲人免进"。

你看未进校门之先,我们接触的,已经是这样带有浓厚封建国粹色彩的文字了。但进校后所学的,还是新学制的课本,并不是过去的五经四书了。

所以,我在小学四年,并没有读过什么古文。不过,在农村所接触的文字,例如政府告示、春节门联、婚丧应酬文字,还都是文言,很少白话。

我读的第一篇"古文",是我家的私乘。我的父亲,在经营了多年商业以后,立志要为我的祖父立碑。他求人——一位前清进士撰写了一篇碑文,并把这篇碑文交给小学的先生,要他教我读,以备在立碑的仪式上,叫我在碑前朗诵。父亲把这件事,看得很重，不只有光宗耀祖的虔诚，还有教子成材的希望。

我记得先生每天在课后教我念，完全是生吞活剥，我也背得很熟，在我们家庭的那次大典上，据反映我读得还不错。那时我只有十岁，这篇碑文的内容，已经完全不记得，经过几十年战争动乱，那碑也不知道到哪里去了。但是，那些之乎者也，那些抑扬顿挫，那些起承转合，那些空洞的颂扬之词，好像给我留下了深刻的印象。

然后我进了高等小学。在这二年中，我读的完全是新书和新的文学作品，父亲请了一位老秀才，教我古文，没有给我留下任何印象。因为我看到他走在街头的那种潦倒状态，以为古文是和这种人物紧密相连的，实在鼓不起学习的兴趣。这位老先生教给我的是一部《古文释义》。

在育德中学，初中的国文讲义中，有一些古文，如《孟子》、《庄子》、《墨子》的节录，没有引起我多少兴趣。但对一些词，如《南唐二主词》、李清照《漱玉词》和《苏辛词》，发生了兴趣，一样买了一本，都是商务印书馆印的学生国学丛书的选注本。

为什么首先爱好起词来？是因为在读小说的时候，接触到了一些诗词歌赋。例如《红楼梦》里的葬花词、芙蓉诔，鲁智深唱的寄生草，以及什么祖师的偈语之类。青年时不知为什么对这种文字，这样倾倒，以为是人间天上，再好没有了，背诵抄录，爱不释手。

现在想来，青少年时代，确是一个神秘莫测的时代。那时的感情，确像一江春水，一树桃花，一朵早霞，一声云雀。它的感情是无私的，放射的，是无所不想拥抱，无所不想窥探的。它的胸怀，向一切事物都敞开着，但谁也不知道，是哪一件事物或哪一个人，首先闯进来，与它接触。

接着，我读了《西厢记》，苏曼殊的《断鸿零雁记》，沈复的《浮生六记》。一个时期，我很爱好那种凄冷缠绵、红袖罗衫的文字。

无论是桃花也好，早霞也好，它都要迎接四面八方袭来的风雨。个人的爱好，都要受时代的影响与推动。我初中毕业的那一年，"九一八"事变发生；第二年，"一·二八"事变发生。在这几年中，我们的民族危机，严重到了一触即发的程度。保定地处北方，首先经受时代风云的冲激。报纸杂志、书店陈列的书籍，都反映着这种风云。我在高中二年，读了很多政治经济学方面的书籍。我在一本一本练习簿上，用蝇头小楷，孜孜矻矻作读《费尔巴哈论》和其他哲学著作的笔记。也是生吞活剥，但渐渐觉得它们确能给我解决一些当前现实使我苦恼的问题。我也读当时关于社会史和关于文艺的论战文章。

这样很快就把我先前爱好的那些后主词、《西厢记》，冲扫得干干净净。

高中二年，在课堂上，我读了一本《韩非子》，我很喜好这部书。读了一部《八贤手札》，没有印象。高中二年的课堂作文，我都是作的文言文，因为那时的老师，是一位举人，他要求这样。

因为功课中，有修辞学，有名学（就是逻辑学），有文化史、伦理学史、哲学史，所以我还是断断续续接触了一些古文，严复、林纾翻译的书，我也读了一些。

高中毕业以后，我没有能进入大学，所以我的古文，并没有得到过大学文科的科班训练,只能说是中学的程度。

以上,算是我在学校期间,学习古文的总结。

抗战八年间,读古书的机会很少,但是,偶尔得到一本,我也不轻易放过,总是带在身上,看它几天。记得,我背过《孟子》、《楚辞》。

你说,已经借到一部大学用的古代汉语,选目很好,并有名家注释。这太好了。"文化大革命"后期,我没有书读,也是借了两本这样的书,每天晚上读,并抄录下来不少。

我们只能读些选本。鲁迅反对读选本,是就他那种学力,并按照研究的要求提出的。我们是处在学习阶段,只能读些有可靠注释的选本。我从来也不敢轻视像《古文观止》、《唐诗三百首》这样的选本。像这样的选家,这样的选本,造福于后人的,实在太大了。进一步,我们也可以读《昭明文选》,这就比较深奥一些。不能因为鲁迅反对过读文选,我们就避而远之。土地改革期间,我在小区工作,负责管理各村抄送来的图籍,其中有一部胡刻文选的石印本,我非常爱好,但是不敢拿,在书堆旁边,读了不少日子。

至于什么《全上古汉……文》、《全汉三国晋南北朝诗》,对我们来说,买不起又搬不动,用处不大。民国初年,上海有一家医学书局,主持人是丁福保,他编了一部《汉魏六朝名家集》,初集共四十家,白纸铅印线装,轻便而醒目,我买了一部,很实用。从中,我们可以看到,很多大作家,留给我们的文集,只是薄薄的一本,这是因为当时不能印刷广为流传,年代久远,以至如此。唐宋以后,作家保存文章的条件就好多了。对于保存自己的作品，传于身后，白居易是最用了脑筋的，他把自己的作品，抄写五部，分存于几大名山寺院之中，他的文集，得以完整无缺。

唐宋大作家文集，现在都容易得到，可以置备一些。这样，可以知道他一生写了哪些文章，有哪些文体，文集中又都附有关于他的评论和碑传，也可以增加对作家的理解。宋以后的文集，如你没有特殊兴趣，暂时可以不买。

读古文，可以和读历史相结合。《左传》、《战国策》，文章写得很好，都有选本。《史记》、《三国志》、《汉书》、《新五代史》，文章好，史、汉有选本。此外断代史，暂时不读也可以。可买一部《纲鉴易知录》，这算是明以前的历史纲要，是简化了的《资治通鉴》，文字很好。

另有一条道路，进入古文领域，就是历代笔记小说，石印的《笔记小说大观》，商务印的《清代笔记小说选》，部头都大些。买些零种看看也可以。至于像《世说新语》、《唐语林》、《摭言》、《梦溪笔谈》、《洪容斋随笔》等，则应列为必读的书。

如果从小说进入，就可读《太平广记》、《唐宋传奇》、《聊斋志异》和《阅微草堂笔记》。这些书，大概你都读过了。

至少要读一本文学史，谢无量的《中国大文学史》，鲁迅常引用。文论方面，可读一本《文心雕龙》。

学习古文，主要是靠读，不能像看白话小说，看一遍就算了。要读若干遍，有一些要背过。文读百遍，其义自明，好文章是越读越有味道的。最好有几种自己喜欢的选本，放在身边，经常拿起来朗读。

总之，学习古文的途径很多。以文为主，诗、词、歌、赋并进，收效会大些。

手边要有一本适宜读古文的字典，遇到一些生字，随时查看。直到现在，我手边用的还是一本过去商务印的《学生字典》，对我的读书写作，帮助很大。

学习古文，除去读，还要作，作可以帮助读。遇有机会，可作些文言小文，这也算不得复古，也算不得遗老遗少所为，对写白话文，也是有好处的。

1981 年 3 月 28 日

《金瓶梅》杂说

从青年时起,《金瓶梅》这部小说,也浏览过几次了,但每次都没有正经读下去。老实说,我青年时,对这部小说,有一种矛盾心理:又想看又不愿意看。常常是匆匆忙忙翻一阵,就放下了。稍后,从事文学工作,我发现,从文字爱好上说,这部书并不是首选,首选是《红楼梦》。我还常常比较这两部书,定论:此书风格远不及《红楼梦》。

今年夏季,人民文学出版社印行了《金瓶梅》的删节本。说它是删节本,就是区别于过去所谓的"洁本"。我过去读到的洁本,是郑振铎主编的《世界文库》上连载的,虽未读完,但记得是删得很干净的。人文此本,删得不干净,个别字句不删,事前事后感情酝酿及余波也不删。这样就保存了较多的文字。对研究者有利,但研究者还是需要读全文。究竟哪一种删法好,不在这篇文章研究之列,不多谈。

想说的是,我已是老年,高价买了这部书,文字清楚,校对也比较精细,又有标点,很想按部就班,认真地读一遍。这倒不是出于老有少心,追求什么性感上的刺激;相反,是想在历尽沧桑之后，红尘意远之时，能够比较冷静地、客观地看一看：这部书究竟是怎样写的，写的是怎样的时代，如何的人生？到底表现了多少，表现得如何？做出一个供自己参考的、实事求是的判断。

我从来不把小说，看作是出世的书，或冷漠的书。我认为抱有出世思想的人，是不会写小说的，也不会写出好的小说。对人生抱绝对冷漠态度的人，也不能写小说，更不能写好小说。"红"如此，"金"亦如此。作家标榜出世思想，最后引导主人公去出家，得到僧道点化，都是小说家的罩眼法。实际上，他是热爱人生的，追求恩爱的。在这两点上，他可能有不满足，有缺陷，抱遗憾，有怨恨，但绝不是对人生的割弃和绝望。

自从唐代，小说这种文体，逐渐完善起来，就成为对人生进行劝惩的一种途径。在故事结构上，就常常表现一种因果。释道两家也都谈因果，在世俗中形成一种观念。但是，文学上的因果报应说，实际上是人民群众，特别是弱小者、不幸者的一种愿望。在实际生活中，往往并不如此。因为善恶的观念，有时并不稳定，有时是游离的，有时是颠倒的。这种观念受时代的影响，特别是经济、政治的影响，这种影响，随形势变化而变化。

我并不反对，有些小说标榜因果报应。因果，就是现实发展、变化的规律。事物都有它的起因和结果。起因有时似偶然，然其结果则是必然。其间迂回、曲折，或出人不意，或绝处逢生，种种变化，都是事物发展的过程，作家能真实动人地反映这一过程，使读者有同感，能信服，得警悟，这就是成功之作。起于青萍之末也好，见首不见尾也好。红极一时，灯火下楼台也好；烟消火灭，树倒猢狲散也好。虽是小说家点缀，要之不悖于真实。兴衰成败，生死荣枯，冷热趋避，人生有之，文字随之，这是毫不足奇的。小说家常常以两个极端，作为小说结构的大局布，庸俗者可成为俗套，大手笔究竟能掌握世事人生的根本规律。在写因果报应的小说中，《金瓶梅》是最杰出的、最精彩的一部。它不是简单的图解和说教，它是用现实生活的生动描绘，来完成这一主题。

历来谈《金瓶梅》者，每谓西门庆这一人物，实有所指，就是说有个真实的人做模特儿，这是可以相信的。很多著名小说中的人物，都有所依据。前人说"蔡京父子则指分宜（严嵩）"，也并非妄言。

最古老的小说，主角多是神魔，稍后是帝王、将相。唐代传奇，降而描述人生，然主人多非平民，而是奇逸之士。《金瓶梅》始转向现实，直面人生，真正的白描手法，亦自它开始。

《金瓶梅》选择了西门庆这样一个人，这样一个家族。用这个人和这个家族，联系当时社会的各个方面：朝廷、官场、市井，各行各业，各种人物。这种多方面的、复杂的人物和场景，是小说创作的一种新局面，也是这一书开创起来的。

《金瓶梅》运用了写实的手法，或者说是自然主义的手法，描写不避烦琐。采用日常用语，民间谚语，甚至地方土话，来表现人物的性格、色彩和气氛，也是它的创造。

这部小说保留的民间谚语，比任何小说都多，都精彩，它有时还用词曲韵语，直接代替人物的对话，或对事物的描写。

作者选择一个暴发户，作为小说的主人，是和时代有关的。通过这样的人物，表明明代中季社会的面貌和内涵，最为方便。外国小说，有只写一个普通农民、普通工人的，并不要求人物社会地位的显赫。中国小说的传统，则重视主要人物的社会地位及其联系面。用广泛的接触，突出时代的特性。《红楼梦》写的是八旗贵族，这是清初的时代特征。《金瓶梅》写的是山东清河县内，一个暴发户的生活史。每个封建王朝，都会产生一大批暴发户。元朝蒙古入侵，明朝朱元璋定统，都产生了自己的暴发户。暴发户不只与当时经济制度有关，而更重要的，是必须投当代政治之机，与政治制度有关。它用市井生活作背景，这是明中叶社会生活的缩影。

曹雪芹是八旗子弟。《金瓶梅》的作者，则属于下层。然其文化修养，艺术素质，观察能力，表现手段，都不同凡响，虽尚未考证出作者确实姓氏，但他一定是个大手笔。他是混迹于市井生活的人，不是什么显贵。对当时政治的黑暗，看得很清楚。他对这一社会，充满憎恶之情，但写来不露声色，非常从容。他也受当时社会风气的影响，所以写了那么多露骨的淫亵文字。他力图全面表现这一社会，其目的当然不会是单纯的泄愤或报复。他是锐意创新的，他想用这种白描式的社会人情小说，一新读者的耳目，并引导读者面对人生现实。他的功绩不只在于他创造了这部空前形态的小说，而在于他的作品孕育了一部更伟大的《红楼梦》。

不仔细阅读《金瓶梅》，不会知道《红楼梦》受它影响之深。说《红楼梦》脱胎于它，甚至说，没有《金瓶梅》，就不会有《红楼梦》，一点也不为过分。任何文学现象，都是在前人的基础上产生的，任何天才的作家，都必须对历史有所借鉴。善于吸收者，得到发展，止于剽掠者，沦为文盗。

《金瓶梅》所写的生活场景，例如家庭矛盾，婚丧势派，妇女口舌,宴会游艺,园亭观赏,诗词歌曲,无不明显地在《红楼梦》中找到影子。当然《红楼梦》作者的创作立意,艺术修养境界更高,所写,有其独特的色彩,表现,有其独特的个性,在多方面,都凌驾于《金瓶梅》之上,但并不能掩盖它的光辉。

任何艺术,比较其异同,是困难的,也是蹩脚的。在艺术上,不会有相同的东西,这是艺术的创造性所确定的。但是,我在读"金"的过程中,常常想到"红",企图作一些比较,简列如下:

一、"金"的写法,更接近于宋元话本,它基本上是用的讲述形式,其语言是诉诸"听"的,它那样多地引用了唱词曲本,书也标明词话,也从这里出发。

二、"红"的写法,虽也沿用宋以来白话小说的传统,特别是"金"的语言的传统,但它基本上是写给人看的,是诉诸视觉的。它的语言,不再那样详细烦琐,注意了含蓄,给人以想象和回味。

三、"红"语言的这种特点,是源于作者的创作立场和主观情感。"红"的作者,写作的目的,是感伤自己的身世,追忆过去的荣华。在写作中,他的心时时刻刻是跳动的,是热的,无论是痛哭,或是欢乐。

而"金"的作者,所写的是社会,是世态,是客观。"金"的作者对于他所描绘的世态也好,人情也好,都持一种冷眼观世的态度。这些描述,在他的笔下虽是那样详细无遗,毛发毕现,总给人一种极端冷静的感觉,嘲讽的味道。这一特点,当然也表现在它的语言上。

四、"金"的写法,更接近于自然主义,作者主观的感情色彩，较为"红"，是少得多了。对于世态人情，它企图一览无余地，倾倒给读者："你们看看，世界就是这个样子！"那些猥亵场面，也是在作者这样心情下，扔出来的。而"红"的作者对他所描写的东西，都精心筛选过，在艺术要求上，作过严格的衡量。即使写到男女私情，也作了高明的艺术处理，虽自称为"意淫"，然较之"金"，就上乘得多了。

我不知道自己是不是有道学家的思想。最近看了一本马叙伦的《石屋余沈》，他在谈到淫秽小说《绿野仙踪》时说："即中年人亦岂可阅！不知作者何心。"他是教育家，他的话是可以相信的。这些淫秽文字，在"金"的身上无疑也是赘瘤。

五、因此，虽都是现实主义的艺术珍品，就其艺术境界来说，"红"落脚处较高，名列于上，是当之无愧的。

西门庆是个暴发户，他的信条，也是一切暴发户的生财之道："要得富，险上做。"他除去谋求官职，结交权贵（太使、巡按、御史、状元），也结交各类帮闲、流氓打手，作为爪牙。他还有专用的秀才，为他歌功颂德，树碑立传。他开设当铺、绸缎铺、生药铺，这都是当时最能获利的生意。他放官债，卖官盐，官私勾结，牟取暴利。他夺取别人家的妻妾，同时也是为了夺取人家的财货。娶李瓶儿得了一大笔财产，取孟玉楼，又得了一大批财产。这是一个路子很广，手眼很大，图财害命，心毒手狠的大恶棍、大流氓，是那个时代的产物。这无疑是当时社会上，最惹人注意的形象，因此，也就是时代的典型形象。

书中说："火到猪头烂，钱到公事办。"西门庆，贪得无厌，贪赃枉法，一旦败露，他会上通东京太师府，用行贿的办法，去求人情。他行贿是很舍得花钱的，因此收效也很大。行贿的办法是，先买通其家人，结交其子弟。本书四十七、四十八两回，写西门庆行贿消祸，手法之高，收效之速，真使人惊心动魄。

这种人依仗权势、财物、心计、阴谋，横行天下。受害的，当然还是老百姓。活生生的人口，也作为他们的货物，随意出纳，有专门的媒婆，经纪其事。一个丫头的身价，只有几两银子或十几两银子。社会风气，也随之败坏，他们虐辱妇女：用马鞭子抽打，剪头发，烧身子。书中所记淫器，即有六七种之多。《金瓶梅》是研究中国妇女生活史的重要资料库。

说媒的，算卦的，开设妓院的，傍虎吃食的，各色人物，作者都有精细周到的描述。对下层社会的熟悉和对各行各业的知识，以及深刻透彻的描写，很多地方，非《红楼梦》作者所能措手。

《金瓶梅》的结构是完整的，小说的进行，虽时有缓滞烦琐，但总的节奏是协调的。故事情节，前后有起伏，有照应，有交待。作者用心很细。艺术功力很深。曹雪芹没有完成自己的著作，不能使人了解其完整的构思。《金瓶梅》的作用，写完了自己的小说，使人了然于他的设想。他写了这一暴发户从兴起到灭亡的急骤过程。

作者深刻地写出了，这种暴发户，财产和势派，来之易，去之亦易；来之不义，去之亦无情的种种场面。写得很自然，如水落石出，是历来小说中很少见到的。他用二十回的篇幅，写了这一户人家衰败以后的景象。这一景象，比起《红楼梦》的后四十回，触目惊心得多，是这部小说的最精彩、最有功力的部分。

鲁迅的小说史和郑振铎的文学史，都很推崇这部小说，郑并且说它超过了水浒、西游。鲁迅称赞之词为：

> 作用之于世情，盖诚极洞达，凡所形容，或条畅，或曲折，或刻露而尽相，或幽伏而含讥，或一时并写两面，使之相形，变幻之情，随在显见，同时说部，无以上之。

此为定论，万世不刊也。文学工作者，应多从此处着眼，领略其妙处，方能在学习上受益。如果只注意那些色情地方，就有负于这次出版的美意了。印删节本，是一大功德。此书历代列为禁书，并非都是出于道学思想。那些文字，确不利于读者，是道地的伐性之斧，而且不限于青年人。很多人喊叫，争取看全文，是出于好奇心理。

此书最后，虽以《普静师荐拔群冤》收场，然作者对于僧道一行，深恶痛绝，书中多处对他们进行淋漓尽致的揭露，抒发了对这些只会念经、不事生产的特种流氓、蛀虫的痛恨和嘲笑。甚至发出这样的感叹："何人留下禅空话，留取尼僧化稻粮。"又说，"若使此辈成佛道，西天依旧黑漫漫！"几百年后，诵读之下，仍为之一快。

中国自古神道设教，以补政治之不足，日久流为形式，即愚氓亦知其虚幻。然苦于现实之残酷，仍跪拜之，以为精神寄托。所以，凡是以佛法结尾的小说，并非其真正主题，乃是作者对历史的无情，所做的无可奈何的哀叹。

《金瓶梅》的真正主题是什么呢？鲁迅说：

> 故就文辞与意象以观《金瓶梅》，则不外描写世情，尽其情伪，又缘衰世，万事不纲，爰发苦言，每极峻急，然亦

时涉隐曲,猥亵者多。

这是一部末世的书,一部绝望的书,一部哀叹的书,一部暴露的书。

        1985 年 8 月 26 日
     昨夜雨,晨四时起作此文,
         下午二时草讫。

我的经部书

因为我特别爱好书,书就成了生死与共之物。

发还抄家书籍,好像是在一九七三年,那时我还住在佟楼。第二年春天,迁回多伦道旧居,书籍亦随之回归。那时我正在白洋淀,参加一个剧本的制作,搬家的事,由同居张氏照料,报社文艺组同人帮忙。后来文艺组同志们打扑克,谁要是牌运不佳,就说:孙犁搬家,总是书(输)。从这一谚语的形成,可见当时书的盛况。

等我回来以后,书籍还堆积在屋当中的地板上,如同一个土丘。冬季,稍事安排整理,我记录了一本"残存书籍草目",是逐柜填写的,很杂乱无章。后又在一本《书目答问》上,用红铅笔,把我所有的,点一个记号,在书目之上。这是单凭记忆做的,那时对书籍的记忆犹新,很少遗漏,现在再想这样做,是做不到了。

从这些红点上,可以看出我藏书的大略。当然,《书目答问》以外的书,不在此列。也可以看出,进城以后,我读书的过程。

但经部书寥寥,在书目上,几乎看不到红点。有红点的,也是一些无关紧要的小书，如《考工记图》、《白虎通义》、《燕乐考原》之类。这证明我当时对经书，是没有多大兴趣的，买以上小书，也并非是为了"明经"，而是当作杂记之类的书买的。

其实，几种主要的经书，我还是收藏了的，不知为什么没有画上红点。《周易》，王弼注，《四部丛刊》影印宋本。《礼记》，郑氏注，《四部丛刊》，影印宋本。《论语》，何晏集解，《四部丛刊》影印日本正平刊本。《孟子》，赵氏注，《四部丛刊》影印宋本。

这些，都是古本古注，字大清楚，眉目整齐，翻翻看看，实在痛快，不能不叹古人印书之下功夫。

《春秋左传》，杜预注，商务印书馆大字排印本，油光纸，线装十二册。这是当时的一种普通读本，现在看起来，无论纸张、印刷、装订，都还是难得的。此书装修于一九七六年三月五日。时家庭有事，居室不安，我在新包书皮上，写有几段文字，实为当时个人私虑，一时心声。后念不雅，恐异日得此书者，不能理解，徒增疑闷，乃剪去之。用同类纸贴补，又嫌不好看，用近年一些青年人为我刻的图章，装饰了一下。这一切种种，都证明老年人的神魂颠倒，情意无聊。也证明我实在没有能从经书中，得到什么修养。

此外，书架上还有西部备要本的《毛诗正义》，《〈尚书〉古今文注疏》等等。

我自幼上的是洋学堂，没有念过四书五经，总觉得是个遗憾。上初中时，曾先后两次买过坊间石印的四书，和商务的大字排印本，好像也没有细读，这些书，后来也就都丢了。抗战时期，我赴延安，书袋里还装着一本线装的《孟子》。这说明，我是一直想补上这一课,而终于不能无师自通,没能补上。

过去的学龄儿童,真不知道是怎样对付四书五经的,靠死背硬记,逐渐领会,竟然能读懂,并能学以致用,我想象不出这个过程。

崔东璧介绍他父亲教孩子们读经书的办法是:

> 教人治经,不使先观传注。必先取经文,熟读潜玩,以求圣人之意。俟稍稍能解,然后读传注以证之。

这就更玄了。"熟读",是可以想象的;"潜玩"就有些莫名其妙。一个小孩子如何能够去"求圣人之意"呢?

但崔东璧绝不会是说诳话,他就是用这个办法,造就成的一位大经学家。

崔东璧又说:

> 奉先人之教,不以传注杂于经,不以诸子百家杂于经传。……然后知圣人之心,如天地日月,而后人晦之者多也。

以上两段文字,均见他的"考信录自序"。后面一段,是和上段相承,谈他自己治经学的方法的。

学问一事,确实是有多种方法,多种渠道,不能刻舟求剑的。

我天性驽钝,基础差,读古籍,总是要靠注的。但也不喜欢过于烦琐的注,并相信古注。也发现有些注,确是违反了著作的原意。

我对经书，肯定是无所成就了。难道就是因为我没有上过私塾吗？

难道中国的经书，必须在幼年时背过，才能在一生中，得到利用吗？

当初，孔子向老子问道的时候，老子只简单地回答了几句话：

> 子所言者，其人与骨，皆已朽矣，独其言在耳。且君者，得其时则驾；不得其时则蓬累而行。

自古以来，经书对于人，人对于经书，不过如此而已，吾何恨焉！

1990年6月18日改讫。大热，挂蚊帐。

我的史部书

按照四部分类法,史部包括:正史、编年、纪事本末、古史、别史、杂史、载记、传记、诏令奏议、地理、政书、谱录、金石、史评,共十四类。每类又分小项目,如杂史中有:事实、掌故、琐记。这显然不很科学,也很烦琐,但史书确实占有中国古籍的大部。经书没有几种,占据书目的,不是经的本文,而是所谓"经解"。

历代读书界,都很重视史书,经史并重,甚至有六经皆史之说。我国历史悠久,史书汗牛充栋,无足奇怪。

人类重史书,实际是重现实。是想从历史上的经验教训,解释或解决现实中存在的问题。

我在青年时,并不喜好史书。回想在学校读书的情况,还是喜欢读一些抽象的哲学、美学,或新的政治、经济学说。至于文艺作品,也多是理想、梦幻的内容。这是因为青年人,生活和经历都很单纯,遇到的,不过是青年期的烦恼和苦闷,不想,也不知道,在历史著作中去寻找答案。

进城以后,我好在旧书摊买书,那时书摊上多是商务印书馆的书,其中《四部丛刊》、《丛书集成》零本很多,价钱也便宜,我买了不少。直到现在,《四部丛刊》的书,还有满满一个书柜。《丛书集成》的零本,虽然在佟楼,别人给稀里糊涂地卖去一部分,留下的还是不少,它的书型和商务的另一种大型丛书——《万有文库》相同,现在合起来,占据半个书柜。剩下的半个书柜,叫商务的《国学基本丛书》占用。

此外,还买了不少中华书局的《四部备要》零本,都是线装——其中包括十几种正史。

这些书中,大部分是史部书。书是零星买来的,我阅读时,并没有系统。比如我买来一部《建炎以来朝野杂记》,认真地读过了,后来又遇到《建炎以来系年要录》,我就又买了来,但因为部头太大,只是读了一些部分。读书和买书的兴趣,都是这样引起,像顺藤摸瓜一样,真正吞下肚的,常常是那些小个的瓜,大个的瓜,就只好陈列起来了。

还有一个例子,进城不久,我买了一部《贞观政要》,对贞观之治和初唐的历史,发生了兴趣,就又买了《大唐创业起居注》、《隋唐嘉话》、《唐摭言》(鲁迅先生介绍过这本书)、《唐鉴》、《唐会要》等书。这些书都是认真读过的了。

还有一个小插曲:五十年代,当一个朋友看到我的书架上有《贞观政要》一书,就向别人表扬我,说:"谁说孙犁不关心政治?"其实,我是偶然买来,偶然读了,和"关心政治"毫无关系。

又例如:我买了一部《大唐西域记》,后来就又买了《大唐玄奘法师传》。这部书是大汉奸王揖唐为他父亲的亡灵捐资刻印的,硃印本,很精致,只花了八角钱,卖书小贩还很高兴。再例如，因为从《贞观政要》，知道了魏徵，就又买了他辑录的《群书治要》，这当然已非史书。

买书就像蔓草生长一样，不知串到哪里去。它能使四部沟通，文史交互。涉猎越来越广，知识越来越增加，是一种收获，也是一种喜悦。

我买的史部书很多，在《书目答问》上，红点是密密的，尤其是杂史、载记部分。关于靖康、晚明、清初、太平天国的书，如《靖康传信录》、《松漠纪闻》、《荆驼逸史》、《绥寇纪略》、《痛史》、《太平天国资料汇编》，都应有尽有。对胜利者虽无羡慕之心，对失败者确曾有同情之意。

但历史书的好处在于：一个朝代，一个人物，一种制度的兴起，有其由来；灭亡消失，也有其道理，这和看小说，自不一样。从中看到的，也不只是英雄人物个人的兴衰，还可看到一个时期，广大人民群众的兴奋和血泪，虽然并不显著。

经过抗日战争、解放战争、土地改革、全国胜利，进入天津以后，我已经到了不惑之年。本来可以安心做些事业了，但由于身体的素质差，精力的消耗多，我突然病了。

有了一些人生的阅历和经验，我对文艺书籍的虚无缥缈、缠绵悱恻，不再感兴趣。即使红楼、西厢，过去那么如醉如痴、倾心的书，也都束之高阁。又因为脑力弱，对于翻译过来的哲学、理论书籍，句子太长，修辞、逻辑复杂，也不再愿意去看。我的读书，就进入了读短书，读消遣书的阶段。

中国的史书、笔记小说，成了我这一时期的主要读物。先是读一些与文学史有关的，如《武林旧事》、《东京梦华录》、《梦粱录》、《西湖游览志》等书，进一步读名为地理书而实为文学名著的：《水经注》、《洛阳伽蓝记》。由纲领性的历史书，如《稽古录》、《纲鉴易知录》，进而读《资治通鉴》、《十六国春秋》、《十国春秋》等。

这一时期，我觉得历史故事、历史人物，比起文学作品的故事和人物，更引人入胜。《史记》、《三国志注》的人物描写，使我叹服不已。《资治通鉴》里写到的人物事件，使我牢记不忘。我曾把我这些感受，同在颐和园一起休养的一位同行，在清晨去牡丹园观赏时，情不自禁地述说了起来，但并没有引起那位同行的同调。

阅读史书，是为了用历史印证现实，也必须用现实印证历史。历史可信吗？我们只能说：大体可信。如果说完全不可信，那就成了虚无主义。但尽信书不如无书的古训，还是有道理的。

读一种史书之前，必须辨明作者的立场和用心，作者如果是正派人，道德、学术都靠得住，写的书就可靠。反之，则有疑问。这就是司马迁、司马光，所以能独称千古的道理。

1990 年 6 月 21 日写讫

我的子部书

子部书，在我的印象里，应该是那些古代思想家的书，例如周秦诸子，或汉魏时期，能成一家之言的著作。翻看《书目答问》，才知不然。子部的引首说：

> 周秦诸子，皆自成一家学术。后世群书，其不能归入经史者，强附子部，名似而实非也。

所以，这种旧的图书分类法，在子部表现得最为混乱。它包括：周秦诸子、儒、法、兵、农、小说、释道、医、杂各家。还包括天文算法、术数、艺术、类书。现把我所有的子部书，过去没有谈到的，择要叙述如下：

我的《荀子》，是王先谦集解本，思贤讲舍木刻本，字体工整，白纸。书的原主，还裱糊了一个极别致的书套，可以保护书的各个方面。《孔丛子》是《万有文库》本。《孙子》是近年中华印本。

我没有买到好版本的《管子》。《韩非子》现存的，是顾广圻校过的木刻本,远不如王先慎集解本阅读方便。这部书我青年时读过,"文革"后期,又抄录过重要篇章。《墨子》是孙诒让的《墨子间诂》,商务《国学基本丛书》本。书前有俞樾序,作于光绪二十一年。首称:

> 孟子以杨墨并言,辞而辟之。然杨非墨匹也。杨子之书不传,略见于列子之书,自适其适而已。墨子则达于天人之理,孰于事务之情。又深察春秋战国百余年间时势之变,欲补弊扶偏,以复之于古。郑重其意,反复其言,以冀世主之一听。虽若有稍诡于正者,而实千古之有心人也。尸佼谓孔子贵公,墨子贵兼,其实则一。韩非以儒墨并为世之显学。至汉世犹以孔墨并称,尼山而外,其莫尚于此老乎?

这说明墨学的重要,是晚清学者的一种见解。俞樾著述颇多,其《诸子平议》很有名,寒斋有之。我的这两本《墨子间诂》,虽是极普通的版本,但原主在书根上写的书名,秀整非常,可知也是很爱惜的人,书保存得很干净。书后附有丰富的参考材料。

我的《四部丛刊》零本中,有《老子道德经》,是影印的宋本。此外有《国学基本丛书》本魏源撰《老子正义》,作为日常读本。《老子》一书,我虽知喜爱,但总是读不好,至今依然。《庄子》是影印明世德堂本的《南华真经》,共五册。此外有日常读本《庄子集解》。《庄子》一书,因中学老师,曾有讲授,稍能通解。

民国初年,夏曾佑著《中国古代史》,第二章第十二节,是

《三家总论》，简单扼要地介绍了老、孔、墨三家学说的优缺。录其要点如下：

> 九流百家，无不源于老子。
>
> 道家之真不传。今之道家，皆神仙家。
>
> 老子于鬼神数术，一切不取，其宗旨过高，非多数人所解，故其教不能大。
>
> 凡学说与政论之变，其先出之书，所以矫前代之失者，往往矫枉过正。老子之书，有破坏而无建立，可以备一家之哲学，不可以为千古之国教。
>
> 孔子留数术而去鬼神，较老子近人，然仍与下流社会不合，故其教只行于上等人。
>
> 墨子留鬼神而去数术，然有天志而无天堂之福；有明鬼而无地狱之罪。是人之从墨者，苦身焦思而无报；违墨子者，放辟邪侈而无罚也。故上下之人，均不乐之，其教遂亡。

我读古书少，不求甚解，面对玄虚深奥之作，常常不得要领。夏氏讲解通俗，遂笔记焉。然他说：

> 佛教西来，兼老、墨之长，而去其短，遂大行于中国。

这就有些过头了。民初学者的见解，已和晚清大有不同。学术总是随时代而变化其研究动向。学者对古代文化的评价，也是适应当时的政治要求和社会意识的。

以上为周秦诸子。汉魏子书：我有《法言》（汉扬雄）、《新语》（汉陆贾）、《新书》（汉贾谊）、《盐铁论》（汉桓宽)、《论衡》(汉王充)、《申鉴》(汉荀悦)、《潜夫论》(汉王符)、《人物志》(魏刘劭)等书,版本不一,有几种是《两京遗编》本。此丛书除字大悦目外,并无多少优长之处。好在我还有一些商务出版的,便于阅读的本子。读子书的要点:一是文字;二是道理。

此外,考订的书,我买得不少;是作为笔记小品读的。至于小说家的书,买得就更多了,书目所列,几乎全有。其中有一些好版本,因在别的文章中提到过,这里就不重复了。

释道书,也在子部。《宏明集》、《广宏明集》,都是辩论性的。我买的佛书有:《般若心经》,短小,读过,觉得好懂。《大乘起信论疏》、《大乘入楞伽经》、《维摩诘所说经》,无兴趣,未细读,都是佛经流通处刻本。《妙法莲花经》是常州一名寺的木刻大字本,似僧尼用过。念经时一些音义,不直接注在经上,而是用小白方纸块写好,贴在经文旁边,非常奇特。经虽不很污旧,但我不愿翻阅,一直放在那里。还有一部谢灵运参加翻译的《大般涅槃经》,读过一部分。《法苑珠林》,共三十二册,《四部丛刊》本,都是佛经故事,号称妇女的佛经。读过一些。对于佛经,我总是领略不到它的妙处,读不进去,证明我尘心太重。我以为佛教之盛行,并不在它的经义,而在于它的宗教形式的庄严。所谓形式,包括庙宇、雕塑、音乐和绘画等。

1990年6月27日写讫

耕堂曰:周秦诸子,号称百家,不过形容当时学术之盛。书目著录，已不过三十家，且多有逸伪，盖多数已消亡矣。清末浙江官书局，印有所谓百子全书，余曾购置零种，其书版大而纸劣，墨色不匀，字大而扁，颇不悦目。甚不喜之，已送人矣。因未见全书，不能断言，想系连同后代子书，拼凑而成。闻近有重印者，亦未过问。

百家争鸣之说，亦后人渲染耳。儒家为诸子之首，其学术主要为政治与教育两项，孔孟首发之，为历代帝王所尊用。其他诸子，有争鸣者，亦有自鸣者；有得意者，有不得意者。然其著述，则皆哲理多于实用，理想强于现实，虽皆有为而作，皆难施于生活。文化日渐发达，生活需要增多，学者遂不得不改弦更张，趋向实用。汉魏以后，多议论经济之书，如《盐铁论》、《齐民要术》等。此等书不多见，宋代又以朱子理学为子书之要。稍实际者，则为见闻杂志，读书笔记，或就事论事，或吸取经验。其杰出者如《梦溪笔谈》、《容斋随笔》等书。生活用书，门类增多。这是子部著述的必然趋向。

张之洞在《书目答问》中，用极大篇幅，著录农、医、天文算术、艺术各家之书，就是适应当时政治、教育的需要。他作为儒门弟子，感到只是儒家那一套，已经不中用了。

我的藏书中，以上各家的书，也略有购置，曾已述及。唯天文算术一类，因一窍不通，一本也没有。

《四库全书总目提要》子部总叙曰："自六经以外立说，皆子书也。"六经经儒家注释解说，实已成为樊篱。如上所言，子书实樊篱以外之说，笼外之鸣。总叙又说："虽有丝麻，无弃菅蒯"，"狂夫之言，圣人择焉。"表面上还是继承百家争鸣的传统的。这实是对修订《四库全书》这一政治行动的极大讽刺！这也说明："凡能自鸣一家者，必有一节之足以自立。"有价值的学术、言论、著作，是可以不胫而走，流传万世，不会轻易被消灭的。

1990 年 7 月 1 日补记

我的集部书

汉魏六朝：

《蔡中郎集》，《四部丛刊》本；

《曹操集》，中华书局近年印本；

《曹子建集》，《四部备要》本；

《嵇中散集》，《四部丛刊》本；

《陆士衡集》，同上；

《陆士龙集》，同上；

《陶靖节集》，《四部备要》本；

《鲍照集》，《四部丛刊》本；

《谢宣城集》，《丛书集成》本；

《昭明太子集》，《四部丛刊》本；

《江文通集》，《四部丛刊》本；

《何水部集》，《四部备要》本；

《庾子山集》，《湖北先正遗书》本；

《徐孝穆集》，《四部丛刊》本。

此外还购有汉魏六朝名家集第一集，共四十人。因此，多有重本。《书目答问》所列,只差诸葛亮一集。该集旧本,曾于旧书店遇到过,一时犹豫,交臂失之,并非忽视也。近日友人送前后出师表字帖一本,翻到:"亲贤臣,远小人,此先汉所以兴隆也;亲小人,远贤臣,此后汉所以倾颓也"一节,掩卷唏嘘,几至流涕。汉魏文章之可贵,即在于此。身世与政治相关联,作家情感密切国家民生,责任感很强。非同后来文人之只知哀叹自己也。另有《东汉文纪》一部,故宫印宛委别藏抄本。盖从后汉书辑录。两汉文章,多赖史书以存,班、范有功焉。

唐、五代:

《王子安集》,木刻本;

《骆临海集》,中华书局近年印本;

《幽忧子集》,《四部丛刊》本;

《陈子昂集》,中华书局近年印本;

《张曲江集》,《广东丛书》本;

《李太白集》,《四部丛刊》本,另有商务《国学基本丛书》本;

《杜工部集》,《湖北先正遗书》本;另有《杜诗镜铨》,四川木刻本,及傅正谷所赠中华书局排印本;又有《杜工部草堂诗笺》,《丛书集成》本;

《颜鲁公集》,《四部备要》本;

《刘随州集》,同上;

《毗陵集》,《四部丛刊》本;

《韩昌黎集》,涵芬楼排印本,两函;

《柳河东集》,蟫隐庐影印本,《国学基本丛书》本;

《刘宾客文集》,《丛书集成》本;

《张籍诗集》,中华近年印本;

《李长吉歌诗》,《四部丛刊》本,文瑞楼石印本;

《沈下贤集》,观古堂汇刻书本;

《李卫公会昌一品集》,《丛书集成》本;

《元氏长庆集》,《四部丛刊》本;

《白氏长庆集》,同上;

《姚少监集》,《四明丛书》木刻本;

《李义山诗文集》,石印两函;

《温飞卿集》,《四部备要》本;

《浣花集》,中华近年印本;

《甲乙集》,《四部丛刊》本;

《桂苑笔耕集》,《四部丛刊》本;

《才调集》,同上。

我藏唐集,与《书目答问》所列相校,互有出入,所差无几。

此外有《四部丛刊》缩印本:《玉川子诗集》、《司空表圣文集诗集》、《玉山樵人集》、《皮子文薮》、《甫里先生集》、《白莲集》、《禅月集》、《浣花集》、《广成集》)。

又有《唐四家诗集》,包括:王辋川、孟襄阳、韦苏州、柳柳州。胡丹凤刻本。《宋本唐人合集》,包括高常侍、岑嘉州、王摩诘、孟浩然。医学书局影印本。商务据汲古阁本《唐四名家集》,包括:窦群、李贺、杜荀鹤、吴融。《五唐人诗集》,包括:孟浩然、孟郊、李绅、温庭筠、韩偓。《唐六名家集》,包括:常建、韦应物、王建、鲍溶、姚合、韩偓。商务书印刷精良,带有布套,书亦颇新。此外尚有《唐人选唐诗》及近年科学院文研所的《唐诗选》。总集有《全唐诗》、《唐文粹》。

其实，这些年，我很少读诗词。说不喜欢诗词，是假的，但比起青年时期，是差一些了。我愿意读一些与我当前思想感情吻合的，有真实记载的书，读一些能消愁解闷的，历史经验的书。按说在唐诗中，是可以找到一些篇什的。有时翻翻杜诗，也读不下去。买了那么多诗集，有很多是重复的，不是为了读，而是为了藏。有些是慕名（汲古阁），有些是好古（宋本），有些是贪图大而全（全唐）。

我的经验是：人在书籍极端缺乏时，才能精读、细读，才能受益。古人借书、抄书，终于有成，这是有道理的。农村有句俗话：儿多不如儿少，儿少不如儿好。可以移用于读书。儿少、儿好，反可以得济，书的道理相同。

对于唐文，还是读了一些，可谈些看法：

一、读唐文，还是先读一些有代表性的作品，如韩、柳、元、白的文章。元，诗不如白，但文章可读。韩文虽以载道自居，而时见真感情，有时表现得很强烈、直率。这一点，与柳文不同。文章重比较，一比较就可以看出，他的弟子们，如李翱之辈，望尘莫及。

二、读选本，过去我也反对过。其实，人生时间，实在有限，只能读一些选本。选本读细，也就很不容易。《唐文粹》，编选得还是不错的。姚铉在序文中说："文有江而学有海，识于人而际于天。"又说："志其学者，必探其道；探其道者，必诣其极。然后，隐而晦之，则金浑玉璞，君子之道也。发而明之，则龙飞虎变，大人之文也。"我一直是当作座右铭的。新的选本，常常注解不明，校对不精，弄不好还要终生受害。

三、对代表作家，有可能，要读其全集。零碎文章，也不放过。这样才能真正了解一个作家，一个时代。

四、要读唐人传奇，这是唐文的一种极致。

宋：

《苏舜钦集》，中华书局近年印本；

《司马温公文集》，《丛书集成》本；

《欧阳文忠集》，商务《国学基本丛书》本；

《元丰类稿》，《四部丛刊》本；

《嘉祐集》，同上；

《东坡七集》，《四部备要》本，另有施注苏诗，小木刻本；

《栾城集》，《四部丛刊》缩印本；

《临川集》，《四部丛刊》本；

《山谷内外集》，小石印本；

《淮海集》，《四部丛刊》缩印本；

《诚斋集》，《四部丛刊》本；

《渭南文集》、《剑南诗稿》，《四部备要》本；

《叶适集》，中华近年印本。

所藏与书目相校，相差已很多。北宋不到三分之一，南宋几乎无有，只存三人。

宋之苏氏父子，号称文学大家。然明清学者王夫之，于所著《宋论》，屡屡讥评之，以为所学为申、商之术，志在显达。然存此心以为文，则有违艺术之道，如同水火之不相容。挟此术以从政，官亦很难做得好。多次失意，成就了苏轼的文学事业。东坡在海南期间，在田间曾遇一送饭的老妇人，她对东坡说："苏内翰，你做了一场春梦！"春梦指的就是官场沉浮。苏洵、苏辙，虽有文集遗世,然于文学,均无多大建树。秦、黄气魄,亦无多少惊人之处。

文章一事,时代气运,天人合一之说,不能不信,作家于天地(社会)接触不广,于义理(哲学)承受不深,则文章甚难做好。元明(元以异族统治,明以流氓政治)以后,文章已渐露浮浅,文人亦多轻薄。归有光明代大家,只有《项脊轩志》、《寒花葬志》少数篇章流传。至明末,乃不得不推侯方域、钱谦益为文首。诗词、文说、戏曲,尚可驰骋,深厚文章,则甚难寻觅矣。元、明、清文集,我收藏寥寥,不赘。

1990 年 6 月 28 日

耕堂曰:今人之文章、文集多矣,余择善而从。亦有三不读。一、言不实者不读。例如昨天还在为了某种目的,极力在历史垃圾中,去搜求、探索、描述、研讨、渲染、暴露"民族弱点"的人,今天又大言不惭地声称:要"弘扬"民族文化了。这样人的文集、文章,不读。

二、常有理者不读。(常有理为赵树理小说里的人物。)这种人,"文革"时造反有理;"动乱"时,动乱有理;安定团结时,还是有理。常有理的人,最可怕,文章也最不可读,因其随时随地在变化也。

三、文学托姐们的文章,不可读。她们把不正确的,说成是正确的;把不对头的,说成是对头的;把没有个性的,说成是有个性的;把没有影响的,说成影响很大;把赔钱的,说成销路很广,或是已经脱销,或是已行销国外……这种人的文章,尤其不可读,最没有价值。

1990年6月28日清晨附记

第三辑

文 事

文事琐谈

老年文字

最近写了一篇文章,叫女儿抄了一下,放在抽屉里。有一天,报社来了一位编辑,就交给他去发表。发出来以后,第一次看,没有发现错字。第二次看,发现"他人诗文",错成了"他们诗文"。心里就有些不舒服。第三次看,又发现"入侍延和",错成了"入侍廷和";"寓意幽深",错成了"意寓幽深";心里就更有些别扭了。总以为是报社给排错了,编辑又没有看出。

过了两天,又见到这位编辑,心里存不住话,就说出来了。为了慎重,加了一句:也许是我女儿给抄错了。

女儿的抄件,我是看过了的,还做了改动。又找出我的原稿查对,只有"延和"一词,是她抄错,其余两处,是我原来就写错了,而在看抄件时,竟没有看出来,错怪了别人,赶紧给编辑写信说明。

这完全可以说是老年现象,过去从来没有发生过。我写作多年,很少出笔误,即使有误,当时就觉察到改正了。为什么现在的感觉如此迟钝？我当编辑多年，文中有错字，一遍就能看出来了。为什么现在要看多遍，还有遗漏？这只能用一句话回答：老了，眼力不济了。

所谓"文章老更成"，"姜是老的辣"，也要看老到什么程度，也有个限度。如果老得过了劲，那就可能不再是"成"，而是"败"；不再是"辣"，而是"腐烂"了。

我常对朋友说，到了我这个年纪，还写文章，这是一种习惯，一种惰性。就像老年演员，遇到机会，总愿意露一下。说句实在话，我不大愿意看老年人演的戏。身段、容貌、脚手、声音，都不行了。当然一招一式，一腔一调，还是可以给青年演员示范的，台下掌声也不少。不过我觉得那些掌声，只是对"不服老"这种精神的鼓励和赞赏，不一定是因为得到了真正的美的享受。美，总是和青春、火力、朝气，联系在一起的。我宁愿去看娃娃们演的戏。

己之视人，亦犹人之视己。老年人写的文章，具体地说，我近年写的文章，在读者眼里，恐怕也是这样。

我从来不相信，朋友们对我说的，什么"宝刀不老"呀，"不减当年"呀，一类的话。我认为那是他们给我捧场。有一次，我对一位北京来的朋友说："我现在写文章很吃力，很累。"朋友说："那是因为你写文章太认真，别人写文章是很随便的。"

当然不能说，别人写文章是随便的。不过，我对待文字，也确是比较认真的。文章发表，有了错字，我常常埋怨校对、编辑不负责任。有时也想，错个把字，不认真的，看过去也就完了；认真的，他会看出是错字。何必着急呢？前些日子，我给一家报纸写读书随笔，一篇一千多字的文章，引用了四个清代人名，竟给弄错了三个。我没有去信要求更正,编辑也没有来信说明,好像一直没有发现似的。这就证明,现在人们对错字的概念,是如何淡化了。

不过,这回自己出了错,我的心情是很沉重的,今后如何补救呢?我想,只能更认真对待。比如过去写成稿子,只看两三遍,现在就要看四五遍。发表以后,也要比过去多看几遍。庶几能补过于万一。

老年人的文字,有错不易得到改正,还因为编辑、校对对他的迷信。我在大杂院住的时候,同院有一位老校对。我对他说:"我老了,文章容易出错,你看出来,不要客气,给我改正。"他说:"我们有时对你的文章也有疑问,又一想你可能有出处,就照排了。"我说:"我有什么出处?出处就是辞书、字典。今后一定不要对我过于信任。"

比如这次的"他们诗文",编辑一眼就可以看出是不通的,有错的。但他们几个人看了,都没改过来。这就因为是我写的,不好动手。

老年文字,聪明人,以不写为妙。实在放不下,以少写为佳。

1990 年 9 月

文　过

题意是文章过失,非文过饰非。

最近写了一篇文章发表,又招来意想不到的麻烦。

此文，字不到两千，用化名，小说形式。文中，先叙与主人公多年友情，中间只说了一些鸡毛蒜皮的小事，后再叙彼此感情，并点明他原是一片好心。最终说明主旨：写文章应该注意细节的真实。纯属针对文坛时弊的艺术方面的讨论，丝毫不涉及个人的任何重大问题。扯到哪里去，这至多也不过是拐弯抹角、瞻前顾后，小心翼翼地，对朋友的写作，苦口婆心提点规谏。

　　说真的，我写文章，尤其是这种小说，已经有过教训。写作之前，不是没有顾忌。但有些意念，积累久了，总愿意吐之为快。也知道这是文人的一种职业病，致命伤，不易改正。行文之时，还是注意有根有据，勿伤他人感情。感情一事，这又谈何容易！所以每有这种文字发出，总是心怀惴惴，怕得罪人的。我从不相信"创作自由"一类的话，写文章不能掉以轻心。

　　但就像托翁描写的学骑车一样，越怕碰到哪一棵树上，还总是撞到那棵树上。

　　已经清楚地记得：因为写文章得罪过三次朋友了。第一次有口无心，还预先通知，请人家去看那篇文章，这说明原是没有恶意。后来知道得罪了人，不得不在文末加了一个注。

　　现在看来，完全没有必要。当时所谓清查什么，不过是走过场。双方都是一场虚惊。现在又有人援例叫我加注，我解释说：散文加注可以，小说不好加注，如果加注，不成了"此地无银三百两"吗？

　　说是小说也不行。有的人一定说是有所指。可当你说这篇小说确有现实根据时，他又不高兴，非要你把这种说法取消不可。

　　结果，有一次，硬是把我写给连共的一封短简，已经排成小样，撤了下来。目前，编辑把这封短简退给我，我看了一下内容，真是啼笑皆非：城门失火，殃及池鱼，只能向收信人表示歉意。

鲁迅晚年为文，多遭删节，有时弄得面目皆非。所删之处，有的能看出是为了什么，有的却使鲁迅也猜不出原因。例如有一句这样的话："我死了，恐怕连追悼会也开不成"给删掉了。鲁迅补好文字以后写道："难道他们以为，我死了以后，能开成追悼会吗？"当时看后，拍案叫绝，以为幽默之至，尚未能体会到先生愤激之情，为文之苦。

例如我致连共的这封短简，如果不明底细，不加注释，任何敏感的人，也不会看出有什么"违碍"之处。文字机微，甚难言矣。

取消就取消吧，可是取消了这个说法，就又回到了"小说"上去。难道真的有没有现实根据的小说吗？

有了几次经验，得出一个结论：第一，写文章，有形无形，不要涉及朋友；如果写到朋友，只用颂体。第二，当前写文章，贬不行，平实也不行，只能扬着写，只能吹。

这就很麻烦了。可写文章就是个麻烦事，完全避免麻烦，只有躺下不写。

又不大情愿。

写写自己吧。所以，近来写的文章，都是自己的事，光彩的不光彩的，都抛出去，一齐大甩卖。

但这也并非易事。自己并非神仙，生活在尘世。固然有人说他能遗世而独立，那也不过是吹牛。自我暴露，自我膨胀，都不是文学的正路，何况还不能不牵涉他人？

大家都希望作家说真话，其实也很难。第一，谁也不敢担保,在文章里所说的,都是真话。第二,究竟什么是真话?也只能是根据真情实感。而每个人的情感,并不相同,谁为真?谁为假?读者看法也不会一致。

我以为真话,也应该是根据真理说话。世上不一定有真宰,但真理总还是有的。当然它并非一成不变的。

真理就是公理,也可说是天理。有了公理,说真话就容易了。

1991 年 7 月 23 日足成之

文　虑

所谓文虑,就是写文章以前,及写成以后的种种思虑。

我青年时写作,都是兴之所至,写起来也是很愉快的,甚至嘴里哼哼唧唧,心里有节奏感。真像苏东坡说的:

> 某生平无快意事,惟作文章。意之所到,则笔力曲折,无不尽意。自谓世间乐事,无逾此者。

其实,那时正在战事时期,生活很困苦,常常吃不饱,穿不暖。也没有像样的桌椅、纸张、笔墨。但写作热情很高,并视为一种神圣的事业。有时写着写着,忽然传来敌情,街上已经有人跑动,才慌忙收拾起纸笔,跑到山顶上去。

很长时间,我是孤身一人,离家千里,在破屋草棚子里写东西。烽火连天,家人不知死活,但心里从无愁苦,一心想的是打败日本，写作就是我的职责。

写出东西来，也没有受过批评，总是得到鼓励称赞。现在有些年轻人，以为我们那时写作，一定受到多少限制，多么不自由，完全是出于猜测。我亲身体验，战争时期，创作一事，自始至终，是不存什么顾虑的。竞技状态，一直是良好的，心情是活泼愉快的。

存顾虑，不愉快，是很久以后的事。作为创作，这主要和我的经历、见闻、心情和思想有关。

土地改革，解放战争时期，我虽受到批判，但写作热情未减。批判一过，作品如潮，可以说明"屡败屡战"，毫不气馁。我还真的亲临大阵，冒过锋矢。

就是"文革"以后，我还以九死余生，鼓了几年余勇。但随着年纪，我也渐渐露出下半世光景，一年不如一年的样子来。

目前为文，总是思前想后，顾虑重重。环境越来越"宽松"，人对人越来越"宽容"，创作越来越"自由"，周围的呼声越高，我却对写东西，越来越感到困难，没有意思，甚至有些厌倦了。我感到很疲乏。究竟是什么原因，自己也说不清楚。

顾虑多，表现在行动上，已经有下列各项：

一、不再给别人的书写序，实施已近十年。

二、不再写书评或作品评论，因为已经很少看作品。

三、凡名人辞书、文学艺术家名人录之类的编者，来信叫写自传、填表格、寄相片，一律置之。因为自觉不足进入这种印刷品，并怀疑这些编辑人是否负责。

四、凡叫选出作品、填写履历、寄照片、手迹，以便译成外文，帮助"走向世界"者，一律谢绝。因为自己愿在本国，安居乐业，对走向那里，丝毫没有兴趣。

五、凡专登名人作品的期刊，不再投稿。对专收名家作品的丛书，不去掺和。名人固然不错，名人也有各式各样。如果只是展览名人，编校不负责任，文章错字连篇，那也就成为一种招摇。

六、不为群体性、地区性的大型丛书挂名选稿，或写导言。因为没有精力看那么多的稿件，也写不出像鲁迅先生那样精辟的导言。

总之，与其拆烂污，不如岩穴孤处。

作家，一旦失去热情，就难以进行创作了。目前还在给一些报纸副刊投投稿，恐怕连这也持续不长了。真是年岁不饶人啊！

人们常说：每个时代，有每个时代的作家。时代一变，一切都变。我的创作时代，可以说从抗日战争开始，到"文化大革命"结束。所以，近年来了客人，我总是先送他一本《风云初记》，然后再送他一本《芸斋小说》。我说："请你看看，我的生活。全在这两本书里，从中你可以了解我的过去和现在。包括我的思想和感情。可以看到我的兴衰、成败及其因果。"

1991 年 8 月 4 日上午

《善闇室纪年》序

在天津这个城市，住了二十五年。常常想离开，直到目前还不能走；住的这个宿舍，常常想换换，直到目前还不能搬家。中间虽然被迫迁移一次，出去三年，终于又回来了。我不知道要在这个地方，住到什么时候。

街上太乱太脏，我很少出门。近年来也很少有人来我这里。说门可罗雀是夸张的，闭门却轨却是不必要的。虽然好弄书，但很少能安心看书。有些人不愿去接近，有些语言不愿去听。我并不感到寂寞、苦闷，有时却也觉得时间空过得可惜，无可奈何。

我很久、很久不写东西了。对于未来，我缺乏先见之明，不能展示其图景。对于现实，我故步自封，见闻寡陋，无法描述。对于过去，虽也懒于回忆，但究竟便于寻绎。因此想起了写个自传什么的，再向后退一步，就想订个年谱什么的，又觉得这个名称太堂皇，就改用了纪年的形式。这是轻车熟路，向回走的路，但愿顺利一些。

我自幼年，体弱多病。表现在性格方面，优柔寡断。多年从事文字生活，对现实环境，对人事关系，既缺乏应有的知识，更没有应付的能力。在各方面都是失败多，成绩少。声音将与形体同时消失，没有什么可以遗留于后人或后世的。

一生平平，确实无可取鉴。一生行止，都是被时代所推移，顺潮流而动作。在群众面前，从来不能发表独特的见解，表现超人的才略；在行动方面，更没有起过先锋的作用，建树较大的功劳。那么，这一年谱，就只能是记录：一己的履历，时代的流波，同行者的影子与声音，群众的帮助与爱护。

其中，有个人的兴起振奋，也有自己的悲欢离合。有崎岖，也有坦途。由于愚阇，有时也曾蹈不测的深渊；由于悫诚，也常常为朋友们所谅宥。认真记录下去，也可能有超出个人范围的一个时代的步伐，一个队伍的感情吧。

总之，在过去的几十年中，跟在队伍的后面，还幸而没有落荒。虽然缺少扬厉的姿态，所迈的步子，现在听起来，还是坚定有力的。对于伙伴，虽少临险舍身之勇，也无落井下石之咎。循迹反顾，无愧于心。

1975 年 6 月 1 日，善阓记。

昨晚暴风雨，花未受损。今晨五时起床，为玉树换盆，并剪海棠一枝，插于小盅，验其活否。

关于散文

我们这里所说的散文,不只区别于韵文,也区别于有规格的小说,是指所有那些记事或说理的短小文章,就是鲁迅先生所说的杂文。但现在杂文一词,又好像专用于讽刺了。

随便翻开一部古人的文集,总是分记、序、传、书、墓志等等门类,其实都是散文。鲁迅先生的集子也是如此,虽称杂文,但并非每篇都意寓讽刺。

我最喜爱鲁迅先生的散文,在青年时代,达到了狂热的程度,省吃俭用,买一本鲁迅的书,视如珍宝,行止与俱。那时我正在读中学,每天下午课毕,就迫不及待地奔赴图书阅览室,伏在报架上,读鲁迅先生发表在《申报·自由谈》上的文章。当时,为了逃避反动当局的检查,鲁迅先生每天都在变化着笔名,但他的文章,我是能认得出来的,总要读到能大致背诵时,才离开报纸。

中学毕业后,我没有找到职业,在北平流浪着,也总是省下钱来买鲁迅的书。买到一本书,好像就有了一切,当天的饭食和夜晚的住处，都有了着落似的。

不久，我在白洋淀附近的同口小学找到一个教员的职位。在这个小学校里，我当六年级级任，还教五年级国文和一年级的自然。白天没有一点闲暇，等到夜晚，学生散了，同事们也都回家了，我一个人住宿在有着大天井的院子里，室内孤灯一盏，行李萧条，摊在桌子上的，还是鲁迅的书。这里说的鲁迅的书，也包括他编的杂志。那时，我订阅了一份《译文》。

同口的河码头上，有个邮政代办所，我常到那里去汇钱到上海买书。那时上海的生活书店办理读者邮购，非常负责任。我把文章中间的精辟片段，抄写下来，贴在室内墙壁上，教课之余，就站立在这些纸条下面，念熟后再换上新的。

古人说，书的厄运是水、火、兵、虫。其中兵、火两项，因为丧失了补救的可能性，可以说是书的最大灾难了。抗日战争爆发，我参加抗日行列。我在离开家乡之前，把自己艰苦搜求，珍藏多年的书，藏在草屋的夹壁墙里，在敌人一次"扫荡"中被发现，扔了满院子。其中布皮金字、精装的，汉奸们认为可以换钱，都拿走了。剩下一些，家里人因为它招灾惹祸，就都用来烧火和换挂面，等到我回家时，只剩下几本书，其中有一本鲁迅先生的《中国小说史略》。此后，我的书，也经过不少沧桑，这本书却一直在手下，我给它包裹了新装，封为"群书之长"。

抗日战争年代，每天行军，轻装前进。除去脖项上的干粮袋，就是挂包里的这几本书最重要了。于是，在禾场上，河滩上，草堆上，岩石上，我都展开了鲁迅的书。一听到继续前进的口令，才敏捷地收起来。这样，也就引动我想写点文章，向鲁迅先生学习。这样，我就在鲁迅精神的鼓舞之下，写了一些短小的散文，它们是：有所见于山头，遂构思于涧底；笔录于行军休息之时，成稿于路旁大石之上；文思伴泉水而淙淙，主题拟高岩而挺立。

我的战友，大多是青年学生，而且大多是因为爱好文学，尤其是爱好鲁迅的书，走上革命的征途的。在这个征途上，要经常和饥饿、寒冷、酷热、疾病斗争，有些人是牺牲在拒马河、桑干河或滹沱河的两岸了。他们书包里的书，也带着弹孔。

我们的书，都是交换着看，放在一起看。大家对书是无比珍重，无比爱惜。我现在想，不知道爱惜书籍的人，恐怕是很难从事文学创作吧。没有见过不爱惜器具的工匠，和不爱惜武器的战士。不好的书，没人爱惜它，也是理所当然的。

艺术的生命力，是个复杂的问题，不好解答。鲁迅先生的书，可以断定是永久的了。它的影响是如此之广大，持续时间已经是如此之长久。"五四"以前以后都是无与伦比的。梁启超不能比，章太炎也不能比。

中国的散文作家，我喜欢韩非、司马迁、柳宗元和欧阳修。欧阳修在写作上是非常严肃的。他处处为读者着想，为后人着想，直到晚年，还不断修改他的文稿。他最善于变化文章的句法，力求使它新颖和有力量。

鲁迅先生的散文，究竟好在什么地方？我们能够追踪学习的，有哪些方面？构成艺术的永久生命，有哪些条件？

艺术创造上的真、善、美，如果这样解释：这三个字要求，作家站在无产阶级的和人民大众的立场，抱着对广大人民的善良愿望，抒发真实的感情，反映工农兵真实的情况；在语言艺术上严肃认真，达到优美的境界；作家的思想，代表新生的进步的力量和思潮，又和革命的具体实践相结合。我们按照这些要求认真做去，那么，我们的作品虽然不能传世，也可以使当时当地的读者，得到有益的参考。

我们在抗日战争期间，曾经油印了鲁迅先生的一篇《为了忘却的记念》，给初学写作者参考。这篇散文，是先生晚期的血泪之作。在极端残酷的战争年代，每读一遍，都是要感动得流眼泪的。具体地说，像这样的文章，就包含了以上的三字要素。只要人类社会还存在真和假、善和恶、美和丑的矛盾和斗争，鲁迅先生的散文，就永远是人民手中制敌必胜的锋利武器。

这就叫不朽的著作。

与此相反，最没有生命力的文章，莫过于封建帝王时期的八股试卷了。考试一完，这些试卷就被废纸店捆载而去，忙着去作纸的还魂。就是那敲开了门的"砖头"，也避免不了作为废品处理的命运。

因为这些文章，说的都是假话。是替圣人立言，说的都是空话；是在格子里填文章，没有丝毫作者自己的真实情感。

如果在一篇短小的散文里，没有一点点真实的东西：生活里有的东西，你不写；生活里没有的东西，你硬编；甚至为了个人私利，造谣惑众，它的寿命就必然短促地限在当天的报纸上。

大体说来，从事文艺工作的人，都希望自己的作品能够多活些日子，多有几个读者。经过认真努力，是会得到好的结果的。但是，也并不是每个人都可以做到的。这包括主客观两方面的复杂的条件。

　　写作，首先是为了当前的现实，是为人民服务。只有对现实有用的，才能对将来有用。不能设想，对当前说来，是一种虚妄的东西，而在将来，会被人们认为是信史。只有深刻反映了现实的作品，后代人才会对它加以注意。

　　编《古文辞类纂》的那个姚鼐说过，在唐朝，谁不愿意做韩愈那样的文章，但终归还是只有一个韩愈。能做到李翱和独孤及，也就不错了。姚鼐的目标，大概定得高了一些。

　　但是对我们来说，目标是要远大的，努力是要多方面的。在我们的时代，由于阻碍限制文艺发展的许多客观条件逐步排除，攀登艺术高峰的可能和人数，一定是要超迈前古的。

　　学习鲁迅的散文，当然不能只读鲁迅一家的书。鲁迅生前给我们介绍中国古代散文，翻译外国散文，都是为了叫我们取精用宏，多方借鉴。现在还有青年认为：鲁迅只叫我们读外国作品，不叫我们读中国古书，这是片面理解鲁迅的话。我们翻翻鲁迅日记，直到晚年，他一直在购买中国古书和研究中国古代文献。有的青年说，中国古文已经成了古玩，在扫除之列，这也是不对的。中国古代文献，并没有成为古玩，而是越来越为广大人民所掌握，日益发挥古为今用的现实作用。各个阶级都在利用它，我们无产阶级当然不能把它放弃。只有理解历史，才能更好地理解现实。当然，首先应该正确全面地理解现实，才能正确全面地理解历史。鲁迅的散文，就可以证明这一点。中国古代散文，是不能不很好研究的，这当然并不是反对读外国的古典散文。总之，古今中外，无不浏览，经史子集，在所涉猎，这样营养才能丰富，抵抗力才能增强。

学写散文,也不能专学散文一体,对于韵文,也要研究。散文既然也叫杂文,参考的文章体式,就不厌其杂,越多越好。鲁迅的散文,也可以证明这一点。

1977 年 10 月 25 日

与友人论传记

前承问写传记的方法,这固然不是我所能说得完全的。但在阅读了一些中国历史书籍以后,对于中国历史传记写作的道理及其传统,却有一些领会。现略加整理分析,供你参考。我国在历史上,很重视传记,断代史中,人物传记占绝大部分。作为很重要的一种文体,在作家专集中,分量也很大。《春秋左氏传》,自古以来,就与经书同列。可见"传"在中国文化遗产中,所占的位置。

但这主要是就历史而言,在文学创作上,传记的成就,是不能和历史著作相比的。历史与文学,虽有共同的根源,即现实、环境、人物,但历史并不等于文学。文才并不等于史才。有些大作家写的传记,常常不如历史学家。把文史熔为一炉,并铸出不朽的人物群像的,只有司马迁、班固。此外,陈寿、范晔,已经史重于文。至于欧阳修,在文学上,虽享大名,所撰《新唐书》及《新五代史》,其中传记,已经不能同班马并论,常常遭到他人的非议。

史学的方法和文学的方法,并非一回事,而且有时很矛盾。

史学重事实，文人好渲染；史学重客观，文人好表现自我。只就这两点而言，作家所写的传记，就常常使人不能相信了。

班马固然也是文学家，但是他们的做法，是从历史着眼，是尊重历史，尊重客观。在他们写历史作品的时候，也表现了文学的才能。这种才能，只是为历史服务，个人爱好，退居到第二位。越是采取客观态度，他们的作品完成以后，他们的文学才能，越是显得突出。有些人，在写作历史传记时，大显其文学方面的身手，越是这样，当他们的作品写成时，他那些文学方面的才华，却成了史学方面的负担，堆砌臃肿和污染。文学的脂粉涂得过多，反倒把人物弄丑了。晚清有个王定安，是曾国藩的得意弟子，他撰写的《湘军记》，不能说用力不勤，材料也不能说是单薄无据，就因为存心卖弄才华，文字写得忸怩作态，颇不大方，就被别人耻笑，以为不如王闿运的《湘军志》。其实，王的书，也是文学家的历史著作，并无突出优异之处，不过他稍稍知道写历史的道理，能略加收敛文学天才而已。

人物传记，自古以来，看作是历史范畴。它的写作特点，归纳起来，有以下几个方面：

一、记言记行并重。《史记》、《汉书》都是如此。记述人物一生重要行为，即决定性的关键性的行动，记述其与此种行动相辅相成的语言。《三国志》裴松之的注，特别注意记一个人的语言。深刻隽永的语言，颇能表现一个人物的风格面貌。这种用语言表现人物的写法，以后演变为多种多样的《世说新语》一类的书，本身也是一种历史。语言，不只反映人物的思想作风，也是人物行为的基础，所以很被史学家重视。

二、大节细节并重。古代史家，写一个人物，并不只记述他的成败两方面的大节，也记述他日常生活的细节。司马迁首先注意及此，效果甚佳。就像刘邦、项羽这些大人物，他也从记述其日常的言行着眼。而在写一些微末之士的时候，则多着眼其言行两方面的荦荦大端，显露其非凡之一面。

三、优点缺点并重。历史传记，首先注重真实，而真实是从全面、整体中提炼出来的。因此，历史所表现的人物，很少是神化的完人。《三国志》写关羽，写其功劳战绩，也暴露其秽德失行。把关羽神化，是后来小说和剧本干的事。优缺点并重，功过并举，才是现实生活中的"完人"，抽象的完人，是不存在的。

四、客观主观并重。历史，整个地说来，是客观存在。人物的言行，看来是主观的，但必然受历史的制约。古代传记，所写的人物，从历史环境、历史事件中表现，如曹操之于汉末，诸葛亮之于三分。客观环境与主观意志，紧密结合，历史与人物，才能互相辉映，相得益彰。在传记中，人物主观成分的表现，不能过多，主要是表现其与时代相触发相关联的契机。

传记能否写得成功，作者的识见及态度，甚关重要。当然，作者要有学，掌握的材料要多。但材料的取舍、剪裁，要靠识。识不高则学无所用。识不高也难于超脱，难于客观，难于实事求是。写传记，有如下数忌：

一、忌恩怨、忌感情用事。传记所写是历史，只求存实。是为了后人鉴戒，所以也求达理。不真实则理不能通，并能悖理，于后世有害。写传记，对成功者，不能预先存恐惧之念，对失败者不能预先存轻侮之心。对己有恩者不过誉，对己有怨者不贬低。个人恩怨，排除净尽，头脑冷静，然后下笔。如不能做到，就可以不写。

二、忌用无根材料。写传记,都知看重第一手材料。即个人观察所得,眼见是实的材料。这种材料,是不易得到的。即使调查来的材料,也还有个剪裁取舍的问题,不一定完全可靠。至于文献记载,就更应该有所鉴别。过去,人物传记,有所谓家乘,即本人家族保存的材料;有所谓弟子记,即他的门人记录的材料;有所谓碑传,即死后刻在墓碑上的文字。这些材料,还都不能叫作传记,其中有很多不实之处。历史家把这些材料,都看作第二手材料,加以取舍。作者还要实地考察。直接观察以求更可靠的印象和材料。司马迁世为史官,掌握着不少文字材料,但他在写作《史记》之先,还是要出去旅行,访问故老,收集传闻。

三、忌轻易给活人立传。一部二十四史,大多数都是写在改朝换代之后。人物都已死去很多年。时过境迁,淘汰沉淀,对他们已经有了一个比较固定的评价。这样写来,容易客观。即本朝国史馆立传,也在盖棺论定之后。排除人事纷扰,再为一个人立传。这是历史传记写作的一个优长之处。当然,年代久远,也容易传闻异词,毁誉失度,有时几十年的事情,就弄不清楚,何况年代更久?这就要看史家的眼光,即识力。

给活着的人立传,材料看来易得,实际存在很多困难。干扰太多,不容易客观。他自己写的自传,也只能看作后人为他立传的材料,何况他人所为?

四、忌作者直接表态。中国历史传记,很少夹叙夹议,直接评价人物的写法。它的传统作法是"春秋笔法",寓褒贬于行文用字之中,实际上是叫事实说话,即用所排比的事件本身,使读者得到对人物的印象、评价,因之引出历史的经验教训。大的史学家只是写事实,很少议论。司马迁在写过一个人物之后,有

"太史公曰"一小段文字，谈他对这一人物的印象和评价，也是在若即若离之间，游刃于褒贬爱憎之外。又有时谈一些与评价无关的逸闻琐事，给文字增加无穷余韵，真是高妙极了。班固以后，这种文字，称"赞"或称"史臣曰"，渐渐有所褒贬，但也绝不把这种文字滥入正文。

外国有一种所谓评传，一边叙述人物的历史，一边发挥作者对人物的见解，中国史书上是少见的。

五、忌用文学手法。外国还有一些传记作品，出自大文豪的手笔，如罗曼·罗兰和巴比塞所写的名人传记。这种传记，是作家的创作，是以作家的意志见解，去和人物的心理思想交融。这是一种非常带有灵感的写法，作为文学作品，当然是无可非议的，但作为传记，就令人有些玄妙之感。这是天才的传记，平凡的笔墨不能追步后尘。

现在，为活着的人写的传记，有时称作"报告文学"。作者凭主观意志，功利观念，对人物表示了充分的爱憎。还有很多想当然的描写，甚至有一大段一大段的作者抒怀，这已经不是传记，而近于小说或叙事诗了。

历史、人物传记，都可以转化为小说、戏曲。《三国演义》是最著名的了。开了"七分史实，三分演义"的先河。《三国演义》能在同类小说中领先，是因为它得天独厚：一、三国的历史形势，济济人才，鼎足与纷争，都有利于结构小说；二、裴松之的注，材料丰富，人物方面，不只有行，而且有言有貌，易于摹画。《三国演义》产生之前，社会上已经有三国故事和三国戏曲，人物的形象、性格已初步具备。其他历史演义，就因为没有这样好的基础，所以写不好。如《隋唐演义》，还有些人物形象；如

《五代史平话》，则太显粗糙，没能从历史脱胎出来。

传记是属于历史范畴，它可以成为文学作品，但不能当作文学作品来写。可以说有传记文学，但不能说有文学传记。史笔和文学之笔，应该分别开。

舞台上，赵云的戏有好多出，《三国志》赵云传，不过几行，我们要认识赵云，就要根据这几行文字，而不能根据舞台上那么多的戏曲。人物一旦变为文学艺术中的形象，几乎就与历史无关了。

历代大作家，如韩愈、柳宗元所写的，名为传而实际是寓言的作品，唐宋传奇中的，名为传实际是小说的作品，都是文学作品，作者主观成分多，都不能当作历史传记来看。

古人著书立说，有时称作"删定"或"笔削"。就是凭作者识见，在庞杂丛芜的材料中，做大量的去伪存真的工作。文学家不适宜修史，因为卖弄文才，添枝加叶，有悖于删削之道，能使历史失实。

1981年3月25日

小说杂谈（一）

小说与伦理

幼时读《红楼梦》，读到贾政笞挞贾宝玉，贾母和贾政的一段对话，不知为什么，总是很受感动，眼睛湿润润的。按说，贾政和贾母，都不是我喜爱的人物，为什么他们的对话，竟引起我的同情呢？后来才知道，这是传统伦理观念的影响，我虽在幼年，这种观念已经在头脑里生根了。

这是母子之间或父子之间的伦理。《红楼梦》里，薛宝钗劝说薛蟠的那一段，也很感动人，这是兄妹之间的伦理。王熙凤和平儿睡下以后，念叨贾琏在路途上的事，写得也很动人，这是夫妻之间的伦理。读起来也是动人的。

当然，《红楼梦》中，除了正面的伦理描写，也写了伦理的反面。写得也是很生动的。伦理也随时代变化，我们就不一一说明了。

总之，小说既是写社会，写家庭，写人情，就离不开伦理的描写。而《红楼梦》写得最好，最感人。

前些年,我们的小说,很少写伦理,因为主要是强调阶级性,反对人性论。近年来,可以写人情、人性了,但在小说中也很少见伦理描写。特别是少见父子、兄弟、朋友之间的伦理描写。关于男女的描写倒是不少,但多偏重性爱,也很难说是中国传统的夫妻间的伦理。

1981 年 10 月 8 日

叫人记得住的小说

大概是三十年代中期,我在《文学月报》第五、六期合刊上,读过一篇小说,题名《福地》,作者徐盈。这篇小说,以保定第二师范革命学潮为题材。后不久,我又在《现代》杂志上,读了一篇小说,以国民党特务在上海秘密突击捕捉共产党员为题材,作者金丁。这篇小说的题目,后来忘记了,最近从《现代》编者施蛰存的回忆录中得知,为《两种人》。

这两篇小说,看过已经快半个世纪了,其内容记得很清楚,而且这两位作者,并不是经常发表小说的。我曾经和一个河南的青年同志谈起过,自己也有些奇怪:那一时期,我看的小说,可以说很不少,为什么大多数都已忘记,唯独记得这两篇呢?

前几个月,在一本文学丛刊上,读了俄国作家库普林的两篇小说。当时,我也对一个青年说:库普林的小说,叫人读过以后,能记得人物的每一个行动,每一个细小的情节;人物的住处、陈设、室内的空气阳光,花草的长势,人物的饮食、呼吸、喘息,一件件都历历在目,有条不紊。而我们也常常读到这样一种小说，写得像闹市一样，看过以后，混沌一团，什么清楚的印象也没有。这又是什么道理呢？

经过分析，我认为：前两篇小说，我所以长期记得，是因为它所写的，是那一个时代为人所最关注的题材，也可以说是时代尖端的题材。也是我最关心的题材。因为它写到的第二师范和河北大学，和我所上的育德中学，只隔一条马路。金丁那一篇，则正是丁玲同志等人被捕以后，文学青年正处在迷惑焦虑之中。当然，这不能叫作题材决定论，还是因为两位作家的成功的创作。

至于库普林的小说，能做到这样，那自然是现实主义的功力，为我们所应当借鉴的。

1981 年 10 月 8 日下午

小说成功不易

我常想，我们国家，历史文化这样悠久，书籍文物如此丰富，但是真正好的长篇小说，也就是那四部奇书；短篇小说也就是唐之传奇，宋之话本，清之聊斋。别的国家，其实也是这样。大作家总是寥若晨星，古典文学名著，并非接连出现的。

这可能与印刷条件有关，古代文字流传，先是全凭抄写，后虽能印刷，印数有限，耗费也大。所以文字能否流传，全凭质量，全凭人们愿看不愿看，选择是非常严格的。流传下来的，也是真正的好东西。

"五四"以来，崇尚白话小说，作者日众，出版也多。但六七十年间，检阅一下，真正成功的，一直为群众喜爱的小说，也是屈指可数的。这当然也可能与出版条件有关。旧社会，出版社为私人经营，他要照顾血本和利润。每出一本书，他要考虑销路，选择有眼光的编者，注意校勘，保证质量。这样一来，从一方面说，是限制了书籍的出版数量，从另一方面说，也限制了书的滥出滥印。

艺术生产，乃精神生产，不是工业生产，不能成批成套，一哄而起。刊物办得多，如果编者无见识而讲关系，发表的作品，滥竽充数者多，就不能提高创作的水平。出书多，如果不严加选择，不作科学评定，只以数量定成绩，定形势，不过多久，也会看出破绽来的。

当然，金沙多，将来淘出的金子就会多。但如沙和金比例悬殊太大，其结果还是不能定准的。

1981 年 10 月 17 日晨雨

小说是美育的一种

"五四"前后，蔡元培极力提倡美育，对小说的美育价值，评价甚高。梁启超写过一篇题为《小说与群治之关系》的文章，把小说与政治维新联系起来，把小说提到更重要的位置。对小说的社会作用，道德教育作用，说得也更明确。

那时，中国正处在力图改革向上之期，提倡民主和科学，对文学艺术，也提倡要为人生，为民主进步，为改良社会道德贡献力量。这一时期的小说总的趋势是很健康的。

小说属于美学范畴，则作者之用心立意，首先应考虑到这一点。中国古代作者，无论是处于太平盛世，或是乱离之年，他们的吟歌，大抵是为民族，为国家，为群众的幸福前景着想。用心如此，发为语言文字，无论是歌颂、悲愤、哀怨、悲伤，从内容到形式，都出自美和善的愿望。相反，在"四人帮"祸国时期，他们的御用文士，所作文章虽貌似卫道，充满子曰诗云，但从中不会看到一点美好的东西，他们所作的小说，是坏人心术的，败坏道德的。

言为心声。心为大众，其语言虽拙亦美；心为私利，其语言虽巧亦恶。一人发声，千人所听，是不容易欺骗得了人的。

自创作繁荣以来，美的小说，固然很多。但不给人以美的感受，也实在不少。形式上的离奇怪异，常常伴随淫乱、谋杀、斗殴、欺诈的内容。有人说这是社会生活的反映，我想，有时也可以说是作者心理状态的反映。如果说这种作品是现实主义，或是批判现实主义，那真是风马牛不相及了。沿着真正的现实主义道路从事创作的作家，是不会产生这种作品的。

1981 年 10 月 17 日

小说的欧风东渐

"五四"以前，林纾等人以文言翻译外国小说，使中国读者眼界大开，并开始影响着中国小说的创作。就在那个时候，翻译家对外国作品，还是慎重选择的。他们所翻译的多是外国古典文学，大作家的代表作品。其内容大都与民族解放、民族文化或社会问题有关，未有单从形式上猎奇好新者。翻译家首先考虑的，是这篇作品介绍到中国来，对中华民族，对中国社会有何好处。

鲁迅先生及其他进步翻译家，对这一点认识得就更明确了。他们都是审视中国当前的需要，去选择要翻译的东西。想到民族衰弱，帝国主义欺凌，他们翻译了很多弱小民族的苦难和斗争的小说，一直持续到抗日战争以前。想到民间疾苦、社会不平，他们翻译了很多民主主义作家，对社会批判的小说，一直到介绍十月革命的小说。介绍这些小说，并非只看内容，也注意其艺术造诣，多数是现实主义的经典作品。这样做，是为了提高中国读者的鉴赏趣味，更重要的是提高中国青年作家的写作能力。这种工作，鲁迅先生一直坚持到他逝世为止。

鲁迅一生，翻译和着力介绍的大都是伟大的现实主义作家的作品。对中国的现实和文学的发展，其意义和作用，自不待言。

其他翻译家，在这一方面的功绩，我们也应该做充分的估计。

翻译文学作品，不能与引进生活资料等量齐观。文学艺术是精神、道德、美学的成品，不能说外国现在时兴什么，畅销什么，我们就介绍什么。首先要考虑的，是我们民族、社会需要什么作品，什么作品对它的健康发展有益。这才是翻译家的崇高职责。

1981 年 10 月 18 日

小说的体和用

"五四"以后，中国新的白话小说，在形式上已经和传统的小说很不相同，可以说是欧化了的。鲁迅小说的榜样，影响了一代和几代的作家。这种小说的形式，就好像长江、黄河一样，一旦发源，就形成了自己的广大流域。再想改变这种形式，是不可能的，也很少有人再作这种幻想。

当时，为什么改变得这样快，这样猛？有时代的原因。当时的政治、经济、文化各个领域，整个社会思潮，都要求改革，打破传统的桎梏。有人甚至提出了全盘西化的主张。在政治、经济方面，这当然是不现实的，行不通的。但在意识形态领域，这种思潮的冲激力最大，并对其他领域，起着主导的作用。白话文学终于革命成功，小说、戏剧、诗歌，获得了彻底解放。形成了现在的样子。

如果把这种成功，归结为"全盘欧化"，那就完全错误了。如果文学也像当时的政治经济一样，只求依赖欧美，醉心形式主义，那它在当时就会夭折，就会失败了，不会有今天。

这是因为，新的小说，虽在形式上吸收了外国一些东西，这究竟是属于"用"的方面，其本体还是中华民族的现实生活，现实理想。白话文学革命所以能成功，就是因为当时绝大多数的战士，是现实主义的而不是形式主义的。是社会改革者，不是流连西方光景的庸人。用本民族现实主义的生活内容，驾驭西方的比较灵活多样的形式，使作品内容的生命力，得到更完美的发挥。

当然，"五四"以来，也有人单纯追求外国时髦的形式，在国内作一些尝试。但因为与中国现实民族习惯、群众感情格格不入，他们多是浅尝辄止，寿命不长，只留下个轻浮的名儿。

1981 年 10 月 18 日

真实的小说和唬人的小说

前天晚上,偶然的机会,读了陕西作家李志君的小说:《焦老旦和熊员外》。读得很高兴,看完以后心里说:"这是一篇真实的小说。"

真实的小说,就是能够真实地传达出现实生活,或者说是现代生活的情趣的小说。李志君的小说,写得生动活跃,语汇丰富,文字精练考究。焦老旦这个人物以及小小山村的气氛,可以说是写活了。

我有时想:我们的时代精神,时代前进的脚步声,不就是存在于这些平凡的人们的日常生活和工作之中吗?他们的心声,不就是我们时代和社会的心声吗?我们还要到哪里去寻觅新的生活和新的人呢?

文学是反映生活的艺术,如果各个生活角落,各个平凡的、勤劳的、继承了民族固有美德的人,都得到了艺术上的反映,我们的小说创作,不是就可以称得起很丰富,我们的先进人物、英雄人物,不是也就随之坚强地树立起来吗?

有的小说,不从认真地去反映现实着想,却立意很高,要"创造"出一个时代英雄。这种人物,能得政治风气之先,能解决当前社会、经济重大问题。这种英雄人物,不是从生活中提炼,而是从作家头脑中产生,像上帝创造了人一样神奇。

回忆几十年来,这样的小说,读过的确是不算少数了。这种小说,可以称作唬人的小说。

还有这样一种逻辑:谁在小说中创造了这种"时代英雄",

谁好像从此也就有了英雄气概。哪一位评论家，首先发现或首先吹捧了这篇作品，他本身也就好像沾染上了英雄的味道。

这实在是一种荒诞的误解。

作家凭头脑创造出来的人物，总是站不住脚或不能长期站住脚的，不久就倒下了。几十年例证也不少。评论家好像并不气馁，他又兴致勃勃地去寻觅新的"英雄"了。这种评论家，可以称作唬人的评论家。

李志君的小说，后一半就差一些。这一半成了焦老旦一个人在那里说理，作批判发言。有些概念化，因此艺术的力量，也就随之减弱了。

1981 年 11 月 7 日上午

小说的取材

同一天晚上，不知道为什么，读书的兴致这样高，又读完了登在《人民日报》上的邓友梅的小说：《寻访"画儿韩"》。这是一篇很有趣味的作品，我耐着寒冷一口气读完了。

邓的小说，语言流畅，熟悉掌故，情节紧凑，并有出人意料的惊人之笔。读完以后，也认真想了一下：凡小说，材料为基础，主题为导引。主题之高下，取决于作家的识见。自此以后，小说或成宏伟建筑，或虽成建筑，而仍是材料杂陈，不得而定也。

这篇小说的大部分着重写了旧社会文物行业的奸巧伪诈，写得很真实生动。我近年附会风雅，也很喜欢看一些有关文物及其经营者的记述文字,但这方面的知识很是浅薄。读后感到作者在这方面是作了充分的调查的。

小说的后面一部分,是写解放以后从事这一行业的变化和有些人物的不幸遭际的。这一部分约占整个篇幅的三分之一,写得简略、一般。

我想作品的主题何在呢?如果重点放在解放以后,我以为社会意义和认识作用会更大一些。作家却把重点放在了前面。就使这篇小说成为京华街头巷尾谈论的逸闻轶事,而凡此种种,也可从前人一些笔记小说中得之。这样做,使人有主题本末倒置的感觉。

以上只能说是个人的读书心得。其实,作者会比我想得更清楚。就整个小说的取材来说,取材旧社会,应该说是远的;取材解放以后,应该说是近的。对观察体验来说,远的间接,近的直接。一般规律写间接难,写直接易。今作者反其道而行之,是舍易而取难呢,还是因为对难易的看法正相反,才不得不如此作文章呢?我想,是后者起了决定作用。

1981 年 11 月 7 日中午

小说的抒情手法

在叙述描写中,时加作者的议论或抒情,中国小说,古实无之。唯见于短篇记事文中,即所谓夹叙夹议也。有之,自新的白话小说始。

翻译的白话小说,既然对中国新的小说有了很大影响,抒情议论的手法，也即随着洋为中用了。外国作家，习惯于在小说中直抒胸臆，有的动辄数千言，从客观世界，把读者拉入他的主观世界，听其说教。现实主义作家，有这种手法，而浪漫主义作家则尤甚，成为创作不可排除的手段。但做到自然，也是非常不容易的。

我少年时，也很喜好这种手法，以为兼小说与诗歌为一体，实便于情感的抒发尽致。但回头研究中国古典小说，实又感到，有此不为难，无此则甚为难。

中国两大艺术巨构：《红楼梦》、《水浒》，均为现实主义小说。其表现手法，纯用描写，无分巨细，生龙活现，无一败笔。感情寓于客观事物之中，作者、读者与书中人物共之。如长江大河之奔流，两岸景物自亦同时融会其中，不分主客。从来没有见过，曹雪芹和施耐庵，在叙述人物、时令、天气之时，忽然发一顿议论或感慨的。如果有这种现象，人们一定会说，这不成体统、不像话，是见月伤心、听雨落泪的文士强加上的。

当然，从外国引进的这一手法，是无可非议的，也不能废止的，但要做到适可而止，不可泛滥无收拾。

去年读了一篇青年作者写的小说，小说五六千字，而文末抒情，竟达一千五百余字。我写信劝他以后要注意含蓄。青年人感情丰富，不一定能接受得了吧。

周克芹同志的小说《许茂和他的女儿们》，蜚声文苑，羡仰久之。只是因为时间、身体、视力，一直未能拜读，领略风貌。近日本地电台，每日于早八时许播讲，正值我晨炊之时，一边看着炉火，一边静心听讲，已经有些天了。这是一部存有忧国忧民之心的小说，一部有观察、有体会、有见解、有理想的小说。听时因照顾锅灶,容有疏略,总的来说,作者的艺术,是令人心折的。但也感到,小说中的抒情部分太多了,作者好像一遇到机会,就要抒发议论,相应地减弱了现实主义的力量。

1981 年 11 月 11 日下午

小说忌卖弄

近几年来,在小说中,常常看到主人公在听一种什么西洋音乐,或在欣赏一幅什么西洋名画。这一细节,在过去几十年,是很少见到的,这是新事物。

但是,这支曲子和这幅名画出现在小说里,又好像和主题,和所写的人物、事件,并没有多少关联,甚至谈不上是所描写的生活场景的一种点缀。只是为了写上这个而写上的。它给人的唯一感觉是:作者听过这种音乐,欣赏过这种名画。

当然,罗曼·罗兰在《约翰·克利斯朵夫》那部长篇小说里,以大量的篇幅写了音乐方面的事,也不是说,罗曼·罗兰研究过贝多芬,写过他的传记,才有资格写。但他的小说里所写到的音乐,确实与小说的主题、人物、情节,有着融合一体不可分割的联系。

《红楼梦》写到了诗、词、歌、赋,医卜、戏曲、绘画、建筑。作者并非有意卖弄这些方面的知识,而是通过主题思想,人物的塑造和生活环境描述,故事的进行和深化,运用了这些知识。我们可以说作者的学识渊博,但不会说他是在卖弄。《镜花缘》里有些故事写得很好,本来可以写得更成功,但因为在书中卖弄音韵之学，就使小说减色不少。

另有一部小说叫《野叟曝言》。作者写作的目的，就是为了卖弄知识学问。天文、地理、政治、军事，都谈到了。希望皇帝看到他这部小说，把他请去当顾问，或做哪一方面的专家。结果，官儿没有做成，那么长的小说也没有人愿意看，只在小说史上存下个名目而已。

因为，人家要学习知识，自有各种专著可供参阅，又何必去读你的小说？如果真的相信了你在小说中表现的知识，把你请去当什么部的部长，那不是要坏事情吗？

小说家需要多方面的知识，特别是有关生活的知识。即使是生活的知识，也不能卖弄。在近代小说史上，有这种现象：一个作家对农村或对工厂的生活，比较熟悉，他的作品，在这方面受到了称赞。作家从此认为是自己的专长，进一步在作品中堆放这方面的知识，反而使他的作品出现了干枯琐碎的毛病。

生活和艺术关系密切，但并不是一回事。艺术要求把生活完美地融合于人物性格、人物行动之中，一切要出于自然。

生活不能卖弄，才情也不能卖弄。至于有的作品，于有意无意之间，在小说中炫耀作者的官职、地位、居室、陈设，那就更是下乘的了。

1981 年 11 月 21 日晨

小说的结尾

小说无论长短，总是开头容易，结尾较难。既是开头，则头头是道，而结尾必须结束全篇。

古代小说的结尾，大都采取团圆的形式。团圆以后，再由作者诌几句诗词，劝善惩恶。

白话小说兴起，思想内容起了很大的变化，结尾仍然是个问题。鲁迅在小说《药》的结尾，放一个花环，自己说是添一点光明和希望。但我们不能说这是"光明尾巴"的始祖。因为这一花环的出现，仍然是作品的血肉结构，有机的连续，是与当时的社会思潮有着关联的。

三十年代初期，大众文学崛起。但在刚刚开始，冒牌货色实在不少。例如当时有个时髦作家叫穆时英，他在一篇小说的结尾写道："谁的拳头大，天下就是谁的！"引青红帮流氓语言入小说，以为就是第四阶级的革命，当时还很有些时髦的评论家，对此加以吹捧。

这不足怪，因为无论是这位小说家还是这些评论家，根本不知道无产阶级革命是怎么一回事，他的小说的失败，并不完全在这结尾上，而在整篇都是胡编乱造。

最近，接连看了几篇小说，我认为写得都很好，就是在结尾上，有些美中不足。李准的《王结实》，李志君的《焦老旦和熊员外》我已经谈过了。贾大山的《花市》，意义与李志君作品相同，而为克服结尾外的概念化，作者是用了一番脑筋的。但主题似又未得充分发挥，可见结尾之难了。

我们的作者，有了生活的积累，总愿意小说有一个正确的方向，或者说是主题。这一意图又常常借结尾之机，向读者表明，这就是出现前边说的情况的原因。

但如普希金、果戈理、莫泊桑等大家的小说，就很少此病。

他们在一篇作品里，主题融合于生活描写之中，生活之流到头，主题也就表现完毕。并不像我们，前边写的是生活，而在结尾处，才点出主题来，给人以两张皮的印象。

1981 年 12 月 10 日

芸斋琐谈(节选)

谈　妒

"文人相轻",是曹丕说的话。曹丕是皇帝、作家、文艺评论家,又是当时文坛的实际领导人,他的话自然是有很大的权威性。他并且说,这种现象是"自古而然",可见文人之间的相轻,几乎是一种不可动摇的规律了。

但是,虽然他有这么一说,在他以前以后,还是出了那么多伟大的作家和作品,终于使我国有了一本厚厚的琳琅满目的文学史。就在他的当时,建安文学也已经巍然形成了一座艺术的高峰。

这说明什么呢?只能说明文人之相轻,只是相轻而已,并不妨碍更不能消灭文学的发展。文人和文章,总是不免有可轻的地方,互相攻磨,也很难说就是嫉妒。记得一位大作家,在回忆录中,记述了托尔斯泰对青年作家的所谓妒,并不当作恶德,而是作为美谈和逸事来记述的。

妒、嫉,都是女字旁,在造字的圣人看来,在女性身上,这种性质，是于兹为烈了。中国小说，写闺阁的嫉妒的很不少，《金瓶梅》写得最淋漓尽致，可以说是生命攸关、你死我活。其实这只能表示当时妇女生存之难，并非只有女人才是这样。

据弗洛伊德学派分析，嫉妒是一种心理状态，是人人都具有的，从儿童那里也可以看到的。这当然是一种缺陷心理，是由于羡慕一种较高的生活，想获得一种较好的地位，或是想得到一种较贵重的东西产生的。自己不能得到心理的补偿，发现身边的人，或站在同等位置的人先得到了，就会产生嫉妒。

按照达尔文的生物学说以及遗传学说，这种心理，本来是不足奇怪，也无可厚非的。这是生物界长期在优胜劣败、物竞天择这一规律下生存演变，自然形成的，不分圣贤愚劣，人人都有份的一种本能。

它并不像有些理学家所说的，只有别人才会有，他那里没有。试想：性的嫉妒，可以说是一种典型的"妒"，如果这种天生的正人君子，涉足了桃色事件，而且做了失败者，他会没有一点妒心，无动于衷吗？那倒是成了心理的大缺陷了。有的理论家把嫉妒归咎于"小农经济"，把意识形态甚至心理现象简单地和物质基础联系起来，好像很科学。其实，"大农经济"，资本主义经济，也没有把这种心理消灭。

蒲松龄是伟大的。他在一篇小说里，借一个非常可爱的少女的口说："幸灾乐祸，人之常情，可以原谅。"幸灾乐祸也是一种嫉妒。

当然，这并不是一种可贵的心理，也不是不能克服的。人类社会的教育设施、道德准则，都是为了克服人的固有的缺陷，包括心理的缺陷，才建立起来并逐渐完善的。

嫉妒心理的一个特征是：它的强弱与引之发生的物象的距离相关。就是说，一个人发生妒心，常常是由于只看到了近处，比如家庭之间、闺阁之内、邻居朋友之间，地位相同，或是处境相同，一旦别人较之上升，他就发生了嫉妒。

如果，他增加了文化知识，把眼界放开了，或是他经历了更多的社会磨炼，他的妒心，就会得到相应的减少与克服。

人类社会的道德准则，对这种心理，是排斥的，是认为不光彩的。这样有时也会使这种心理，变得更阴暗，发展为阴狠毒辣，驱使人去犯罪，造成不幸的事件。如果当事人的地位高，把这种心理加上伪装，其造成的不幸局面，就会更大，影响的人，也就会更多。

由嫉妒造成的大变乱，在中国历史上，是不乏例证的。远的不说，即如"文化大革命"，"四人帮"的所作所为，其中就有很大的嫉妒心理在作祟。他们把这种心理，加上冠冕堂皇的伪装，称之为"革命"，并且用一切办法，把社会分成无数的等级、差别，结果造成社会的大动乱。

革命的动力，是经济和政治主导的、要求的，并非仅凭嫉妒心理，泄一时之愤，可以完成的。以这种缺陷心理为主导，为动力，是不能支持长久的，一定要失败的。

最不容易分辨清楚的是：少数人的野心，不逞之徒的非分之想，流氓混混儿的趁火打劫和广大群众受压迫，所表现的不平和反抗。

项羽看见秦始皇，大言曰："彼可取而代之也。"猛一听，其中好像有嫉妒的成分。另一位英雄所喊的："帝王将相，宁有种乎？"乍一看也好像是一个人的愤愤不平，其实他们的声音是和时代，和那一时代的广大群众的心相连的，所以他们能取得一时的成功。

1981 年 12 月 28 日

谈 才

六十年代之末，天才二字，绝迹于报章。那是因为从政治上考虑，自然与文学艺术无关。

近年来，这两个字提到的就多了，什么事一多起来，也就有许多地方不大可信，也就是与文学艺术关系不大了。例如神童之说，特异功能之说等等，有的是把科学赶到迷信的领地里去；有的却是把迷信硬拉进科学的家里来。

我在年幼时，对天才也是很羡慕的。天才是一朵花，是一种果实，一旦成熟，是很吸引人的注意的。及至老年，我的态度就有了些变化。我开始明白：无论是花朵或果实，它总是要有根的，根下总要有土壤的。没有根和土壤的花和果，总是靠不住的吧。因此我在读作家艺术家的传记时，总是特别留心他们还没有成为天才之前的那一个阶段，就是他们奋发用功的阶段，悬梁刺股的阶段；他们追求探索，四顾茫然的阶段；然后才是他们坦途行进，收获日丰的所谓天才阶段。

现在已经没有人空谈曹雪芹的天才了，因为历史告诉人们，曹除去经历了一劫人生，还在黄叶山村，对文稿披阅了十载，删改了五次。也没有人空谈《水浒传》作者的天才了，因为历史也告诉人们，这一作者除去其他方面的修养准备，还曾经把一百零八名人物绘成图样,张之四壁,终日观摩思考,才得写出了不同性格的英雄。也没有人空谈王国维的天才了,因为他那种孜孜以求、有根有据、博大精深的治学方法,也为人所熟知了。海明威负过那么多次致命的伤,中了那么多的弹片,他才写得出他那种有关生死的小说。

所以我主张,在读天才的作品之前,最好先读读他们的可靠的传记。说可靠的传记,就是真实的传记,并非一味鼓吹天才的那种所谓传记。

天才主要是有根,而根必植在土壤之中。对文学艺术来说,这种土壤,就是生活,与人民有关的,与国家民族有关的生活。从这里生长起来,可能成为天才,也可能成不了天才,但终会成为有用之才。如果没有这个根底,只是从前人或国外的文字成品上,模仿一些,改装一些,其中虽也不乏一些技巧,但终不能成为天才的。

谈　名

名之为害,我国古人已经谈得很多,有的竟说成是"殉名",就是因名致死,可见是很可怕的了。

但是,远名之士少,近名之士还是多。因为在一般情况下,名和利又常常联系在一起,与生活或者说是生计有关,这也就很难说了。

习惯上,文艺工作中的名利问题,好像就更突出。

余生也晚,旧社会上海滩上文坛的事情,知道得少。我发表东西,是在抗日战争时期和解放战争时期。这两个时期,在敌后根据地，的的确确没有稿费一说。战士打仗，每天只是三钱油三钱盐，文人拿笔写点稿子，哪里还能给你什么稿费？虽然没有利，但不能说没有名，东西发表了，总是会带来一点好处的。不过，冷静地回忆起来，所谓"争名夺利"中的两个动词，在那个时代，是要少一些，或者清淡一些。

进城以后，不分贤与不肖，就都有了这个问题，或多或少，每个人也都有不少经验教训，事情昭然，这里也就不详谈了。

文人好名，这是个普遍现象，我也不例外，曾屡次声明过。有一点点虚名，受过不少实害，也曾为之发过不少牢骚。对文与名的关系，或者名与利的关系，究竟就知道得那么详细？体会得那么透彻吗？也不尽然。

就感觉所得，有的人是急于求名，想在文学事业上求得发展。大多数是青年，他们有的在待业，有的虽有职业，而不甘于平凡工作的劳苦，有的考大学未被录取，有的是残废。他们把文学事业想得很简单，以为请一个名师，读几本小说，订一份杂志，就可以了。我有时也接到这些青年人的来信，其中有不少是很朴实诚笃的人，他们确是把文章成名看作是一种生活理想，一种摆脱困难处境的出路。我读了他们的信，常常感到心里很沉重，甚至很难过。但如果我直言不讳，说这种想法太天真，太简单，又恐怕扫他们的兴，增加他们的痛苦。

也有一种幸运儿，可以称之为"浪得名"的人。这在五十年代末至七十年代末，几十年间，是常见的，是接二连三出现的。或以虚报产量，或以假造典型，或造谣言，或交白卷，或写改头换面的文章，一夜之间，就可以登名报纸，扬名宇内。自然，这种浪来之名，也容易浪去，大家记忆犹新，也就不再多说了。

还有一种，就是韩愈说的"动辄得咎，名亦随之"的名。在韩愈，他是总结经验，并非有意投机求名。后来之士，却以为这也是得名的一个好办法。事先揣摩意旨，观察气候，写一篇小说或报告，发人所不敢言者。其实他这样做，也是先看准现在是政治清明，讲求民主，风险不大之时。如果在阶级斗争不断扩大化的年代，弄不好，会戴帽充军，他也就不一定有这般勇气了。

总之，文人之好名——其实也不只文人，是很难说也难免的，不可厚非的。只要求出之以正，靠努力得来就好了。江青不许人谈名利，不过是企图把天下的名利集结在她一人的身上。文优而仕，在我们国家，是个传统，也算是仕途正路。虽然如什么文联、协会这类的官，古代并没有，今天来说，也不上仕版，算不得什么官，但在人们眼里，还是和名有些关联，和生活有些关联。因此，有人先求文章通显，然后转入宦途，也就不奇怪了。

戴东原曰：仆数十年来……其得于学者，不以人蔽己，不以己自蔽。不为一时之名，亦不期后世之名。凡求名之弊有二，非掊击前人以自表襮；即依傍昔儒，以附骥尾。二者不同，而鄙吝之心同。是以君子务在闻道也。

他的话，未免有点高谈阔论吧！但道理还是有的。

1982年4月25日晨

谈谀

字典：逢迎之言曰谀，谓言人之善不实也。

谀，是一向当作不好的表现的。其实，在生活之中，是很难免的。我不知道,有没有一生之中,从来也没有谀过人的人。我回想了一下,自己是有过的。主要是对小孩、病人、老年人。

关于谀小孩,还有个过程。我们乡下,有个古俗,孩子缺的人家,生下女孩,常起名"丑"。孩子长大了,常常是很漂亮的。人们在逗弄这个小孩时,也常常叫"丑闺女,丑闺女",她的父母,并不以为怪。

进入城市以后,长年居住在大杂院之中,邻居生了一个女孩,抱了出来叫我看。我仍然按照乡下的习惯,摸着小孩的脸蛋说:"丑闺女,丑闺女",孩子的母亲非常不高兴,脸色难看极了,引起我的警惕。后来见到同院的人,抱出小孩来,我就总是说:"漂亮,这孩子真漂亮!"漂亮不漂亮,是美学问题,含义高深,因人而异,说对说错,向来是没有定论的。但如果涉及胖瘦问题,即近于物质基础的问题,就要实事求是一些,不能过谀了。有一次,有一位妈妈,抱一个孩子叫我看,我当时心思没在那上面,就随口说:"这孩子多胖,多好玩!"孩子妈妈又不高兴了,抱着孩子扭身走去。我留神一看,才发现孩子瘦成了一把骨。又是一次经验教训。

对于病人,我见了总好说:"好多了,脸色不错。"有的病人听了,也不一定高兴,当然也不好表示不高兴,因为我并无恶意。对老年人,常常是对那些好写诗的老年人,我总说他的诗写得好,至于为了什么,我在这里就不详细交待了。

但我自信,对青年人,我很少谀。过去如此,现在仍然如此。既非谀,就是直言(其实也常常拐弯抹角,吞吞吐吐)。因此,就有人说我是好"教训"人。当今之世,吹捧为上,"教训"二字,可是要常常得罪人,并有时要招来祸害的。

不过，我可以安慰自己的，是自己也并不大愿意听别人对我的谀，尤其是青年人对我的谀。听到这些，我常常感到惭愧不安，并深深为说这种话的人惋惜。

至于极个别的，谀他人（多是老一辈）的用心，是为了叫他人投桃报李，也回敬自己一个谀，而当别人还没有来得及这样去做，就急急转过身去，不高兴，口出不逊，以表示自己敢于革命，想从另一途径求得名声的青年，我对他，就不只是惋惜了。

[附记] 我平日写文章，只能作一题。听说别人能于同时进行几种创作，颇以为奇。今晨于写作"谈名"之时，居然与此篇交叉并进，系空前之举。盖此二题，有相通之处，本可合成一篇之故也。

谈　谅

古代哲人、伟大的教育家孔子，在教人交友时特别强调一个"谅"字。

孔子的教学法，很少照本宣科，他总是把他的人生经验作为活的教材，去告诉他的弟子们，交友之道，就是其一。

是否可以这样说呢，人类社会之所以能维持下来，不断进步，除去革命斗争之外，有时也是互相谅解的结果。

谅，就是在判断一个人的失误时，能联系当时当地的客观条件，加以分析。

三十年代初，日本的左翼文学，曾经风起云涌般地发展，但很快就遭到政府镇压，那些左翼作家，又风一般向右转，当时称作"转向"。有人对此有所讥嘲。鲁迅先生说：这些人忽然转向，当然不对，但那里——即日本——的迫害，也实在残酷，是我们在这里难以想象的。他的话，既有原则性，也有分析，并把仇恨引到法西斯制度上去。

"十年动乱"，"四人帮"的法西斯行为，其手段之残忍，用心之卑鄙，残害规模之大，持续时间之长，是中外历史没有前例的，使不少优秀的，正当有为之年的，甚至是聪明乐观的文艺工作者自裁了。事后，有人为之悲悼，也有人对之责难，认为是"软弱"，甚至骂之为"浑"为"叛"，"世界观有问题"。这就很容易使人们想起，有些造反派把某人迫害致死后，还指着尸体骂他是自绝于人民，死不改悔等等，同样是令人难以索解的奇异心理。如果死者起身睁眼问道："你又是怎样活过来的呢？十年中间，你的言行都那么合乎真理正义吗？"这当然就同样有失于谅道了。

死去的是因为活不下去，于是死去了。活着的，是因为不愿意死，就活下来了。这本来都很简单。

王国维的死，有人说是因为病，有人说因为钱（他人侵吞了他的稿费），有人说是被革命所吓倒，有人说是殉葬清朝。

最近我读到了他的一部分书札。在治学时，他是那样客观冷静，虚怀若谷，左顾右盼，不遗毫发。但当有人"侵犯"了一点点皇室利益，他竟变得那样气急败坏，语无伦次，强词夺理，激动万分。他不过是一个逊位皇帝的"南书房行走"，他不重视在中外学术界的权威地位，竟念念不忘他那几件破如意，一件上朝用的旧披肩，我确实为之大为惊异了。这样的性格，真给他一个官儿，他能做得好吗？现实可能的，他能做的，他不安心去做，而去追求迷恋他所不能的，近于镜花水月的事业，并以死赴之。

这是什么道理呢？但终于想，一个人的死，常常是时代的悲剧。这一悲剧的终场，前人难以想到，后人也难以索解。他本人也是不太明白的，他只是感到没有出路，非常痛苦，于是就跳进了昆明湖。长期积累的，耳濡目染的封建帝制余毒，在他的心灵中，形成了一个致命的大病灶。心理的病加上生理的病，促使他死亡。

他的学术是无与伦比的。我上中学的时候，就买了一本商务印的带有圈点的《宋元剧曲史》，对他非常崇拜。现在手下又有他的《流沙坠简》、《观堂集林》等书，虽然看不大懂，但总想从中看出一点他治学的方法，求知的道路。对他的稀里糊涂的死亡，也就有所谅解，不忍心责难了。

还有罗振玉，他是善终的。溥仪说他在大连开古董铺，卖假古董。这可能是事实。这人也确是个学者，专门做坟墓里的工作。且不说他在甲骨文上的研究贡献，就是抄录那么多古碑，印那么多字帖，对后人的文化生活，提供了多少方便呀！了解他的时代环境，处世为人，同时也了解他的独特的治学之路，这也算是对人的一种谅解吧。他印的书，价虽昂，都是货真价实、精美绝伦的珍品。

谅，虽然可以称作一种美德，但不能否认斗争。孔子在谈到谅时，是与直和多闻相提并论的。直就是批评，规劝，甚至斗争。多闻则是指的学识。有学有识，才有比较，才有权衡，才能判断：何者可谅，何者不可谅。一味去谅，那不仅无补于世道，而且会被看成呆子，彻底倒霉无疑了。

1982 年 5 月 15 日

谈　慎

人到晚年，记忆力就靠不住了。自恃记性好，就会出错。记得鲁迅先生，在晚年和人论战时，就曾经因把颜氏家训上学鲜卑语的典故记反了，引起过一些麻烦。我常想，以先生之博闻强记，尚且有时如此，我辈庸碌，就更应该随时注意。我目前写作，有时提笔忘字，身边有一本过去商务印的《学生字典》给我帮了不少忙。用词用典，心里没有把握时，就查查《辞海》，很怕晚年在文字上出错，此生追悔不及。

这也算是一种谨慎吧。在文事之途上，层峦叠嶂，千变万化，只是自己谨慎还不够，别人也会给你插一横杠。所以还要勤，一时一刻也不能疏忽。近年来，我确实有些疏懒了，不断出些事故，因此，想把自己的书斋，颜曰"老荒"。

新写的文章，我还是按照过去的习惯，左看右看，两遍三遍地修改。过去的作品这几年也走了运，有人把它们东编西编，名目繁多，重复杂沓不断重印。不知为什么，我很没兴趣去读。我认为是炒冷饭，读起来没有味道。这样做，在出版法上也不合适，可也没有坚决制止，采取了任人去编的态度。校对时，也常常委托别人代劳，文字一事，非同别个，必须躬亲。你不对自己的书负责，别人是无能为力，或者爱莫能助的。

最近有个出版社印了我的一本小说选集，说是自选，我是让编辑代选的。她叫我写序，我请她摘用我和吴泰昌的一次谈话，作为代序。清样寄来，正值我身体不好，事情又多，以为既是摘录旧文章，不会有什么错，就请别人代看一下寄回付印了，后来书印成了，就在这个关节上出了意想不到的毛病。原文是我和吴泰昌的谈话，编辑摘录时，为了形成一篇文章，把吴泰昌说的话，都变成了我的话。什么在我的创作道路上，一开始就燃烧着人道主义的火炬呀。什么形成了一个大家公认的有影响的流派呀。什么中长篇小说，普遍受到好评呀。别人的客气话，一变而成了自我吹嘘。这不能怪编辑，如果我自己能把清样仔细看一遍，这种错误本来是可以避免的。此不慎者一。

近年来，有些同志到舍下来谈后，回去还常常写一篇文字发表，其中不少佳作，使我受到益处。也有用报告文学手法写的，添枝加叶，添油加醋，对此，直接间接，我也发表过一些看法。最近又读到一篇，已经不只是报告文学，而是近似小说了。作者来到我家，谈了不多几句话，坐了不到一刻钟，当时有旁人在座，可以作证。但在他的访问记里，我竟变成了一个讲演家，大道理滔滔不绝地出自我的口中，他都加上了引号，这就使我不禁为之大吃一惊了。

当然，他并不是恶意，引号里的那些话，也都是好话，都是非常正确的话，并对当前的形势，有积极意义。千百年后，也不会有人从中找出毛病来的，可惜我当时并没有说这种话，是作者为了他的主题，才要说的，是为了他那里的工作，才要说的。往不好处说，这叫"造作语言"，往好处说，这是代我"立言"。什么是访问记的写法，什么是小说的写法，可能他分辨不清吧。

如果我事先知道他要写这篇文章，要来看看就好了，就不会出这种事了。此不慎者二。

我是不好和别人谈话的，一是因为性格，二是因为疾病，三是因为经验。目前，我的房间客座前面，压着一张纸条，上面就有一句：谈话时间不宜过长。

　　写文章，自己可以考虑，可以推敲，可以修改，尚且难免出错。言多语失，还可以传错、领会错，后来解释、补充、纠正也来不及。有些人是善于寻章摘句，捕风捉影的。他到处寻寻觅觅，捡拾别人的话柄，作为他发表评论的资本。他评论东西南北的事物，有拓清天下之志。但就在他管辖的那个地方，就在他的肘下，却常常发生一些使天下为之震惊的奇文奇事。

　　这种人虽然还在标榜自己一贯正确，一贯坚决，其实在创作上，不过长期处在一种模仿阶段，在理论上，更谈不上有什么一贯的主张。今日宗杨，明日师墨，高兴时，鹦鹉学舌，不高兴，反咬一口。根子还是左右逢迎，看风使舵。

　　和这种人对坐，最好闭口。不然，就"离远一点"。

　　《水浒传》上描写：汴梁城里，有很多"闲散官儿"。为官而闲，在幼年读时，颇以为怪。现在不怪了。这些人，没有什么实权，也没有多少事干，但又闲不住。整天价在三瓦两舍，寻欢取乐，也在诗词歌赋上，互相挑剔，寻是生非。他们的所作所为，虽不一定能影响整个社会的安定团结，但"文苑"之长期难以平静无事，恐怕这也是一个原因吧？此应慎者三。

1982 年 5 月 28 日晨再改一次

谈　迁

　　不谙世情谓之迂。多见于书呆子的行事中。

　　鲁迅先生记述：他尝告诉柔石，社会并不像柔石想的那么单纯，有的人是可以做出可怕的事情来的，甚至可以做血的生意。然而柔石好像不相信，他常常睁大眼睛问道：可能吗？会有这种事情吗？

这就叫作迂。凡迂，就是遇见的险恶少，仍以赤子之心待人。鲁迅告诉柔石的是一九二七年的事。现在，时值三伏大热，我记下几件一九六七年冬天的琐事，一则消暑，二则为后来人广见闻增加阅历。

一、我到干校之前，已经在大院后楼关押了几个月。在后楼时，一位兼做看管的女同志，因为我体弱多病，在小铺给我买了一包油茶面。我吃了几次，剩了一点点，不忍抛弃，随身带到干校去。一天清理书包，我把它倒进茶杯里，用开水冲着吃了。当时，我以为同屋都是难友，又是多年同事，这口油茶又是从关押室带来的，所以毫无忌讳，吃得很坦然。当时也没有人说话。第二天清早，群众专政室忽然调我们全棚到野外跑步，回到室内，已经大事搜查过，目标是：高级食品。可惜我的书包里，是连一块糖也搜不出来了。

二、刚到干校时，大棚还没修好，我分到离厨房近的一间小棚。有一天，我很早睡下，有一个原来很要好，平日并对我很尊重的同事，进来说：

"我把这镰刀和绳子，放在你床铺下面。"

当时，我以为他去劳动，回来得晚了，急着去吃饭，把东西先放在我这里。就说：

"好吧。"

第二天早起，照例专政室的头头要集合我们训话。这位头头，是一个典型的天津青皮、流氓、无赖。素日以心毒手狠著称。他常常无事生非，找碴挑错，不知道谁倒霉。这一天，他先是批判我，我正在低头听着的时候，忽然那位同事说：

"刚才，我从他床铺下，找到一把镰刀和一条绳子。"

我非常愤怒，不知是从哪里飞来的勇气，大声喝道：

"那是你昨天晚上放下的！"

他没有说话。专政室的头头威风地冲我前进一步，但马上又退回去了。

在那时，镰刀和绳子，在我手里，都会看作凶器的，不是企图自杀，就是妄想暴动，如不当场揭发，其后果是很危险的，不堪设想的。所以说，多么迂的人，一得到事实的教训，就会变得聪明了。当时排队者不下数十人，其中不少人，对我的非凡气概为之一惊，称快一时。

三、有一棚友，因为平常打惯了太极拳，一天清早起来劳动之前，在院子里又比画了两下。有人就报告了专政室，随之进行批判。题目是："锻炼狗体，准备暴动！"

四、此事发生在别的牛棚，是听别人讲的，附录于此。棚长长夏无事，搬一把椅子，坐在棚口小杨树下，看牛鬼蛇神们劳动。忽然叫过一个知识分子来，命令说：

"你拔拔这棵杨树！"

这个人拔了拔说：

"我拔不动！"

棚长冷笑着对全体牛鬼蛇神说：

"怎么样？你们该服了吧，蚍蜉撼树谈何易！"

这可以说是对"迂"人开的一次玩笑。但经过这场血的洗礼，我敢断言，大多数的迂夫子，是要变得聪明一些了。

1982年7月15日清晨。暑期已届,大院只有此时安静。

谈　书

古人读书,全靠借阅或抄写,借阅有时日限制,抄写必费纸墨精神。所以对于书籍,非常珍贵,偶有所得,视为宝藏。正因为得来不易,读起书来,才又有悬梁刺股、囊萤映雪等等刻苦的事迹或传说。

书籍成为商品,是印刷术发明并稍有发展以后的事。保存下来的南宋印刷的书籍,书前或书后,都有专卖书籍的店铺名称牌记,这是书籍营业的开端。

什么东西,一旦成为商品,有时虽然定价也很高,但相对地说,它的价值就降低了。因为得来的机会,是大大地增多了。印刷术越进步,出版的数量越多,书籍的价格越低落。这是经济法则。

但不管书的定价多么便宜,究竟还是商品,有一定的读者对象,有一定的用场。到了明朝,开始有些地方官吏,把书籍作为礼物,进京时把它送给与他有关的上司或老师,当时叫作"书帕"。这种本子多系官衙刻版,钦定著作,印刷校对,都不精整,并不为真正学者所看重。但在官场,礼品重于读书,所以那些上司,还是乐于接受,列架收储,炫耀自己饱学,并对从远地带书来送的"门生",加以青睐,有时还嘉奖几句:

"看来你这几年,在地方做官,案牍之余,还是没有忘记读书啊!政绩一定也很可观了。可喜,可贺!"

你想，送书的人，既不担纳贿之名，致干法纪，又听到老师或上司的这种语言，能不手舞足蹈而进一步飘飘然吗？书帕中如果有自己的著作，经过老师广为延誉，还可能得奖。

但这究竟是送礼，并不是白捡。小时赶庙会，摆在小贩木架上的书买不起，却遇到一个农民模样的人，背来一口袋小书，散一些在戏台前面地方，任人翻阅，并且白送。这确曾使我喜出望外，并有些莫名其妙了。天下还有不要钱的书？蹲在地上，小心翼翼地挑了两本，都是福音，纸张印刷，都很好，远非小贩卖的石印小书可比。但来白捡的人士，好像也寥寥无几。后来才知道，这是天主教的宣传品。

参加革命工作以后，很长时间是供给制，除去鞋帽衣物以外，因为是战争环境，不记得发放过什么书籍。

发书最多也最频繁，是"十年动乱"后期，"批儒批孔"之时。这一段时间，发材料，成为机关干部日常生活中不可分割的一部分。见面的时候，总是问："你们那里有什么新的材料，给我来一点好吗？"

几乎每天，"发材料"要占去上班时间的大半。大家争先恐后，争多恐少，捆载回家，堆在床下，成为一种生活"乐趣"。过上一段时间，又作为废品，卖给小贩，小本每斤一角二分，大本每斤一角八分。收这种废品的小贩，每日每时，沿街呼喊，不绝于路。

我不知道，有没有收藏家或图书馆，专门收集那些年的所谓"材料"，如果列一目录，那将是很可观的，也是很有意义的。而且有些"材料"，虽是胡说八道，浅薄可笑，但用以印刷的纸张，却是贵重的道林纸，当时印辞书字典，也得不到的。

以上是"十年动乱"时期的情况。目前，赠书发书的现象，也不能就说是很少见了。什么事，不管合理不合理，一旦形成习惯，就不好改变。现在有的刊物，据说每期赠送之数，以千计；有的书籍，每册赠送之数，以百计。

赠送出去这么多，难道每一本都落到了真正需要、真正与工作有关的人士手中了吗？

旧社会，鲁迅的作品，每次印刷，也不过是一千本。鲁迅虽称慷慨，据记载，每次赠送，也不过是他那几位学生朋友。出版鲁迅著作最多的北新书局，是私人出版商，而且每本书后面，都有鲁迅的印花，大概不肯也不能大量赠送。

从另一方面说，鲁迅在当时文坛，可以说是权威，看来当时的书店或杂志社，也并没有把每一本新书，每一期杂志，都赠送给他。鲁迅需要书，都要托人到商务印书馆或北新书局去买。

书籍虽属商品，但究竟不是日用百货，对每人每户都有用。不宜于大赠送、大甩卖，那样就会降低书籍的身价。而且对于"读书"，也不会有好处。

1982 年 7 月 25 日雨

谈通俗文学

目前,通俗文学大兴,谈论通俗文学的文章,也多起来了,这是一个新势头。

按说,通俗,应该是一切文学作品的本质,不可缺少的属性。不知从什么时候起,文学作品被分为通俗的与不通俗的了。

关于文学的起源有种种说法。最初的文学是口头文学,这是没有争议的。既是口头文学,它的产生和后来的文字记录,都不存在通俗不通俗的问题。

中国的口头文学,包括说唱文学,从产生以后,一直持续下来,并没有中断过。文学史上说,"说话"这一形式,唐代已有,至宋而大兴,不过是就已有的文字记载而言。古人既然把小说,说成是街谈巷议,那就随时随地,都可以产生小说,而且都是通俗的作品。

口头文学,是通俗文学的最初的形式,也是最基本的形式,包括后来的"话本"和"拟话本",章回小说和演义小说。

口头文学虽然有天然的通俗禀赋,但并不是每篇作品都可以成功。有很多口头文学,随生随灭,行之不远。只有少数,记录为文字，才得以流传。宋人话本小说，最为著称。现存的七个短篇，几乎不用修饰润色，就已经是完整的文学作品。

有的最初流传的文字粗糙，经后来的大作家重新编写，成为新的通俗文学。如在三国志平话基础上，写出的《三国演义》；在三藏取经诗话基础上，写出的《西游记》；在宣和遗事基础上，渐渐演变成的《水浒》等等。这些作品的文学水平，大大超越了它的口头阶段，它的通俗的效用，也大大增强，大大推广了。

口头文学向文字创作的这一演变，成为每一个民族文学遗产形成和积累的规律。

典雅的唐人传奇小说，有的也是根据口头文学改写而成。白行简的《李娃传》，就是根据作者幼年听来的故事，写出来的。口头文学，一变而为古文传奇，可以说是从通俗变得不通俗了。但是，经过这一创作，才使这一题材流传千古。而最初的口头故事，早已失传。其"通俗"的范围，也可以说是加大了。当然因改编者才力不等，失败之作也不少。文学规律千变万化，不能刻舟求剑。

自宋迄清，通俗小说甚多，据专家著录，小说名目，有八百余种，还都是有过刻本的。流传下来的，却非常寥寥。我幼年时，在乡村庙会所见，书摊陈列的石印劣纸小字通俗小说，包括供说唱用的小说，也不过十几种。后来进入城市，在学校图书馆或书市所见，通俗小说的种类也很少。可见所谓通俗小说，大多数寿命很短，以后就消亡了。

考其原因，这些作品，出自两途：一为说书艺人，艺人胆大，兴到之处，时有发挥；一为失意文士，泥于史实，囿于理教，所作多酸腐。这两种人，多数学识浅薄，文字修养薄弱。其写作的目的，只是为了糊口，度过一时的生活困难。虽极力迎合群众的低级趣味，因为实在缺乏文学吸引力，不能受到欢迎。

其次，旧社会读书识字的人很少，花钱买书的人就更少。有能力读书并有钱买书的人，对书籍还要选择一下。不识字的人，即使写得多么通俗，也还要借助说讲演唱。如果写得干燥无味，艺人们也不会选用。

通俗小说，过去也被称作闲书，是为了叫人消愁解闷的。消愁解闷，也需要一定的艺术手段。人世间，不会有真正的闲书，正如没有真正的净土一样。真正的闲书，是没有人看的，也不会存在。

通俗文学，是一种文学，它标榜的是："话须通俗方传远，语必关风始动人。"在艺术上，也是不厌其高，只厌其低的。《三国演义》、《水浒》，都是通俗文学，也被公认是民族文学的高峰。任何艺术，都需要通俗，都需要雅俗共赏。通俗文学，不应该是文学作品的自贬身价的口实。

每个时代，都有远见卓识的文人，为文学的通俗而努力。在理论和创作实践上，都有过重大的贡献，许多作家的文集，都编入他们所写的通俗作品。在政治变革时期，通俗文学尤其为人重视。例如清朝末年，梁启超的文学主张，以及他所写的政治小说。

"五四"新文学，实际是文学总体上的一次通俗运动。左联时期，推动了文学的大众化。"九一八"事变以后，瞿秋白同志写了很多通俗文学作品。抗日战争时期，解放区的文学，在通俗方面作了极大的努力，成绩也很可观。

"五四"以后，传统的通俗文学，并不兴旺。"五四"新文学运动，文学语言解放了，大大消除了通俗不通俗的界限。但在创作方法上有些欧化，提倡的是现实主义，内容上是启蒙主义。所有封建迷信，神秘怪诞，才子佳人，武侠剑客，都在排斥之列。通俗小说的市场很小，只有大城市的一些商业小报，连载一些章回体小说，一些新兴的书店，很少出版陈列这类作品。革命的文艺读物，几乎拥有了全部青年。

无论是梁启超，还是瞿秋白写的通俗文学作品，在当时的作用和后来的影响，都是很有限的。它们既为知识分子层所忽略，也不为广大群众所欣赏。这有几方面的原因：一是作者把这种形式，当成是一种纯政治的宣传。二是把通俗与不通俗，看成是单纯形式上的问题。三是对群众的理解和欣赏能力，估计太低。基于以上认识，使他们创造出来的通俗文学作品，常常流于粗糙概念，缺乏艺术的感染力量。

目前通俗文学作品的突起，有它历史的特殊遭遇。这是"十年动乱"，文化传统濒于破产和长期以来思想禁锢的结果。是对过去的一种反动，是一个回流。目前的通俗文学的特点，不在于形式上的仿古，而在于内容的陈旧，还谈不上什么新的内容和新的创造，它只是把前一个时期不许启动的食品橱门，突然打开了而已。这一开放，可能使各式各样的政治概念化的作品受到冲击，但如果说，它会冲垮传统的现实主义文学，那就是过分夸大了。随着人民群众文化修养的提高，现有的通俗文学，自然要受到历史的检验。因为对文学艺术的鉴赏能力，是和文化修养，甚至也和道德伦理修养，一同向前，一同向上的。

它对出版事业的影响，也是如此。不从长远的文化教育利益着眼，只为了一时赚钱，解除不了出版事业的困境。鲁迅记述：

三十年代，上海有个"美的书店"，它不只编印《性史》，而且预告要出一本研究女人的"第三种水"的书，其售货员都是雇用的时髦女郎，里里外外，号召力和刺激性都够大的了。然而没有很久就倒闭了，并没有赚了多少钱。能赚钱并能促进国民文化教育的，还是不出下流书籍的商务印书馆、中华书局和开明书店。目前有些出版社赔钱，是管理制度上的问题，并不是出什么书的问题。

文学现象，自然是社会现象、社会意识的一种反映。目前通俗文学的流行，与时代思潮模糊，密切相关。它与现实主义文学的分别，不在于它提供的形式，而在于它提供的内容。这与其说是文学上一次顿挫，不如说是哲学上的一次顿挫。然而现象变幻的结果，必然是曲终奏雅，重归于正的。

1984 年 11 月 30 日

文林谈屑（节选）

自然生态

自然生态之奥秘，现所知者虽甚少，莫能究其终极，然表现于生物者，其复杂微妙，已使人瞠目结舌。一物之生，必有依附。有促进其生长者，有破坏其生长者。有貌似促进，而实际破坏者；有表面对其有害，而实际对其有益者。有道有魔，道魔相生相克，形成壮丽的大自然，奇异层出，仪态万千。

文坛亦小自然也，亦有其自然生态。一个作家，如是一株植物，则根生于土壤，吐纳为氧氮。在它周围，或者在它身上，有蜂蝶、有虫蚁、有细菌。有风、有雨、有雹。有养护、有践踏、有修剪、有摧折。如系动物，则虎前必有伥，腥膻者，必有蝇飞蚁附。千年万年，都是这个样子。

大家看过《红楼梦》，贾政身边有几位清客。他这几位清客，和《金瓶梅》里西门庆身边的帮闲，大不相同，然其生活方式、生存目的则一样。贾政当然算不上一个作家，但他确是一个权威。在他那个文坛上，总是由他拍板算数的。

清客在旧社会，是一种行业，并不是人人都干得来的。他要有一定的政治嗅觉，知道该到谁家去，不该到谁家去，要有一定的文化修养，还要有一定的专长。其中有的人，如果努力发展他的专长，也可以自立成家，不再当清客。但多数人就以此业，了此一生。

　　除去文化修养，他还要有社会经验。特别要懂得人情世故，其中主要一点，就是拍马捧场。

　　贾宝玉在大观园吟诗题匾那一段，就充分表现了清客这一行的真正功夫。每一发言，都要看贾政的脸色，还要照顾到宝玉的情绪。在老权威和青年作家中间，折中迎合，两方面得其欢心，这是很不容易的。

　　清客一途，其鼎盛时期，随着八旗子弟的消亡而消亡了。但随着新势力的兴起，有些人又复活了。在文坛上，这种人也是不可少的，也属于自然生态的一部分。想叫他不活动，是不可能的，也不一定是有利的。

　　但在这些人的包围之下，主人是要保持清醒头脑的。因为，凡是清客，都是走家串户的，并非专主一家。他到甲家，则为甲家之清客；到乙家，则又为乙家之清客。在你这里，说的是一番语言；在别处，说的就又是另一番语言了。

1982 年 6 月 20 日晨

文字疏忽

　　近日，在一家地方报纸上，看到把程伟元，排印成了程伟之,这可能是排错了,校对和编辑,对这个人名生疏,看不出错来。又在一家地方出版的文艺理论小报上,看到把章太炎的名,排印成了"炳鹿",赫然在目,大吃一惊。一转念,这也无须大惊小怪,编辑不知道章太炎名炳麟,在当今之世,实乃平常。又在一家销路很广专为文学青年办的杂志上,看到把一句古诗"乐莫乐兮新相知",排印为"禾莫禾兮渐渐相知",初看甚费解,特别是"渐渐"二字。后来一想,这很可能是原稿的字不好辨认,因此把乐排成了禾苗的禾。但既是一句诗,本来是七个字,现在排成"渐渐相知",明显地成了八个字,就没有引起编辑同志的注意吗?又听说,这家刊物有会签制度,即一篇稿件,要经过众多的编辑人员"会签"意见,发生了这样重大的错误,怎么也看不到个更正呢?(可能要有更正,笔者尚未见到。)

总之,现在印刷品上错误太多了,充分表现了常识的缺乏。青年人从这种刊物上,得到一点知识,先入为主,以后永远记着章太炎名"炳鹿",岂不是贻误后生吗?

当然,在有些人看来,这都是芝麻粒小事。知道章太炎名炳麟,不一定就会升官晋爵,不知道,也许会官运亨通。当然读书和做官,是两回事,不读书,照样可以做官,甚至可以当刘项。但当编辑,也是如此吗?可能,可能。因为编辑还可以升组长,编辑部副主任、主任,副主编,主编,官阶在眼前。正是无止境呢!把精力时间,用在读书上对前程有利,还是用在拉拢关系上和培植私人势力上有利,有些人的取舍,是会大不相同的。因此,刊物也只好编成这个样儿了,销路日见下降,自有国家填补,自己的官阶,可是要一步步登上去,不能稍有疏忽的。

有些人确实对文字疏忽大意,对宦途和官级斤斤计较,甚至

"叮"和"瞪"两个字的含义也分不清,而历任"编辑部具体负责人"、"编辑部主任"之职,平日如何看稿,就可想而知了。

1982 年 12 月 30 日下午

名山事业

自从司马迁说,要把自己的作品"藏之名山,传之其人"以来,文学事业与名山的关系,就非常密切了。虽然司马迁并没有把所作《史记》,真的送到名山去埋藏。他的作品,以其特殊的成就,没有等到他死,就流传开了,而且一直流传下来,成为人人必读之书。

唐朝的白居易鉴于文人的事业,常常被兵火所消失,他在生前把自己的诗文编辑好,抄写五部,分送五大名山,藏于五大名寺。真是效果,他的集子,完完整整地流传下来了,未失一字。白居易一定含笑于九泉,庆祝自己措施的得当。

明末清初的王夫之,是逃到深山里,读书并写作的。他潜心读书,然后写出心得,发挥自己的思想和见解。他的著作,细密而精到,是只有在深山之中,断绝一切尘念,才能写出来的。

《红楼梦》据说也是在北京西山写出来的。

看来,山和文学,确实有一种美好姻缘,就像它和水的关系一样,在互相呼应着,在互相促进着。

抗日战争时期,我们这一辈人的文章,也是在山里写出来的,虽然那里说不上是名山,我们的作品,也说不上是名文。

近年来,各个出版社,各个杂志社,如果所在省、市,有名山名水，每逢适当季节（庐山、海滨则宜夏，岭南则宜冬），总是约请各地名流作家，到那里集会十天半月，一方面是尽地主之谊，另一方面，是请作家们给出版社或刊物，写些稿子。作家们或单身，或携眷到达之后，居停于宾馆别墅，徜徉于名胜古迹，杯酒交欢，吟风弄月，自有一番盛况。开支多少，所得几何，因未曾主持过，也未曾躬逢其盛，不得而知。但从透露出来的消息看，稿件是没有多少收获的。作家们虽然游得谈得很热烈，临散会，顶多交一篇游记或即兴诗，就飘然下山去了。当然，长线钓大鱼。既有此番情谊，以后也许寄个中篇小说来，也说不定。

还要摄影留念，其镜头焦点，多集中到一些女性新秀的身上。

宾馆文学

刊物没有像样的头条稿件，就从外省外市，约请一位当前很红的作家来，把他请进当地高级宾馆，开一个房间，日供三餐美食烟茶水果，为刊物创作"头条"。交卷之后，并在宾馆门口，摄影留念，特别把高级宾馆的牌子，也收入镜头。以作此番写作的纪念。

因为没有被人请去过，所编刊物，本小利薄，也没有到外埠请过名人，所以此中滋味，不得而知。

现在一些作家的居住条件差，也是知道一些的。但高级宾馆，就那么适于创作吗？想来也不尽然。姑不论，宾馆之内，人来人往；食堂之内，乱乱哄哄。加上身为客人，人生地疏，如果是我，虽有沙发软床，华灯地毯，也是安不下心来的。

当然，听说还有一种特别高级的宾馆，那里面是花木满园，闲人免进，远离市廛，鸦雀无声，最适宜于构思。这种仙境，因为未得亲见，不能揣摩，每天要花费多少钱，所写出的文稿，能否抵消得过姑且不论。如果是个乡土作家，一进这种所在，不是要成为刘姥姥，还能写出东西来吗？

曹雪芹曰：茅椽蓬牖，绳床瓦灶，未能妨我襟怀。可见，创作贵有襟怀，有之虽绳床瓦灶，也无妨文思泉涌；无之，虽金殿皇宫，也无济于事的。

有的刊物，等而下之，小气些，他们把当地的业余作者，集中在一家不怎么样的招待所里，限期叫他们写出"头条小说"。这简直是采取科场制度，成心叫业余作者受罪了。

但如果有人真的写出了成功之作，刊在了头条，一炮打响，随即获奖，一举成名，那又怎么说呢？那就让我们高呼宾馆文学的胜利吧！

1983 年 3 月 18 日午后

谈 鼓 吹

按照昭明太子的说法，文章重要的一体，为歌颂。"颂者，所以游扬德业，褒赞成功。"因此，如果文章做得确实好，再得到评论界的颂扬鼓吹，也是顺理成章的事儿。

鼓吹，并不是坏名词。它本身就是一种艺术。我有一部文明书局石印的小书，就名为《唐诗鼓吹》。可见，在过去，无论是选家,还是评论家,都不忌讳这个词儿。

我也不能说,自己没有充当过鼓吹手,充当这种角色,也不能说仅是一次两次。

既然做得多了,也就总结出一些经验教训,愿与从事鼓吹的同志们商讨。主要有以下三点:

一、对青年,初学写作者,鼓吹较多,对名家鼓吹较少。对青年,初学写作者,已经步上名家高台,也就不去鼓吹了。

理由:凡是青年,初学写作者,还都处在步履艰难阶段。扶他一把,哪怕是轻轻的一把,他也很容易动感情,会有知己之感。就是批评他两句,指出他一些缺点,他也是高兴的。如果他平步青云,成了红人,评论者蜂拥而上,包围得风雨不透,就不要再去沾边,最好退下来,再去寻找新的青年,新的初学写作者。因为此时此地,对他来说,过去那种鼓吹法,已经不顶事。他需要的是步步高的调门,至于谈缺点,讲不足,那就更是不识时务了。

二、对于名家,特别是兼有某种"官衔"、某种地位的名家,无论他来信表示多么谦逊,也不要轻易去评论人家的作品。每逢大考之期,即评奖举行之时,也不要对竞争中的作品,轻易发言。

这倒不是出于什么害怕名家,或其他心理。是因为:如果你提出的意见,只是人云亦云的,那对双方都是浪费;如果你提出与众不同、甚至相反的看法,名家是很不习惯接受的;如果确实看到了艺术上成功的要点或失败的要害,估计这一位名家,也能有为之折服的涵养,还要考虑到他的周围那些抬轿子的职业家。再说,指出要点,为人折服,谈何容易?有那种眼力和修养吗?

人贵有自知之明，最妥当的办法，还是不要去碰。

三、对于老朋友，其中包括原来是初学写作者，也曾鼓吹过，现在已经到了中年，文坛之上，小有地位，如果又有新作，看过，觉得好，也可以再为鼓吹。但也只限一两次，不可多为。

总之，鼓吹不可废。文学之有鼓吹，正如戏曲之有捧场。但鼓吹也是要有立场，要有分寸的。前不久，读了一本洪宪时期的笔记，上记名士易实甫，在剧场捧坤角时，埋首裤裆，高举双臂，鼓掌不息。口中还不断胡言乱语，甚至亲妈亲娘地喊叫。如果所记是实，这种捧场，就未免过分了些，有失体统了。

1985年6月13日

官浮于文

最近收到某县一个文艺社办的四开小报，在两面报缝中间，接连刊载着这一文艺社和它所办刊物的人事名单。文艺社设顾问九人（国内名流或其上级人员），名誉社长一人，副社长八人，秘书长一人，副秘书长二人。此外还有理事会：理事长一人，副理事长七人，常务理事十人，理事二十一人，并附言："本届保留三名理事名额，根据情况，经理事会研究，报文艺社批准。"这就是说，理事实际将升为二十四人。

以上是文艺社的组成。所办小报（月报）则设：主编一人，副主编七人，编委十四人。现在是六月份，收到的刊物是一九八五年第一期，实际是不定期了。看了一下，质量平平。

一个县根据情况，成立一个文艺社或几个文艺社，联络感情，交流心得，都是应该的，必不可少的。这样大而重叠的组织机构，却有些令人吃惊，也可能是少见多怪。文艺团体变为官场，已非一朝一夕之事，而越嚷改革，官场气越大，却令人不解。如某大刊物，用整个封二版面，大字刊登编委名单，就使人有声势赫然类似委任状之感。

这个文艺社，不知有多少社员，据介绍它的第二次社员代表大会，出席者九十余人。一个县的文艺社开会，为什么不让全体社员参加，还要开代表会？这里先不去谈。一个代表，代表几名会员，也难以测知。就算代表三个吧，二百七十名会员的文艺社，用得着由六十三个人组成的领导班子吗？四开不定期小报，用得着二十二个人组成的编委会吗？

据介绍，代表大会期间，有报告、有章程，有规划，有决议，有慰问信。这都是开大会的常规。作为一个文艺社，读书和创作方面的措施，都没有具体的介绍。

目前文艺界开会，对创作讨论少，对人事费心多，这已经不是个别地方的事，因此不能责怪下面。在大会之上，作家们不是在作品上共研讨，而是在选票上争多少。一旦当选，便认为与众不同，一旦票多，则更认为民心所向。果如是乎？而且很多人去争，弄得一些老实人，也坐不住，跟着上。不只形成一种奇异心理，而且造成一种市场现象，这能说是新时代文艺界的幸事吗？

平日闲谈之间，也曾问过一位明达事理，对官场、文场也都熟悉的同志：

"争一个主席、副主席，一个理事，甚至一个会员代表，一个专业作家，究竟有什么好处？人们弄得如此眼红心热呢？"

这个同志答道：

"你不去争,自有你不争的道理和原因,至于你为什么没有尝到其中的甜头,这里先不谈。现在只谈争的必要。你不要把文艺官儿,如主席、主任之类,只看成是个名,它是名实相副,甚至实大于名。官一到手,实惠也就到手,而且常常出乎一般人预料。过去,你中个进士,也不过放你个七品县令,俸禄而已。现在的实惠,则包括种种。实惠以外,还有影响。比如,你没有个官衔,就是日常小事,你也不好应付,就不用说社会上以及国内国外的影响了。"

和我谈话的同志,原来在一个协会当秘书长,我劝他退下来专心创作,听了他的一番话之后,我也同意他再弄个官儿干几年,结果他又去当了什么研究会的会长。

文艺和官,连在一起,好像不调和,其实,古已有之,即翰林学士之类。不过没有现在这么多罢了。其俸禄,仍由吏部掌管,像现在的文艺社、协会等等,过去也有类似之团体,但其开支,都是自筹的,今天机构之所以越来越庞大,竞争越来越激烈,是因为这些文艺团体,实际上已经与官场衙门,没有多少区别了。此亦谈文艺改革者,所当考虑者乎?

1985 年 6 月 15 日

诗外功夫

在报刊上,常看到文艺界一些模范事迹。如某作家,在公共汽车上降服了惯匪流氓;某编辑一手接过业余作者的稿件,一手送给他二百元零花,并在修改稿件期间,给作者炖小鸡,送水果；某诗人代人打了一场难打的官司，居然打赢了等等。都感到这些同志形象高大，所作所为，近于侠义。

好在前两项没人要求我去做。第一，自己年老、体弱、多病，看见流氓，避之唯恐不及，当然谈不上与之交手对抗。第二，负责看看稿子，有时还可以做到，经济上的无微不至的照顾，是有些不方便了。第三项，却有人找到名下来。信上说，某某作家替人打赢了官司，你也替我打打吧。复印来的材料，我都看不清楚，这使我很为难。我从来没有打过官司，自幼母亲教育我：饿死不做贼，屈死不告状。我一直记着这两句话。自己一生，就是目前，也不能说没有冤苦，但从来没有想到过告状，打官司。此事也难以向来信者说清楚，只好置之，我想他还会去找那一位能打赢官司的诗人的，能者多劳吧。不久见他登报声明，招架不住了。

人的能力、志趣、爱好，确是各有不同，不能求全责备的。作家而兼勇士，编辑而兼义侠，诗人而擅诉讼，这都是令人羡慕的。但恐怕不是人人能做到的。即如编辑，月薪六十元，一见面就掏出二百，没有点存项，就做不到。认真处理稿子，善始善终，也就可以说是克尽厥职了。君任其难者，我从其易者。

在中国，人多，事情也多，目前，个人从事一份慈善事业，恐怕也不能持久。一个作家，在汽车上如果连续两次捉拿强盗，管保不久就有人把你聘请为治保员。一个编辑，如果对每个业余作者，都包办生活费用，他的办公桌上，稿件将积压成山，有多少存款，也得宣告破产。诗人继续替人打官司，只能改业律师。

有些事情，作为新鲜例子，宣传宣传，固无不可，大家都仿效起来，有时就行不通。因为这并不是从根本上解决问题的途径。

这就像某纱厂的女浴室,不断受到流氓的侵扰,厂方不出动保卫人员,却鼓励退休的老太太们去护卫少女,只能助长流氓们的嚣张。

有很多事,本职者不去干,甚至逃避,却宣传非本职者去干,于是有了很多业余的模范,有了更多的本职懒汉。其实不足为训。

比如说小报,这本是宣传文化部门应该注意,应该管的事。社会上已经议论纷纷,这些部门却按兵不动,等候上边的精神气候。只凭社会舆论,能把小报压下去?等到不可开交,才去处理,事情已经晚了半月。

左拉,右拉,争来争去,实在没有意思。现在也没有多少人,相信这个。必需像广州一样,从不法商店里拉出那些录音录像,公之于众,然后才相信确有精神污染。当然在有些人看来,这种做法就更是极左了。

1985 年 6 月 23 日改讫

听朗诵

一九八五年,九月十五日晚间,收音机里,一位教师正在朗诵《为了忘却的纪念》。

这篇散文,是我青年时最喜爱的。每次阅读,都忍不住热泪盈眶。在战争年代,我还屡次抄录、油印,给学生讲解,自己也能背诵如流。

现在，在这空旷寂静的房间里，在昏暗孤独的灯光下，我坐下来，虔诚地、默默地听着。我的心情变得很复杂，很不安定，眼里也没有了泪水。

五十年过去了。现实和文学，都有很大的变化。我自己，经历各种创伤，感情也迟钝了。五位青年作家的事迹，已成历史，鲁迅的这篇文章，也很久没有读，只是偶然听到。

革命的青年作家群，奔走街头，振臂高呼，终于为革命文学而牺牲。这些情景，这些声音，对当前的文坛来说，是过去了很久，也很远了。

是的，任何历史，即使是血写的历史，经过时间的冲刷，在记忆中，也会渐渐褪色，失去光泽。作为文物陈列的，古代的佛教信徒，用血写的经卷，就是这样。关于仁人志士的记载，或仁人志士的遗言，在当时和以后，对人们心灵的感动，其深浅程度，总会有不同吧？他们的呼声，在当时，是一个时代的呼声，他们心的跳动，紧紧接连着时代的脉搏。他们的言行，在当时，就是群众的瞩望，他们的不幸，会引起全体人民的悲痛。时过境迁，情随事变，就很难要求后来的人，也有同样的感情。

时间无情，时间淘洗。时间沉淀，时间反复。历史不断变化，作家的爱好，作家的追求，也在不断变化。抚今思昔，登临凭吊的人，虽络绎不绝，究竟是少数。有些纪念文章，也是偶然的感喟，一时之兴怀。

世事虽然多变，人类并不因此就废弃文学，历史仍赖文字以传递。三皇五帝之迹，先秦两汉之事，均赖历史家、文学家记录，才得永久流传。如果没有文字，只凭口碑，多么重大的事件，不上百年，也就记忆不清了。文字所利用的工具也奇怪，竹木纸帛，遇上好条件，竟能千年不坏，比金石寿命还长。

能不能流传，不只看写的是谁，还要看是谁来写。秦汉之际，楚汉之争，写这个题材的人，当时不下百家。一到司马迁笔下，那些人和事，才活了起来，脍炙人口，永远流传。别家的书，却逐渐失落，亡佚。

白莽柔石，在当时，并无赫赫之名，事迹亦不彰著。鲁迅也只是记了私人的交往，朋友之间的道义，都是细节，都是琐事。对他们的革命事迹，或避而未谈，或谈得很简略。然而这篇充满血泪的文字，将使这几位青年作家，长期跃然纸上。他们的形象，鲁迅对他们的真诚而博大的感情，将永远鲜明地印在凭吊者的心中。

想到这里，我的心又平静了下来，清澈了下来。

文章与道义共存。文字可泯，道义不泯。而只要道义存在，鲁迅的文章，就会不朽。

1985 年 9 月 21 日晨改抄讫

关于散文创作的答问

问：目前，有一种比较普遍的说法：当前散文创作不甚景气，与小说、报告文学、诗歌等文学式样相比，是比较薄弱的。请您谈谈当前散文创作的状况。您认为存在什么问题，原因何在？

答：这种状况，我是估计不清楚的。一种文学体式，它在当前是否繁荣，繁荣到什么程度，这只有掌握全面材料的，文艺界的领导同志，或评论家，或将来的评选委员会，能做出权威性的估计。对任何形势的估计，都是困难的，我是一个普通读者，又因为精力所限，读作品很少。但就我读到的散文来看，我真正喜爱的，确实不是那么太多罢了。当然，我不喜欢的，也不见得就是不好，只是说，产生一篇好的散文，正像产生一部好的小说一样，不是那么容易就是了。

从历史上看，先秦时的散文作家，真可能是有一百家，不然为什么说百家争鸣，以后又说罢黜百家呢？但流传到现在，就只剩下几家了。唐宋散文作家，在当时也不只以百数，而传至后来，只说八家。八家之文，家传户诵者，每人也不过数篇。"五四"运动，散文应运而生，作者如林，期刊充斥，但到现在，我们课本上，还老是那几位作家的那几篇范文，其他作者，逐渐被人遗忘。

文学艺术的形势，任何时候，都可以有人作估计，形势大好或不大好，繁荣或不大繁荣。即使客观正确，这也只是就一时而言。作品的真正价值，是只有时间才能考验得出，任何武断的大话，都不是那么牢靠可信的。

我们应该从历史上，找出散文创作成败得失的一些规律，那对我们衡量当前的散文，可能是比较有用的。

从我们熟读的一些古代或近代的散文看，凡是长时期被人称诵的名篇，都是感情真实，文字朴实之作。比如说欧阳修的《泷冈阡表》，诸葛亮的《出师表》，李密的《陈情表》。

我们常说，文章要感人肺腑，出自肺腑之言，才能感动别人的肺腑。言不由衷，读者自然会认为你是欺骗。读者和作者一样，都具备人的良知良能，不会是阿斗。你有几分真诚，读者就感受到几分真诚，丝毫作不得假。

如果有时间，读一些旧报纸、旧期刊是有好处的。在三中全会以前，报刊上的文章，包括散文在内，虚假的东西太多了，现在找来一看，常常使人啼笑皆非。这种散文，即使没有政治上的拨乱反正，也是当日无读者，何况流传？

但是，这种文风，曾经猖獗了若干年，要说是完全根绝了它的影响，也不是事实。

欧阳修在写他这篇文章时，叙述的只是家庭琐事，夫妇、母子之常景常情。诸葛亮当时虽然是丞相，他这一篇文章，并没有多少空洞的官腔。李密当时的处境，尤其困难，如果他不说真情实话，能够瞒得过司马氏的耳目？

　　文章能取信于当世，方能取信于后代。这三篇文章，所以能流传百代，就是因为感情的真挚和文字的朴素无华。

　　所谓感情真实，就是如实地写出作者当时的身份、处境、思想、心情，以及与外界事物的关系。写出这些，这本来是很自然的事情，但一触及文字，很多人就做不到。这就无怪自古以来，名篇范作如凤毛麟角了。

　　文字是很敏感的东西，其涉及个人利害，他人利害，远远超过语言。作者执笔，不只考虑当前，而且考虑今后，不只考虑自己，而且考虑周围，困惑重重，叫他写出真实情感是很难的。

　　只有忘掉这些顾虑的人，才能写出真诚的散文。

　　司马迁的《报任安书》，因为是私人信件，并非公开流布的文字，所以他才说了那么多真心话，才成为千古绝唱。嵇康的《与山巨源绝交书》，也说了些真心话，透露了出去，就招来了大祸害。有鉴于此，致使文人执笔，左顾右盼，自然也有其不得已的地方。现在，有论者居然责怪：在"四人帮"肆虐期间，作家们为什么没有站起来，大声疾呼？这种要求，未免不近人情。在当时一个作家，能够沉默，不去帮凶，就算可以了。论者当时如何表现，不得而知，至少他是没有去反抗的。不然，他早就成为张志新了。

　　但就散文的规律而言，真诚与朴实，正如水土之于花木，是个根本，不能改变。如果不只从数量上看，主要是从质量上看，当前散文创作的不足之处，恐怕还是在作者的创作用心上，有或多或少的华而不实之处吧！

　　这不能完全归咎于作者。在一个不算短的时期中，在各个现实领域，虚假浮夸，不大遇到批评和制裁，而真实地反映情况，即说真话，却常常遭到难以想象的打击。这不能不反映到文学创作上。现在虽力加纠正，在意识形态领域中，清除这种遗留的影响，有时比在现实生活中清除，还要慢一些，复杂一些。而散文创作，以其更直接的现实性，在这方面的表现，就更比其他艺术领域显著。

有些散文，其不足之处，可以归纳为：

一、对所记事物，缺乏真实深刻感受，有时反故弄玄虚。

二、情感迎合风尚，夸张虚伪。

三、所用词藻，外表华丽，实多相互抄袭，已成陈词滥调。

四、因以上种种，造成当前散文篇幅都很长，欲求古代之一千字上下的散文，几不可得。

问：请您结合自己和当前的散文创作现状，谈谈有关散文艺术问题。比如散文的叙事与抒情、题材、构思、意境、语言等等。

答：散文是我们祖国主要的文学遗产，古代作家的主要著作，也是散文。这就提供了很多很好的学习范本。我们在学校语文课堂上，也以学习散文为主。初学作文，题目如《我的家庭》、《春日郊游》等，也是写的散文。另外，散文的大部分，都是应用文，一生之中，练习的机会是很多的。我们本来应该把散文一体，运用得很好，这一文体本来应该很繁荣。但从历史考察，并不是每一个时代，散文都是很好很繁荣的。

先秦、两汉、唐宋的散文，大家都承认是有很多佳作的。降至元明，则并非如此。元朝不论，明季写散文的人并不少，但即使是代表作家的作品，今天看起来，无论在风格文字上，内容意境上，都是肤浅的，卑弱的，琐碎的。明之末季，有一谚语谓：刻一部稿，娶一房小，念一句佛，叫一声天如。天如即张溥，是权威评论家。可见当时出版物也是不少的，但作品的意义和价值，确如上述。可取之处，远不及唐宋，又不用说两汉先秦了。

　　文章，特别是散文，是和时代的风云、习尚有关的。如果只谈艺术，我们就应该从唐宋以前的散文，多吸收一些营养。从司马迁、嵇康、柳宗元、欧阳修那里，多学习一些东西。其中主要的经验，是所见者大，而取材者微。微并非微不足道，而是具体而微的事物。

　　古代散文，意境深远，但皆言之有物。柳宗元的散文，写驴，写鼠，写麋，写蝜蝂，取材很细小，而意义很深刻。韩愈《进学解》，则对自己作深刻的剖析，发挥自己的见解，这也是很有勇气的。

　　散文短小，当然也有所谓布局谋篇，但我认为，作者如确有深刻感触，不言不快，直抒胸臆即可，是不用过多的构思设想的。现在一些文章评论家，谈论构思太多，也太机械。实际创作的过程，往往并非如此。散文之作，一触即发。真情实感，是构思不来的。

　　散文中的议论，也是自然事物演变的结果，在很多情况下，并非散文作者主观的前提。而苏子瞻常先有警句，冠于篇首，但与所叙事物，仍为血肉，并非徒具大言，以惊流俗。

　　抒情亦如此。无情而强抒，与无病呻吟等。感情低下，不如不抒。面对大好河山，内心蝇营狗苟，故作堂皇之言是对河山的不敬。

　　状景抒情，成为散文的意境。意境有高下，正如作者修养有高下,胸襟有广狭,志趣有崇卑,不可勉强。当然,人可以通过修养,提高其志趣。总之人心之不同,有如其面。散文意境之有区分,也在于此。范仲淹先忧后乐之名言,并非一时乘兴,创作出来,乃是久萦于心的素志,触景生情而出。

散文的语言很重要,一篇短文,语言文字不讲求,是成不了家传户诵之作的。当然语言文字也与作者的真情实感紧紧相关。

梁沈约很重视文字的音乐效果。他说:

> 若夫敷衽论心,商榷前藻,工拙之数,若有可言。夫五色相宣,八音协畅,由乎玄黄律吕,各适物宜。欲使宫羽相变,低昂互节,若前有浮声,则后须切响。一简之内,音韵尽殊;两句之中,轻重悉异。妙达此旨,始可言文。(《宋书·谢灵运传论》)

中国古代散文名作,读之无不朗朗上口,易于背诵。即韩愈之自讽为佶屈聱牙者,亦莫不如此。现在有些作者,能写情节热闹的小说,写起散文,语言很不考究,这是没有别的东西可以补救的缺失,这样的散文,自然行之不远。

散文的语言,要有素养,需要基本功,要有课堂训练。而我们国家经历"十年动乱",教育失调,这恐怕也是影响今日散文质量的一个重要原因。

至于我个人近年的散文创作,则因老年衰退,成绩甚微。行动不便,生活的眼界缩小了。因为年岁,自身的阅历增多了。在政治清明之时,愿意说些真诚的话。当然有时就会得罪一些人,过去,我的一篇散文《黄鹂》,放了二十年才发表。现在写文章,确实感觉顾忌少多了。但作为文章行世,自己也应该慎重,不应该太随便。要知道应该说些什么,也要知道不应该说些什么。不管文章长短,题材如何,大都是我亲身经历,亲眼所见,思想所及,情感所系。不作欺人之谈,也不装腔作势。那样就会不自然,也就不会有什么真情实感。有些人的文章,使人处处意味到作者的高位和官职,好像一切都永远正确,是没有多大意思的。

问:散文作者需具备哪些修养?

答:秦少游说:

> 探道德之理,述性命之情,发天人之奥,明死生之变,此论理之文,如列御寇庄周之作是也。别黑白阴阳,要其归宿,决其嫌疑,此论事之文,如苏秦张仪之所作是也。考同异,次旧闻,不虚美不隐恶,人以为实录,此叙事之文,如司马迁班固之所作是也。原本山川,比物属事,骇耳目,变心意,此托词之文,如屈原宋玉之所作是也。

中国散文的品类繁多。所以,散文作者,首先应该涉猎中国散文的丰富遗产,知道有多少体制,明白各种体制的作用,各类文章的写作要点。

但最主要的,是提高自己的人格修养,即中国传统的道德伦理修养,不然就不能理解和领会中国散文作品的内容和实质。例如前面讲的"三表",好处何在,为什么能千古传诵?

有一些人生经历,知道一些世态人情,便可写小说,写剧本。写好散文,需要多种知识,多种见闻。不然写山川不知地理,写古迹文物不知历史,不知考古,散文就没法写好。其中,特别重要的是作者的识见，如果识见平庸，文章也是写不好的。

问：散文创作中新的探索与民族传统两者的关系如何？

答：自有翻译以来，实际上是丰富了中国散文的创作，利多弊少，即使南北朝开始的佛经翻译，也是如此。"五四"以后的散文，外来的影响，就更显著了。但影响是影响，其根基是不能动摇也不可动摇的。我们还是要写中国式的散文，主要是指它反映的民族习惯和道德伦理的传统。至于说创新，也不能说，只有接受外来影响，才能创新。中国散文，在接受外来影响以前，也是不断创新的。我写给贾平凹的一封信中曾说，多读外国名家之作，写中国传统的散文，也是这个意思。任何文学作品，谈到创新，绝不会是专指形式上的创新，而是指内容和形式的统一的创新。文学作品既以内容为主导，则中国土壤，自然对创新起决定作用。

此外尚有二题，因题旨较泛，有些意见已在前文述及，兹从略。

1983 年 5 月 1 日晨五时起写。大院节日嘈杂，前屋受干扰，则移稿至后屋；后屋受干扰，又持稿回前屋。至晚初稿成。次日晨改定之。

散文的虚与实

秋实,建民同志:

我先后看了你们的几篇散文,又同时答应给你们写点意见。你们的散文,都写得很好,我没有多少话好说,拖下去又有违雅意,所以就想起了一个讨懒的办法,谈些题材外的话,一信两用。

这是不得已的。我的身体和精力,实在不行了。有些青年同志,似乎还不大了解这一点,把热情掷向我的怀抱,希望有所激发。干枯的枝干上,实在开不出什么像样的花朵了。

我和你们谈话时,希望你们多写,最好一个月能写三、五篇散文。后来认真想了想,这个要求高了一些,实际上很难做到。

小说,可以多产,这在中外文学史上,是有很多例子的。小说家,可以成为职业作家,有人一生能写几十部,甚至几百部。

诗人,也可以多产。诗人就是富于感情的人。少年有憧憬,壮年有抱负,晚年有抒怀。闻鸡起舞,见月思乡。风雨阴晴,坐车乘船,都有诗作。无时无地,不可吟咏。

报告文学,也可以多产。报告文学家,大都是关心社会疾苦、为民请命的人。而社会上,奇人怪事,又所在多有。只要作家腿脚灵活，笔杆利索，是不愁没有材料的。一旦"缺货"，还可加进些小说虚构，也就可以了。

唯独散文这一体，不能多产。这在文学史上，也是有记载的。外国情况，所知甚少，中国历代散文名家，所作均属寥寥。即以韩柳欧苏而论，他们的文集中，按广义的散文算，还常常敌不过他们所写的诗词。在散文中，又掺杂很大一部分碑文、墓志之类的应酬文字。

所以历史上，很少有职业的散文作家。章太炎晚年写一道碑文，主家送给他一千元大洋。据说韩愈的桌子上，绢匹也不少，都是用碑文换来的。一个散文作家，能熬到有人求你写碑文、墓志，那可不是简单的事，必须你的官望、名望都到了那个程度才行。我们能指望有这种高昂的收入吗？这已经不是作家向钱看，而是钱向作家看了。

所以，我们的课本上，散文部分，翻来覆去，就是那么几篇。

散文不能多产，是这一文体的性质决定的。

第一，散文在内容上要实，第二，散文在文字上要简。

所有散文，都是作家的亲身遭遇，亲身感受，亲身见闻。这些内容，是不能凭空设想，随意捏造的。散文题材是主观或客观的实体。不是每天每月，都能得到遇到，可以进行创作的。一生一世，所遇也有限。更何况有所遇，无所感发，也写不成散文。

中国散文写作的主要点，是避虚就实，情理兼备。当然也常常是虚实结合的。由实及虚，或因虚及实。例如《兰亭序》。这也可以解释为：因色悟空，或因空见色，这是《红楼梦》主要的创作思想。有人可以问：不是有一种空灵的散文吗？我认为，所谓空灵，就像山石有窍，有窍才是好的山石，但窍是在石头上产生的,是有所依附的。如果没有石,窈就不存在了。空灵的散文,也是因为它的内容实质,才得以存在。

前些日子,我读了一篇袁中道写的《李温陵传》,我觉得这是我近一年来,读到的最好的一篇文章。李温陵就是李贽。袁中道为他写的这篇传记,实事求是,材料精确,直抒己见,表示异同。不以众人非之而非之,不以有人爱之而爱之。他写出来的,是个地地道道的李贽,使我信服。

散文对文字的要求也高。一篇千把字的散文,千古传诵,文字不讲究漂亮行吗?

所谓文字漂亮,当然不仅仅是修辞的问题,是和内容相结合,表现出的艺术功力。

散文的题材难遇,写好更难,所以产量小。

近来,有人在提倡解放的散文,或称现代化的散文。其主要改革对象为中国传统的散文,特别是"五四"以来的散文。三十年代,曾今可曾提倡词的解放,并写了一首示范,被鲁迅引用以后,就没有下文,更没有系统的理论。现在散文的解放,是只有口号,还未见作品。散文解放和现代化以后,也可能改变产量小的现状,能够大量生产,散文作者,也可能成为职业作家了。

但也不一定。目前,就是多产的,红极一时,不可一世的小说作家,如果叫他专靠写书为活,恐怕他还不一定能下决心。有大锅里的粥做后盾,弄些稿费添些小菜,还是当前作家生活主要的也比较可靠的方式。

"五四"以来,在中国,能以稿费过活,称得起职业作家的,也不过几个人。

从当前的情况看,并不是受了传统散文的束缚,需要解脱,而是对中国散文传统，无知或少知，偏离或远离。其主要表现为避实而就虚，所表现的情和理，都很浅薄，且多重复雷同。常常给人以虚假、恍惚、装腔作态的感觉。而这些弱点，正是散文创作的大敌大忌。

近几年，因为能公费旅游，写游记的人确实很多。但因为风景区已经人山人海，如果写不出特色，也就吸引不了读者。

当代一些理论家，根据这种现状，想有所开拓，有所导引，原是无可厚非的。问题是他们把病源弄错（病源不在远而在近），想用西方现代化的方剂医治之，就会弄出不好的效果来。

一些理论家，热衷于西方的现代，否定"五四"以来的散文，甚至有的勇士，拿鲁迅做靶，妄图从根子上斩断。这种做法，已经不是一人一次了。其实他们对西方散文的发展、流派、现状、得失，就真的那么了解吗，也不见得。他们对中国的散文传统，虽然那样有反感，以斩草除根为快事，但他们对这方面的知识，常常是非常无知和浅薄的。人云亦云，摇旗呐喊，是其中一些人的看家本领。

我还是希望你们多写，总结一下经验教训，并多读一些书。中国的，外国的都要读。每个国家，都有它的丰富的散文宝库，例如我们的近邻印度和日本，好的散文作家就很多。但是，每个国家的文学，也都有质的差异，有优有劣，并不是一切都是好的，也不会凡是有现代称号的，都是优秀的。

祝
春安

4月1日 孙犁

小说杂谈（二）

小说与色情

文艺思想，是哲学思想和传统道德观念的反映。中国封建社会的漫长历史，主要的哲学思想是儒家的思想。此外则是道家和佛教思想。儒家重礼，道家清静无为，佛家要出世。这三种哲学思想，对于文艺作品中男女关系的描写，都是限制的，不是放任的；都是含蓄的，不是露骨的；都是宁缺毋滥，不尚繁琐渲染的。

传统的道德观念也是如此，凡是越轨的行为，男女的交接、授受，都被看作是私奔，野合。

因此，自古以来，中国文学作品里男女关系的描写，都很简单，都很规矩，可以说是洁本。

但是，无论儒家、道家，佛教，都不能否认男女关系，即两性关系及其自然的要求。特别是儒家，明确提出：食、色，性也。饮食、男女，人之大欲存焉。把两性关系的重要，提高到与吃饭相等的程度，这证明古代圣人是非常通情达理的。

这样重要的人生关系，不在文艺作品中，得到充分的反映，在圣人看来，也是不自然的，甚至是不合理的，不可能的。因此把古代歌谣中的男女相慕之情，也作为神圣经书的内容，任人吟咏。

儒家规定的男女关系是：节之以礼，不能淫乱。

历代封建王朝，都以儒家的哲学思想作为政治思想的基石。在立法行政上，体现了这一原则。

古代的文人，都尊崇孔孟之道，所以在他们的作品中，有关男女关系的描写，都在这一范围之内进行。小说亦不例外。唐宋传奇，男女关系为主要内容，且多涉及闺房私事，然所描写也多是隐约的，即不伤大雅的。如"三尺寒泉浸明玉"，"吃吃笑语"之类。

如果说，唐宋传奇的作者，都是有地位、身份的文人，他们是受了封建思想、旧道德观念的束缚，没有突破礼教的勇气和胆量，也不一定是事实。他们如此下笔，是基于他们的自觉，即自觉到文人的职责，作品的影响。他们尽心于艺术，忠实于生活，赋予男女人物以更高尚更美好的形象。这种做法，在任何时代，都是应该提倡，应该受到尊重的。他们描写色情，不是为了投合低级趣味，取悦庸俗读者。他们描写的色情，是艺术化了的色情，是整体艺术的一部分。

露骨的色情描写，始自南宋的话本，至明而大兴。南宋偏安一隅，临安闲散人口太多，这些说话人，像那些跟着行在卖酒醋的人一样，在三瓦两舍之间，讲些故事，卖艺糊口，这些人并没有多少思想修养和道德修养，那些来听故事的游荡者，也不是到这里来参加文学讲座。为了招徕顾客，为了拢住听众，为了多挣一些钱,说话人不得不在故事中间,掺杂一些色情故事。这种习惯一直延续到解放前的北京天桥、天津南市、乡间庙会。最近在一些文艺作品中,此风又有"复古"之势。

把大量色情描写,形成文字,写在书里,则是到了明朝时候的事。《金瓶梅》一书,就成了典型。目前,自从发表了洁本《金瓶梅》出版的消息,竟然有那么多的人,欣喜若狂,奔走相告,这其中,难道都是关心这部文学名著的文学爱好者吗?恐怕好奇者居多数。

其实,把《金瓶梅》作为色情描写的典型,是不合乎事实的。比这部书淫秽得多的书,明清以来,如过江之鲫。印刷精致,售价高昂,且多出口外国,但在国内很少流传,甚至禁书目录上,也找不到。青年人当然不知其书名,更无论其作者。这些书,只能称作淫书,不能叫作小说,更不是文学作品,社会自然地抵制了它的流传。

而这些淫秽之物,附着在一部文学名著——《金瓶梅》身上,成为它永远割除不掉的赘瘤,限制了本身的传播,这实在是文学史上的一个奇怪现象。我们想象不出,这部伟大著作的作者,为什么写进这些东西以自污。是为了畅销多得稿费?是为了使书成为出版商追逐的热门货?显然都不可能。有人怀疑,这些东西,有些是作者写的,而大部分是别人加进去的,也不无道理。

总之淫书是淫书,文学是文学,淫书不能成为文学。即使混在一起,也是应该分别对待的。

中国其他几部著名的长篇,没有露骨的色情描写。《水浒传》写了几个淫乱妇女,社会人情,都写得传情逼真,但还是很有分寸的，是文学。《红楼梦》写了各种人的男女关系，包括贾琏、薛蟠的不堪情状，但还是化腐朽为神奇的笔墨，不能删除的。

我们习惯上把淫秽的文字，叫作色情。其实色也好，情也好，小说中总是避免不了的，有时是重要的题材。问题是作者对待色情的态度和描写时的艺术手法。旧小说中的《汉杂事秘辛》，是明朝杨慎的伪作，可以说是赤裸裸地写了一个少女的体态，但令人看来，还是一个艺术形象。所以说，作家的创作用心和艺术修养，是非常重要的。而这两点，在色情描写上，最容易显示高低。

1985年5月3日

小说与劝惩

在八十年代，文学面向世界，面向未来之际，谈小说的劝善惩恶，未免被讥为老掉牙的言论了。其实，任何民族，在其小说仍处摇篮状态之时，就与善恶二字，结下了不可分割的缘分。《天方夜谭》如此，《十日谈》如此，中国的古老小说亦如此。

先谈中国吧。小说的原始形式为街谈巷议。谈议什么？无非是人和事，谈的是事实，议的是是非，即善恶。先是谈一人一事，后来可能演变为一人多事，故事性就加强了，或多人多事，故事就更热闹了，其中人物的是非，善恶的表现，也就更复杂了。这就出现了长篇小说。

任何民族，因为生活的需要，也可以说是生活的总结，形成了本民族的道德观念，用这一道德观念，去评论是非，维系人心，保持民族的团结，保证民族的发展。这种道德观念，反映到政治上，当然也反映在文学上。

常常有人把文学的价值提得那样高，好像文学可以不受任何制约，自由腾飞。文学不是受政治制约，而政治是受文学制约的，其目的何在，根据何在，这里不去探究，总之不合乎历史规律就是了。

文学虽受政治制约，但不是说文学就不可以对政治有所批评，这种批评，也就是一种劝惩。屈原、杜甫，就都曾这样做过。所以说，小说的劝惩，也是很广泛的，包括对现实生活的各个方面。

我们听说过，学而优则仕，但没有听说过，仕而优则文。过去，学或是作文，都是为了做官，做官以后，就可以牧民，可以直接进行劝惩，比作文章，拿拿捏捏，拐弯抹角方便得多了。

但文章的劝惩，究竟有它的特殊和独到之处，所以历代王朝，并不因其容易产生麻烦，而废弃之。旧日文人，对于一般的事物，即平民百姓，惩劝时可以直抒胸臆，用不着忌讳。对于涉及政治问题的事物，惩劝时，就不能直指，而要婉讽。就是婉讽吧，还是容易惹麻烦。

于是聪明一些的文人，就去写小说。小说空间大，方面广，子虚乌有，容易使人谅解。因此，弄来弄去，小说创作的数量，在任何民族，特别是目前，都居首位。

小说对现实生活进行劝惩，也不是那么容易的事，必然有个认识问题和手段问题。认识不真，则容易黑白混淆，是非不分，甚至善恶颠倒。"四人帮"时期的小说，都是这样。手段不高，则不能引人入胜，性格不鲜明，达不到惩劝的目的，而被人指为公式化，概念化。

还有以惩劝为名，实际上不是隐恶扬善，而是隐善扬恶者，在历代小说中，并不占少数。例如清平山堂话本中的《刎颈鸳鸯会》一篇，文前文尾都是劝人不要淫乱的，而正文却一而再，再而三地，赤裸裸地描写色情，其效果反而宣扬了淫乱思想。目前黄色小报上的所谓小说，大都如此。

长期以来，凡写小说，都在前言后记中叙明，他这一部小说，是为了惩劝。就是像《红楼梦》这样的作品，开场时也不得不加以这样的表白。这一方面是为了提醒读者，更重要的是照顾国家的功令和传统的道德观念。《水浒传》明明是官逼民反，书名之上，必加"忠义"两字。《金瓶梅》本来揭露社会黑暗污浊，必以主人翁不得其死为收场，以示恶有恶报。甚至演为孝子报仇，才写这样的书等等。

这样一来，劝善惩恶就成为小说的一种标签。高手能超越之，以反映现实；低手就以它为护符，写一些无聊的僵化的东西。

"五四"新文学运动，打破了这一框框，使小说获得新的生机。无论当时提倡的现实主义或浪漫主义，都排除了表面的功利，向现实生活作更深的开掘和突进。小说的题材和主题，都更广阔，更具备新的意义。但"五四"以来的小说，并不排除小说对人民的鼓舞和教育的积极作用。它不过是从广义上去理解小说的劝惩罢了。

忽视小说对人民的熏陶教化的作用，把小说创作，看作是无目的、随心所欲的西方现代派观念，是不足为训的，不符合中国小说的传统的。其实这种观念，也是虚伪的，不过借此种理论，掩饰其另一种功利，达到另一种目的而已。

1985年5月4日

小说与武侠

现在所谓武侠小说，鲁迅在中国小说史中，称为侠义小说，在清朝一度很流行。

鲁迅说，这种小说，源出于南宋"说话"中的三国、水浒故事。南宋偏安一隅，人民思念恢复，听众中间，散兵游勇，失业贫民很多，这些故事，和他们的心灵是相通的。清朝初年，人民思念亡去的明朝，也怀念那些草泽中为恢复而斗争的英雄，这些故事，也还能打动他们的心。但到清朝巩固了统治，平息了内乱，来听评书的人，都已经甘心当臣仆，当奴才，往日的无业游民，多已经在平息叛乱中，建立军功，荣归乡里，再听这些梁山故事，就有些心不在焉了。于是产生另一种侠义英雄，即"在民间每极粗豪，而终必为一大僚隶卒，供使令奔走以为宠荣"的黄天霸式的人物。

就是这种人物，延续的时间也不长久，随着清朝的衰亡，外族的入侵，人民已经完全没有心情再听这种故事了。

"五四"新文学运动，对这种小说，几乎没有进行什么扫荡，它就像镖行的没落一样，自行消亡了。有些无聊文人，继续为之，读者也很少。青年学生，对这种小说，是不屑一顾的。

历次农民战争，无论是陈胜、刘邦、朱元璋、李自成，他们的成功，都是发动广大农民，其中将领，也多是从普通农民中显露提拔,很少有什么侠客。不是侠客,贩夫走卒,屠狗之辈,也可成为英雄。至于会耍一些刀枪棍棒,在实战中间,能否取胜,还是疑问,在新式武器面前,就更没有用武之地了。

经过太平天国、义和团惨痛的经验教训,使得朝野上下,懂得了封建愚昧的东西不可恃,才换来对科学民主的追求和宣传,这就是晚清以来的启蒙运动。从政治、文化到传统习俗上,进行了一系列的革命。

可是在八十年代,在中国大地上,忽然又刮起了一股武侠小说风,这是什么道理呢?此风,先从香港电影传过来。香港这个地方,有人喜欢看这种影片,是不足为奇的。有它特殊的历史和文化的原因。在内地,则是"十年动乱",教育废弛,社会风气败坏,稍后之时,这股风究竟助长了什么,迎合了什么,现在稍有理智的人,都已经看得很清楚。这种小说,重新宣扬我们民族那些封建的、不科学的,甚至愚昧的东西,重弹这些老调,迎合国内外低级趣味和好奇之心,这在晚清、民初,稍有民族自尊心的作者,也是不肯干的,要遭到严正指摘。但目前,却有一些人醉心于此。这确是一种反常倒退,使人感到迷惑的现象。

侠义小说,本是一种民间文学,其传统为当场演说,后经名人润色,得成为文学名著。《三国》、《水浒》,无不如此。清朝的侠义小说如《七侠五义》、《儿女英雄传》等,也不失为优秀之作。前者系艺人石玉崑讲稿,经学者俞樾重编。后之作者文康,也是深习此道的人。他们的作品,都有浓重的评书韵味。后来也不断有作者,向这方面努力,号称通俗小说。以上作品,都是为了适应文化较低的读者,向他们提供促进身心健康的读物。

回顾一下"五四"以来，仁人志士，呕心沥血，为新的文学事业，奠定的创作和批评的路，使我们能够判断目前的这种混乱情况，不受迷惑。

中学时，读了一部《韩非子集解》，能够记得的词句有："儒以文乱法，而侠以武犯禁。"并不明白究竟什么叫作侠。后来听说《史记》用大量的篇幅写了游侠，是因为司马迁感时伤世，借题发挥自身的愤懑，也找来读过了。并见司马迁所写的游侠，都是丰满的血肉，社会的人物，并不像武侠小说里所写的，那样浅薄、庸俗，甚至可厌。

我想，现在社会里，不会有武侠小说里的那种人物了，如果有，也只能是唐·吉诃德式的了。

1985 年 5 月 9 日

小说与批评

这里说的批评，不是当前的批评，是指金圣叹那种文字，也可以叫作评点或批点。

金圣叹以批西厢和水浒，名声大噪，还要批杜诗，没有卒业，就"无意中得之"地掉了脑袋。

世界上的事很奇怪。谁也不知道，在什么时候，一个什么人，弄了点什么名堂，就忽然名扬天下，妇孺皆知。金圣叹并没有留下什么别的著作，可就是在这两本书上，东拉西扯地批点了一阵，就出了大名，成为"批点文学"的祖师。

有人说是他选择的书好，书是名著，批点自然也容易出名，是附骥尾的玩意儿。其实不然。这两本书，在金圣叹之前之后，都有不少人批点过，别人的名声都没有他大，可见他还是不同一般，有独到之处的。

说金圣叹是什么才子，当然不一定就恰当，如果说他是一个批点能手，也不能轻易否定。

金圣叹原姓张，"文倜傥不群，少补长洲博士第子员。后以岁试文怪诞黜革。及科试，顶金人瑞名就试，即拔第一，补吴庠生。"

看来，他的八股文，起码是做得不错的，但比较怪诞。怪诞之文，考秀才不太合适，但拿来批点小说，就别有意思，无怪出名了。

我们从他批点的两部书看，金圣叹的批点，至少有下面几个特点：

一、八股文的程式很熟练。

二、各种游戏文字，做得也得心应手。

三、《左传》、《史记》，以及佛教经典，确实认真读过，并从他的认识角度，有所领悟。

四、对于社会生活，人情风俗，世态炎凉，他确实用心观察过，并有切身体会。在批点小说时，触景生情，随事生发，是对小说的批评，也是对现实的揭示。把对社会生活和对现实的感受，发挥到对小说内容、小说人物的批点中，是金圣叹的特色所在。

五、对文字语言方面的知识，对文章的取舍、剪裁、简练、通达，等等要领，还是懂得的，他的思路也活泼，手头也来得。

中国人读书办法很多，花招也不少。到了明朝，随着选家的兴起，在历代学者的注疏、正义、详解、集释之外，又发明了评点。先是用于时文墨卷，后来及于戏曲小说。评点简直成了读书人的一种学问，一种享受，一种癖好。因此金圣叹的别具风格的批点一出来，就成为这一方面的宠儿。

要说金圣叹在这些小聪明、小玩意、小技巧之外，还有什么更大更多的东西，也不可能。他没有什么进步的博大的思想，他的局限性很大，他所有的，只是当时士子的思想，或者说是不太得意的士子的思想。他更没有抗清复明的或同情李自成、张献忠的思想，他把这两个人视为流寇，深恶痛绝，他的被杀头，原来是个冤案。

清顺治十八年，皇帝晏驾，哀诏传到了姑苏，那里的官僚们举行"哭临"。一群秀才为了驱逐一个征粮苛毒的县官，在文庙集众"哭庙"。当地巡抚以为是抗粮，是聚众闹事，震惊了先帝之灵，上疏朝廷，文致其罪，酿成大狱。十几名士子弃市，财产籍没，家属充军。

金圣叹并不是第一次被捕的，是后来牵连进去的，所以有"杀头至痛也，籍没至惨也，圣叹以无意得之，不亦异乎"之语。当他初被逮至公堂时，"夹两夹，杖三十，圣叹口呼先帝，大人怒曰：上初即位，何得更呼先帝，以诅皇躬耶？掌二十，下之狱"。这时康熙皇帝已经继位了。这很像"文化大革命"时，出于好心，高呼万岁，却不慎把名字喊错了一样，立时定为"现行反革命"。

以上史实、引文，都见于《哭庙纪略》这本小书。

老实说，金圣叹有些批语，是很有味道的，真可为读者助兴。例如《水浒传》林冲火并那一段，他批道："不是威胁，不是势利,不是小恩小惠,写出英雄泰山岩岩之象。"就对人很有启发。

读古书,没有注读不懂,但必须是学者的注,否则不如白文。面壁十年,白文在案,潜心默记,直至彻悟,终身不忘。自然不失为读书之一法,就是太苦了些。

至于读小说曲本,批注之有无,无关宏旨,自己领会最好。不过像金圣叹这样的批点,还是可以保留。能做这种"学问"的人,恐怕越来越少了。

1985年5月11日

文林谈屑（二）

一

前不久，见到一家报纸，登了启事。大意是说，他们的报纸，是作协的机关刊物，领有该处主管部门的出版许可证，却被某省邮局，列入非法小报，予以没收，为此提出抗议。看后哑然失笑。因为这家理论刊物，理论登得不多，却接连不断登载"通俗小说"，这些小说给我的印象，并不大好。邮局扣留，也算是事出有因吧。

作协办的，有许可证的，也不一定就都是"大报"。

二

有的文学刊物，改名不到一年，又要改换名称了。去年，刊物换名之风甚盛，一般是换为"某某小说"或"小说某某"。那时小说的销路好些。有的刊物初改名，销路确是上去了千把份，但不到几期，就又掉回原数。如质量不提高，改头换面，究竟不是长远办法。而改来改去，尤其不像话，有失体面。什么买卖，也得讲究货真价实，只换门脸招牌，解决不了问题。

三

据说，在"通俗小说"中，"公安小说"，销路一直不错。有几家这样的刊物，生意兴隆，主办的人，也兴致勃勃。这种小说，古时称作公案小说，外国叫作侦探小说。当前有的叫案例小说，侦破小说，法制小说，其中都有犯罪行为，而以桃色案件为多。

有一家这样的刊物，约我写篇文章，我久久未能应命。原因是，我的想法，和他们的刊物，恐有抵触。

我以为读书兴趣，虽有人认为是一种消遣，其实也是一种社会心理的表现。社会心理就是社会意识。目前这类小说，就其内容来看，有些不一定能够达到宣传法制，惩恶劝善的目的。恕我直言，有的作品，甚至与这一目的南辕北辙。有不少的人，喜欢看这类作品，是很值得我们思考的。

四

一家刊物提出的"同名小说"，是越写越不带劲了。可还有别家刊物在模仿。模仿别人，在平常日子，也被认为是一种不高明的举动，在提倡勇于创新的时代，却常常走别人的脚印，这是什么道理？

前几年，提出"问题小说"，有作品，有理论，热闹了一阵。

现在又在大办"小说唱和",以为只要是名家出面,再弄些花色,刊物就可以多销,且看结果吧。刊物既是"商品",买主就要看看,是否货真价实。

五

听说各地新华书店积压的武侠小说太多,卖不动了。国家出版局也在警告:纸张全叫这类书占去,好书出不来了。给人的感觉,是晚了一步。早一点抓就好了。

事到如今,也听不到什么地方开会赞扬"通俗文学"了。那些理论家在会议上,胡乱吹捧了一阵,看见行情不妙,就又改写别的文章,吹捧别的新事物去了。才热闹了几个月,这股新浪潮就灯火下楼台,冷落了下来。不知这些积压的书,如何处理,经济效益又由谁人负责?

几个月前,风起青萍之末,一哄而来,致使一些敏感的理论家,认为是新的文学崛起。崛起得快,败露得也快。

六

又是三十年代。那时,就是些皮包书店,野鸡书局,偷版漏税,也是出版一些对读者有益、有用的书,甚至革命的书、大书局不敢出版的书。没有听说谁家专印坏书、无聊的书以欺世获利。鲁迅与北新书局为版税,发生纠纷。鲁迅有一次对人说:李小峰不好好办书店,却拿出钱来,去办织袜厂。先生这话,是有些苛责了。北新书局还是印了很多好书,如果开列一个书目,那是要使当前的一些出版社,相形见绌的。如果是指该书局不按期给作家版税,自当别论。开袜子厂,是没有错的。书是人民需要,袜子也是人民需要,属于国计民生,至少是有利而无害的。

不久前,有些出版社,拿出大量资金,消耗大量纸张,去印无聊的、低劣的,甚至黄色有害的"通俗小说"、"武侠小说"。竞相仿效,你追我赶,一印就几十万册。书店也争相订货,书店几乎成了通俗小说专卖市场,形成"无侠不订货,无案不代销"的局面。其结果,流毒难以清算,这比起开办袜厂,问题就复杂得多了。

开书局,办出版社,总得有些识见,总得为文化事业着想吧,为什么会弄成这个样子?也是不讲协调,不按比例办事的结果吧。

七

现在,妇女为了戴耳环,又在纷纷穿耳。自残身体,以求美观,本是一种原始举动,在多少年前,就反对掉了,现在又成了时髦,真是奇怪。从国外贩来的洋人估衣,不知道是死人穿过的,还是病人穿过的,现在也成了时髦货。青年人穿在身上,走在街上,去跳舞,去求欢,就不怕贻笑大方,传染细菌吗?

翻开一本文艺理论刊物,其中有些理论;翻开一本介绍外国小说的刊物,其中有些篇目,也给人以外国估衣的印象。理论是用新鲜名词作装饰,小说是用标题刺激读者。

八

读了两篇小说,是写人的原始本能的。就是把人物放在一种近于绝望的环境里,让他作本能的表现,互骂,互打,互咬。问了一位小说编辑,他说这种写法,还有一种理论。可惜我忘记了那个新名词。我看的这两篇,只能算是模仿,还不能算是创作。外国小说中,有不少是写人的本能的,当然其中也有高下之分。三十年代介绍来的,苏联拉甫列涅夫写的《第四十一》,在当时是很有名的。我记得育德中学的图书管理员,一次在大会上讲演,就是讲的这篇故事,全场轰动。小说写一个红军姑娘和一个白军军官,在孤岛上相爱,一到救生船来,才各自意识到了本来的阶级。如果是在那些年,会有人说它是人性论或阶级调和论的。但这篇小说,在苏联好像一直平安无事,就因为它有那个不可动摇的结尾。

我读的这两篇小说,时间、环境观念不清,不知是发生在什么年代,什么特定的环境。只是写人的类似动物的本能,写人物的幻想、梦境,也是仿效外国小说的。

创作与模仿,怎么看得出来?创作的色彩是鲜明的,而模仿的东西,常常是模糊的。创作有作家自己的生活根据,而模仿只是根据作家读书的印象和得出的概念,经不起推敲,又谈不上创作的个性。

九

前几天,读了一篇理论文章,谈到鲁迅写的《故事新编》。

鲁迅的《故事新编》,就其历史知识、文学手法、哲学思想来说,都不是轻易就可以否定,更不是轻易就可以超越的。至于他当时为什么写这个,这就很难说了。因为,我们距离鲁迅所处的时代与环境,究竟是生疏了。对于当时鲁迅的思想和心情,如不设身处地,为逝去者着想,更难得其要领。

单就小说而言,自然是鲁迅初期的创作,更有现实意义,更与时代的脉搏相呼应。但如就杂文而言,则鲁迅死前之一日,其作品仍为革命文艺中最现实的。他的心,他的血液,正接连多灾多难的祖国的呼吸。他的一言一动,成为那一时代,对青年最有号召力、吸引力的号角之声。这一点,就是当时的革命作家,也都甘拜下风,尊为前导,后之来者,就不用多谈了。

现在,有些人对鲁迅的作品,抱冷漠态度,这原因很复杂,是多方面的。"十年动乱",把鲁迅奉为主神的陪坐之神,强拉知己,无限制地印刷其著作,并乱加驴唇不对马嘴的解释,引出反作用,是原因之一。

鲁迅初期的创作,确是勇于借鉴西方的东西,以丰富自己。但是,他的借鉴,是通过外国文学的革命的或进步的内容,涉及其形式与技巧。这一立场,直到他死前,所办《译文》仍为主流。其间着力介绍弱小民族战斗作家之作,是与祖国当时的处境,息息相关的。对于批判现实之作,也多有介绍。总之,以为鲁迅借鉴外国,只是追求创作的"现代化",那是无稽的瞎子摸象之谈。

鲁迅的《故事新编》,也并非都是晚年的作品,其中有的还是他早年之作。一个作家的着力点是多方面的,就是他那战斗的主要方向,也不能不受个人生活经历的影响。一些寓言、讽喻之作,一些看来短小、无意义之作,在每个大作家的文集中,都有录存。因为对作家本人来说,这些作品,仍是关系其一生的重要资料。

鲁迅一生,虽战斗姿态凌厉,但对待文学创作,则非常谦虚谨慎,从未自放狂言,以欺世盗名。

十

近来一些文艺评论,唯心主观的色彩加重了。有些虽谈不上什么哲学思想,但在文字上,编造名词,乱做安置,把文艺现象,甚至创作规律,说得玄而又玄,令人难以索解。层次呀,结构呀,转化呀,渗透呀。本来是很简单的东西,一两句就可以说清楚。叫他们一说,拐弯抹角,头下脚上,附会牵强,连篇累牍,说个没完。这种文章,貌似很新鲜很洋气,很唬人,拆穿来,除去新名词,并没有什么新鲜货色。不过把过去人云亦云的道理,变个说法,变个道道而已。此风已影响到文艺教学,那些讲义,有很多是辞费,使学生越听越糊涂。

经过很多人的努力,经过很长一个过程,我们的文艺理论,才逐渐克服了欧化、生硬、空洞、不通俗、脱离实际种种毛病,现在又有旧病复发之势。再加上哲学思想、逻辑概念上的混乱,有很多文章,实在是叫人读不下去了。

与之相呼应的，是创作上的所谓"现代化"。脱离现实，没有时空观念，动物本能描写，性的潜意识，语言粗野，情景虚幻。这样的文艺作品，中国人是不习惯的。对于现实，对于人生，都不会有好处。却为一些作家所热衷，所追求，为一些评论家所推崇，所赞赏。也不知是何道理。

1985 年 9 月 27 日

创作随想录

我有一个习惯,好从来信上剪下白纸,留作便条记事。昨日《人民文学》编辑部同志来舍,约写扉页文字,乃抄录便条上有关文学创作数事以应之,不知能用否也。

一

艺术感觉,源自艺术修养。修养差,感觉自不能高尚。遇到一定气候,易流入庸俗无聊的境地。虽曾革命一时,亦不能长保令名。

二

不良的读书趣味,自是不良社会风气的反映。但如加强教育,多写好书,多印好书,这种风气和趣味,也会变好。不然,就会形成一种恶性循环:作家写无聊的书,败坏社会风气;社会风气,又反过来,败坏作家的神志心术,使之日趋沉沦,不能自拔。

三

并不是一切外国人,都喜欢中国落后的东西。这是清朝末年才有的现象。那些来中国找外快的冒险家们,大量摄取这些东西,向他们本国无知的人宣传,鼓励更多的冒险家,来征服这"落后"的地方。国内个别文人,顺应外国人这种心理,出于讨好外国人的愿望,也把自己民族落后、愚蠢、可笑的形象,加以渲染、考证,著书牟利。当时国人已目之为买办、西崽一类。如果目前,还有人想走这条路,那就更等而下之了。勿作媚外之文。

四

创作长期以阶级斗争为纲,朝夕间一变而为向钱看,是一个大讽刺。

写不健康的书,印它,出售它,吹捧它,都是为了一个钱字。

1986 年 1 月 10 日

谈作家素质

近年来，有些人给我提问，讨论文学创作上的问题，多数是人云亦云，泛泛不切实际，引不起我的兴致，就没有回答。我觉得你是个认真读书和认真思考问题的人，如果我不谈谈对你所提问题的看法，是会辜负你的良好用心的。但是，我很久不研究这些问题了，谈不出什么新的东西，恐怕使你失望。

一

先谈些与作家素质有密切关系的文学现象：

人物，或者说是人物形象，无论怎样说，在小说中是很重要的，尤其是中篇、长篇。人物与故事情节，是小说区别于其他文体的两大要素。

这是就文体形式而言，如果谈创作，那就复杂得多了。

通过故事表现人物，或通过人物表现故事，作为文学，是一个创造过程。人类的创造过程，都是以他所生活的时代和环境，作为创造的对象和根源。但我们研究一部文学作品的时候，不能忽视作家主观方面的东西。即他在创造故事和人物时，注入作品中的，他自己的愿望，他本身的血液。人物是靠作家的血液孕育和成长的。没有主观的输入，作品中的人物，是没有生命的，更谈不到丰满。

这一事实，虽为历代伟大作品所证实，但并不是每一个时代，都会有这样的作品产生，也并不是每一个懂得这种规律的作家，就可以轻而易举地完成这样的作品。

是的，在人物身上，注入作家自己的愿望，很多人都在这样尝试了，他们的作品，有的不但没有成功，反而成了概念说教的东西。这种作品，比起成功的作品，为数要多得多。

创作的复杂情况就在这里。多少年来，我们过分强调了客观的东西（其实是强调了主观的东西），固然对创作有不利之处，束缚了创作。但像今天，有些作家所实践的，过分强调主观的方面（其实是强调了自然的方面），成功的希望，反而更觉渺茫了。

近五十年来，我们的文坛，不止一次地发问：为什么没有伟大作品的产生？并不断有好心的人预期，我国历史上的伟大作家，即将在我们这一代出现。直到今天，大家仍然在盼望着。这就证明：产生不产生伟大作品，并不是一个单纯的理论问题，或认识问题。

究竟是一个什么问题，说法不一。我认为健全和提高作家素质，是一个重要的方面。从历史上看，伟大作品的产生，无不与作家素质有关。

二

　　时代精神，社会文明，作家素质，是能否产生伟大作品的系列关键。只有伟大的时代，并不一定就能产生伟大的作品，这也是历史不止一次证明了的。社会意识，社会风尚，对创作的影响，有决定性的意义。社会文化、道德标准的高低，常常影响作家的主观愿望，影响作家的思想、艺术素质。

　　文学作品中的人物形象，不只有艺术高下的分别，也有艺术风格上的区别。就是那些文学名著，其中形象虽然都可以说是写活了，很丰满，长期为读者喜爱。其形神两方面，还是有很大差异的。以中国长篇小说为例，《三国演义》里的人物，形似多于神似；《水浒传》里的几个主要人物，可以说是形神兼顾；《红楼梦》里的人物，则传神多于传形。以上是指文学上乘。如就低级小说而言，《施公案》中的人物形象，本来谈不上丰满生动，但因为有很多人喜欢公案故事，好事者把它编为剧本，搬上舞台，黄天霸这一类人物，不只有了特定的服装，而且有了特定的扮演者，遂使家喻户晓，深入人心，经久不衰，成为最大众化的形象。这就不能归功于小说的艺术，而应看作是一种民风民俗现象。但做到这样，实已不易。今之武侠作者，梦寐以求，不能得矣。

　　时代不同，社会变化，作家素质的差异，创作能力之不齐，欣赏水平之千差万别，形成了艺术领域的复杂纷乱的现象。曲高和寡，死后得名；流俗哄传，劣品畅销；虚假的形象，被看作时代的先知先觉；真实的描写，被说成不是现实的主流。

于是有严肃的作家,有轻薄的作家;有为艺术的作家,有为名利的作家。既为利,就又有行商坐贾,小贩叫卖。这就完全谈不到艺术了。

　　任何艺术,都贵神似。形似固不易,然传神为高。师自然,不如师造化。

　　人物形象,贵写出个性来。个性一说,甚难言矣。这不只是生物学上的问题。先天的因素和后天的因素,盖兼有之。后天主要为环境、教养和遭遇。高尔基以为要写出典型,必观察若干个类型之说,固然解决了一个大难题,然也只能作为理论上的参考。一进入创作实践,则复杂万分。例如同一职业,与生活习惯有关,与性格实无大关系。大观园中之小女孩,同为丫头,环境亦相同,而性格各异,乃与遭遇有关。

三

　　现在,流行一种超赶说,这些年超过了那些年。这种说法是不科学的,不符合艺术发展规律。举个不大妥切的例子:抗日时期的文学,你可以说从各方面超越了它,但它在战争中所起的作用,或大或小,都不是后来者所能超越的。没有听说过,楚辞超过了诗经,唐诗超过了楚辞。在国外,也没听说过,谁超过了荷马、但丁。每个时代,有它的高峰,后来又不断出现新的高峰。群峰并立,形成民族的文化。如以明清之峰,否定唐宋之峰,那就没有连绵的山色了。

　　这里说的高峰也好,低峰也好,必须都是真正的山:植根于大地之内层,以土石为体干,有草木,有水泉。不是海上仙山,空中楼阁。有的评论家常常把不是山,甚至不是小丘的文学现象,说成是高峰。而他们认为的这种高峰,不上几年,就又从文坛上销声敛迹,踪影不见了。这能说是高峰?有时在年初,无数的期刊,无数的评论都在鼓噪吹捧的发时代之先声的开创之作,到年底,那些曾经粗脖子红脸,用"就是好,就是高"的言词赞美过它的人们,在这一篇目面前,已经噤若寒蝉,不吭一声。很多人也并不以此为怪事。这是因为大家对这种现象看得太多了,已经习以为常。

现在,有很多文章,在谈名与实。其实,自古以来,名实二字,就很难统一起来,也很难分得清楚。就当前的文学现象而言,欺骗性质的广告,且不去谈它。有些报道、介绍,甚至评论文章,名不副实的东西也不少。你如果以为登在堂堂的报刊上的言词都属实,都是客观的,那就会上当。

四

要正确对待历史文化。原始文化之可贵,在于它不只是一个艺术整体,还是这个民族的艺术培基。此后出现的群峰,也逐个起着继往开来的作用。

原始文化是单纯的,没有功利观念的,不受外界干扰的。诗经以兴、观、群、怨的风格,奠定了中国文艺的基础。这个基础是可贵的,正确地揭示了文艺的本质及其作用。

唐诗是有功利的,据说诗写得好,就可以做官。唐朝的诗人,有很多确实是进士。当时的诗,也很普及。根据白居易的叙述,车船、旅舍,都有人吟诵。居民把诗写在墙壁上,帐子上,甚至有人刺在身上。在如此普及的基础上，自然会有提高，出现了那么多著名的诗人。

五十年代，我们也曾开展过一次群众性的诗歌运动。声势之大，群众之多，当非唐时所能及。但好像没有收到什么效果。原因是只有形式，没有基础。作者们的素质薄弱。

好的作品，固有待作家素质的提高，但社会的欣赏水平、趣味，也会影响作家的成长。

鲁迅说，"五四时代的小说，都是严肃认真的"。这不只是指作家对现实的认真观察，也指创作态度。那时期的小说，今天读起来，就像读那一时期的历史，能看到现实生活，人民的思想状态，感情表现。一九二七年以后的小说，在现实的反映上，主观的东西增多了。但作者们革命的心情，是炽热的。公式概念的作品也多了，但作者们的用心，还是为了民族，为了大众的。解放区的小说，基本上接受的是"左联"的传统，但在深入生活，接近群众，语言通俗方面，均有开拓。

研究或评价一个时期的文学，要了解这一时期作家的素质。除去精读这一时期的作品以外，还要研究这一时期的历史，它的社会情况，它的政治情况，即作家的处境。脱离这些，空谈成就大小，优胜劣败，繁荣不繁荣，是没有多少根据的。这只能说是表面文章。从这类文章中，看不出时代对作家的影响，也看不出作家对时代的影响。特别是看不到这一时期的文学，与前一时期文学的关系及其对后来文学发展的影响。

五

小说成功与否。固然与故事人物有关，但绝不止此。除去文字语言的造诣，还有作家的人生思想，心地感情。这种差别，在文学中，正如在社会上一样，是很悬殊的。培养高尚的情操，是创作的第一步。

社会风气不会不影响到作家。我们的作家，也不都是洁身自好，或坐怀不乱的人。金钱、美女、地位、名声，既然在历史上打动了那么多英雄豪杰，能倾城倾国，到了八十年代，不会突然失去本身的效用。何况有些人，用本身的行为证明，也并不是用特殊材料铸造而成。

革命年代，作家们奔赴一个方向，走的是一条路，这条路可能狭窄一些。现在是和平环境，路是宽广的，旁支也很多，自由选择的机会也多，这就要自己警惕，自己注意。

一些人对艺术的要求，既是那么低，一些评论家又在那里胡言乱语，作家的头脑，应该冷静下来。抵制住侵蚀诱惑，并不是那么容易的事，尤其是青年人。有那么多的人，给那么低级庸俗的作品鼓掌，随之而来的是名利兼收，你能无动于衷？说句良心话，如果我正处青春年少，说不定也会来两部言情或传奇小说，以广招徕，把自己的居室陈设现代化一番。

有的人，过去写过一些严肃的现实之作。现在，还可以沿着这条路，继续写一些。也可以不写，以维持过去的形象。但也有人，经不起花花世界的引诱，半老徐娘，还仿效红装少女，去弄些花里胡哨的东西，迎合时尚，大可不必矣。

虽然现在已经有不少人，不愿再提文学对于人生，有教育、提高的意义，甚至有人不承认文学有感动、陶冶的作用。但是，我们也不能承认，文学只是讨好或迎合一部分人的工具。文学不要讨好青年人，也不要讨好老年人，也不要讨好外国人。所谓讨好，就是取媚，就是迎合迁就那些人的低级庸俗趣味。文学应该是面对整个人生，对时代负责的。目前一些文学作品，好像成了关系网上蛛丝，作家讨好评论家，评论家讨好作家。大家围绕着，追逐着，互相恭维着。也不知究竟是为了什么，到底要弄出个什么名堂来。谁也看不出，谁也说不准。还是让我们老老实实地，用一砖一石，共同铺建一条通往更高人生意义的台阶，不要再挖掘使人沉沦的陷阱吧。

作家素质，包括个人经历，教育修养，艺术师承各方面。社会风气的败坏，从根本上说，是"十年动乱"的后遗症。对症下药，应从国民教育着手，道德法制的教育，也是很重要的。其次是评论家的素质，也要改善。因为评论的素质，可以影响作家的素质。苏东坡说，扬雄以艰深之辞，传浅近之理。近有不少评论文章，用的就是扬雄法术。他们编造字眼，组成混乱不通的文字，去唬那些没有文化修养的人，去蛊惑那些文化修养不深的作家。这种评论，表面高深奥博，实际空空如也，并不能解决创作上的任何实际问题，也不能解释文学上的任何现象。理论自是理论，创作自是创作，各不相干。是一种退化了的文学玄学。

总之，如何提高作家素质，这是个非常复杂的问题，非一朝一夕之功，所能奏效的。

1986 年 1 月 31 日

谈头条

近年刊物,受官场影响,也讲平衡,对于名次篇目排列,极为用心,并有"双头条"之创造。刊物以作品质量分先后,无可厚非。过去,如《文学》,称为权威刊物,鲁迅系编委之一。即鲁迅所作,也并非一定居首。如果他写的是杂文,那就必须按文体归档,多半排到中后去了。在鲁迅主编的刊物上,从未把自己的作品,列为头条,更不用说儿女们的作品了。他所写的《立此存照》等短文,刊物也真的把它们作为补白,作者编者,均不以此为忤。这当然都是前辈人的老观念。

八十年代,人才众多,出现了一批"头条作家"。这种作家,很像四大须生,四大名旦,只能各自挑班,不能屈尊第二。但因为每期刊物,只能有一个头条,除去运用"双"法之外,就只好轮流坐庄了。作家本身也有办法,轮流投稿。本月为甲刊之头条,下月为乙刊之头条。刊物也乐于重金礼聘,包吃包住,你邀我抢,就像过去名角跑码头一样。

既跻身头条作家的行列,即使给个二条,也会生气不干的。即使写出的是篇拆烂污,也非上头条不可。这就使那些热心的主编们伤神了。

我混迹文坛半个世纪,所作平庸,从未当过名刊的头条。报纸副刊之上,近年容或有之,也不多见。因此养成一个甘居下游随遇而安的习惯,稿件投寄出去,只是希望人家给登出来,至于登在什么地方,是很少考虑的。

前些日子,有一家大刊物的两位副主编,来到舍下,闲谈间,也顺便叫我写点东西。过了两天,我写了一篇说是散文也可,说是小说也凑合,不到一千五百字的小文章,就寄给他们,原以为采用就不错了。谁知道这一次竟大爆冷门,很快收到一位副主编的信,不只认为那是一篇小说,并称之为"短篇佳作"。我想,这是老朋友对我的鼓励,不以为意。

很快又收到他寄来的一份校对完好的清样,说明不要我寄还,只要我保存。在阅读中间,我发现页码非常靠前,实在出于意外,不明究竟,我还问过一位编杂志的同志。他笑了笑说:"你的作品发的是头条!"

我想:这还是对我的鼓励。我老了,不常写小说,凭年岁当了个头条。

接到刊物,看了目录,这位同志又向我说:这种措施,叫"双头条"。

又看了编后,又看了下一期编后,才知道头条的全部学问。当然这是新学问。

对于老年人来说,一是感激刊物,感激相识的编辑们。二是,以后千万不要再到这些名人场所里掺和去了,实在没有意思。

1986 年 8 月 30 日下午

谈杂文

杂文这一名目，不见于《昭明文选》，也不见于《唐文粹》，却见于宋初编辑的文学总集《文苑英华》。《文苑英华》用二十九卷的篇幅（卷351—379），选录了它所谓的杂文。它又把杂文，按不同的性质，分为十五类。即：问答、骚、帝道、明道、辩论、赠送、箴戒、谏刺、纪述、讽喻、论事、杂制作、征伐、识行、纪事。其中明道、谏刺两项，又各附杂说。

这种分类，显然是不科学的，也是混乱的。例如明道和辩论；箴戒和谏刺；记述和纪事；杂说和杂制作，就很难区分，可以归并。实际上，它所收罗的这些杂文，归并成三大类也就可以了。这就是：说理，纪事（包括记人），讽喻（也就是寓言）。

应该说，杂文是散文中的一体，而这一体，是把那些容易定名称的文章，分出去以后，汇集其余而成。因为形式杂，内容杂，所以再给杂文分类，就更困难。我们姑且不要去责备《文苑英华》分类上的缺点。它为我们确立了一个杂文的名目，列出了几百篇文章，让我们阅览，得识中国的杂文，源远流长，在唐代（它主要收集的是唐文）已经有这么精粹的杂文范本。对于编者，后人是只有感谢欣慰之情了。

　　《文选》是中国最早的一部文学总集,它对文体的分类,不过是:赋、诗、骚、诏、表、书、序、论、碑文等等。这种分类法,一直被沿用。但是,文章的体式,是不断发展变化的,花样越来越多。有些文体,过去是大户,是热门,后来就消歇了,没有了。这主要与政治、社会情况有关,与实用有关。例如古文中的诏、表、制、策等等形式,现在就只能在书本上见到了。新的复杂的社会生活,要求新的多样的表达形式,新的文体,应运而生,是很自然的事。唐以后,杂文这一形式,因为能包罗万象,运用自如,就来了个大发展。表现方法,也越来越丰富灵活了。

　　文章一事,也很难说。诏、表虽然没有了,代之而起的是讲话、决议和报告。碑传之体,一直不衰,现在重视的是悼辞。诗词为性灵抒发之工具,人们一直把握着,广泛运用。至于书、序、论之作,那就更触目皆是了。

　　但是,杂文是一种比较灵活的文体,它的动向,不只有纵的开发,还有横的渗透,把一些原有自己疆土的文体,变化归纳在自己的版图之内。

　　请同志们打开鲁迅的杂文集。其中除了杂感随笔以外,还有通信(论创作和翻译),序跋(中国文学大系小说第二集等),有记人记事的类似小说速写的,如《阿金》,也有完全是散文的,如《为了忘却的记念》。此外有记典故的,记时事的,和有关文籍史料的文章。一些严肃的理论,如《对左翼作家联盟的意见》,也编辑在内。

　　鲁迅把这些文章,编入杂文集,当然不是权宜之计,是有根据的,有传统的。

现在有人认为杂文就有一种：鲁迅的杂文。杂文就有一种笔法：鲁迅的笔法。这是一种误解。杂文绝非鲁迅一家，古典的先不说，"五四"以后，写杂文的人很多，有成就有风格的也不少。上海是繁华之地，报纸副刊多，杂文登的也多。人称海派杂文。京派地处幽燕，国事一直纷扰，除故作闲适者外，有内容有感触的杂文也常见。鲁迅成为杂文的泰斗和象征，领袖杂坛，有时代的和他个人的因素。时代需要他这样的杂文，他也勇于献身，并具备写好这种文章的素质。海外有些评论家，国内也有一些人跟随，以为鲁迅的杂文，不是文学创作，并假惺惺地为他惋惜，是何居心，不得而知。

我以为鲁迅杂文，在当时能起到那样大的影响，并非偶然。是因为：一、他的杂文的时代作用；二、他的杂文的战斗实绩；三、他的文章的功力示范。

确实如此。当年每逢读到他的一篇杂文，都会感到：这不只是投枪、匕首，更是号角、战鼓；一字一句，都具备十面埋伏，八面威风，所向披靡的力量。可惜这种讲法，目前已被看作陈词滥调，为很多人听不进去了。

鲁迅的杂文笔法，也不只是一个笔法。如果学不到精神，只学到皮毛，那就只能照虎画猫，玩弄一些挖苦、俏皮、讽刺的字眼，成为浅薄平庸之作。

关于鲁迅笔法，延安时期，有人提出"还是鲁迅笔法"，受到批评。这种笔法，也就没人再敢研究。现在又有人提出："还是鲁迅杂文的土壤"，运用这种笔法，好像又有了更深厚的根据。土壤，经过半个世纪，可能还会有些变化，不会和鲁迅时代完全相同。

我以为，学习杂文，不能只学鲁迅一家，也要转益多师。也不能只学他的杂文，还要学习他的全部著作，包括通信和日记。学习鲁迅，应该学习他的四个方面：他的思想，变化及发展。他的文化修养，读书进程。他的行为实践。他的时代。

不能把鲁迅树为偶像。也不能从他身上，各取所需，摘下一片金叶，贴在自己的著作、学说之上。比如"改造国民性"，如果认为我们的国民性，一无是处；而外国的国民性，毫无缺点，处处可做中国人的榜样，恐怕就不是鲁迅的本意。对中国传统文化，也是如此。再比如"拿来主义"，如果以为捡拾外国人的洋破烂，如旧西服之类，也是鲁迅的拿来主义，那恐怕就很糟糕。对西方文化，也是如此。鲁迅确实主张，并且身体力行，借鉴外国的进步文化成果。但如果认为凡是外国的，就都是好的，可以拿来的，那就像他讽刺西崽像的文人一样："英文，英文，一笑，一笑了。"

改造国民性，老实说，并不是一两篇小说，一两个新的学说，所能奏效的。如果是那样，"五四"以来，这么长的时间，早该改造好了。这要靠政治、经济、教育、法制，共同努力，才有希望。当然，文学也是一种教育手段。但近来一些论者，又不愿承认这一点。你不承认文学可以教育人民，又如何实现你的改造国民性的宏愿呢？恕我直言，如果只靠当前这些文学作品，慢说改造国民性，连你那个大杂院的居民性，也改造不了分毫！

"文化大革命"以后，我们的杂文，有很大的发展，很大的成绩。名家辈出，形式多样。继续吸收古今中外杂文创作的经验，杂文的前途是无限光明的。

1986 年 10 月 20 日改讫

风烛庵文学杂记

写历史，就专门去找那些现在已经绝迹，过去曾经被洋人耻笑的东西。改编古典文学，忽视其大部精华，专找那些色情糟粕，并无中生有，添枝加叶，大做文章。写现实，则专找落后地区的愚昧封建，并自作主张地发掘其人物的心理状态。凡此，都是出于一种"创作思想"，即认为这样写，是可以受到海外的青睐，青少年的爱好，评论家的知音。弄好了，可以成为什么名人，可以得到什么奖金。凡是这种"文艺家"，都是主张中国文艺需要"现代化"的。题材陈腐，思想低下，又要运用现代手法，这真是一种矛盾，一种畸形。

这些年，文艺工作上的一些做法，一些理论，导致了一些奇奇怪怪的作品。这种作品的问世，受害的不只是读者、观众，也包含作者本身。原来是不错的，也有一定的写作才能，经不起热浪的冲击，终于顺流而下。有的从好到坏，只有一两年时间。至于出版社、制片厂，如果因此致富，那赚的是昧心钱，如果赶的时机不好，赔了钱，那是报应。文艺评论，应该是帮助作者，步步向上，不应该诱人下水，毁灭作家。

有的作家，还是很年轻，是可以"改邪归正"的。因此，对他们的作品，可以批评，但不要乘机诅咒谩骂他们。有的报刊，前些日子，还在为一些时兴理论、一些热门作品，鼓掌叫好；气候一变，就跺起脚来，高声叫骂。这种自表清白的做法，实在不怎么样。

读书如同游览，宁可到有实无名之区，不遑去有名无实之地。《归有光文集》，《四部丛刊》本，有十二册，不算不厚。但人们经常诵读的不过三四篇。在这三四篇中，《寒花葬志》不过二三百字，却是最实在的作品。所谓实在，就是牵动了作者的真情。因此，所记无一字不实，亦无一字非艺术。

如果文途也像宦途（实际上，现在文途和宦途，已经很难分了），急功近利，邀誉躁进，总是没有好结果的。应该安分守己，循资渐进。不图大富大贵，安于温饱小康就可以了。

近年来，颇不喜读文艺作品，特别是文艺评论之类，因其空洞无物，浪费时间，得不到实际的东西。有时甚至觉得：反不如翻翻手头的小字典，多认识几个字，多知道几条典故。宋朝印刷术发展，刻书之风很盛，私家著述多能流传。近读李心传《建炎以来系年要录》，四厚册，其中保存文献甚多，暇时读一二页，不只识史事，也是读文章。较翻字典，又实惠多矣。

有人说，从事文艺，能否成名，要看机遇。我不反对这种说法。文艺界既是人间一界，其他界可以有平步青云的人，这一界就没有白日飞升的人？但文字工作，究竟还要有些基础才好。当前的一些现象。例如：小说，就其题材、思想、技巧而言，在三十年代，可能被人看作"不入流"；理论，可能被人看作是"说梦话"；刊物会一本也卖不出去；出版社，当年就会破产。但在八十年代，作者却可以成名，刊物却可以照例得到国家补助，维持下去。所有这些，只能说是不正常的现象，不能说是遇到了好机会。

所谓机遇，指的是，一个人原来并没有打算从事文艺，后来因为某种机会使他参与了这种工作，年深日久，做出了成绩，得到社会的承认。我们读一些作家的传记，会常常遇到这种例子。但就是这些作家，在他没有遇到那个机会之前，他还是在这方面做了很多准备，例如读书、生活等等。

天赐的机遇是没有的，如果有，总是靠不住的。这些年，这种事例，我们已经看到不少了。

文艺工作，也应该"行伍出身"，"一刀一枪"地练武艺，挣功名。

凡是伟大的艺术品，它本身就显耀着一种理想的光辉。这种光辉，当然是创造它的艺术家，赋予它的。这种理想，当然来自艺术家的心灵。

不受年代、生活的限制，欣赏这件艺术品的人，都会受到这种理想之光的指引和陶冶。如果站在这件艺术品面前，感觉不到这种光辉，受不到陶冶，这样的人是难以从事文艺工作的。

理想、愿望之于艺术家。如阳光雨露之于草木。艺术家失去理想，本身即将枯死。

理想就是美，就是美化人生，充实人生，完善人生，是艺的生机和结果。失去理想,从反映现实,到反映自我;从创造美到创造丑;从单纯到混乱,不只是社会意识的退化,也是作家艺术良知的丧失。

1987 年 4 月

风烛庵文学杂记续抄

近来,有些作家常常指责领导者、评论家,不按艺术规律办事。很少有人自问,他的"创作"是不是完全符合艺术规律。

艺术规律,并不像科学上的定律,那样死板,一成不变。但也并非那么神秘,深不可测,高不可攀。前人著述,多道及之。因为每个人的情况不一样,故总结之甚难。例如,任何艺术劳作,必先有生活基础及其认识。有生活基础者,不一定有足够认识;有足够认识者,又不一定从事于艺术劳作。一个人成为艺术家,往往有很多偶然因素。《红楼梦》作者生活和认识的规律,不全同于《水浒传》作者,这是很明显的。客观对创作的影响,也有时明显,有时隐晦。《红楼梦》产生于乾隆年间;《静静的顿河》,产生于斯大林时代,很难用政治环境作一般解释。外国的诺贝尔奖是一种规律,中国的穷而后工也是一种规律。高级宾馆是一种规律,绳床瓦灶也是一种规律。有的文章,纸墨未干,即洛阳纸贵;有的文章,则要束之高阁,藏之名山。

主观方面,即作家的素质、修养和努力,是艺术成功的主要规律。其他方面,可谈可不谈。

某文学期刊，销数下降，不从作品质量着想，却一再更易刊名。更名并不能使订数增加，又用裸体画做封面封底。初尚含蓄，或侧或卧，后来干脆赤身仰卧，纤细无遗。当然，都标明是外国油画，是美术作品。裸体画，也有高下，也有美丑。用到此处，其目的，并非供人欣赏，而是刺激读者眼目，以广招徕。然刊物销数，下降如故。实出乎设计者之意外也。有人说，这就是"搞活和开放"。我说，美术，用于不当之处，即为亵渎。将来如何开放，也不会家家用两幅裸体女人，代替传统的门神。

年关将近，与某文艺出版社负责同志，谈论明年出书赚钱之道。据说办法不多，很多家出版社，又在打《金瓶梅》的主意。然"古本"既有违宪章，不能照印；节本已有"人文"印本，再出亦难。不少人为此，大费脑筋。过去上海有句俗话，除去做金子生意，就是开文艺书店容易赚钱。现在出版社，除去出版此类书籍，竟无其他生财之道，是何故欤？负责人问计于我。我说：好办。文艺出版社太多，文艺期刊也太多，人浮于事，质差于量。关停并转可也。然此话实等于不说。

书是卖给读书人的。读书人买书，是为了求知识，求长进，必如生活中之菽粟布帛，方为有用。谁家有那么多的闲钱，专买武侠淫乱小说或裸体画片，去装饰书架，教育子女？即如《金瓶梅》也只能购买一部，哪能屯聚多部，以示富藏？一些刊物之销路不佳，一些出版社，不从国计民生上着眼，坐吃山空，濒临破产，是不可怪矣。

文艺这一领域，过去，虽曾使许多作家遭殃，然亦曾使一些人发迹。近日仍有一些聪明人，好谈文艺问题。所用口吻，完全变了一个花样，多为文艺界鸣不平，仗义执言，主持公道。原其用心，则有仍同以往者。如真以文艺比作殿堂，则过去进来骂神毁佛者多，今日则烧香祷告者众矣。

连日披读《新文学史料》，中国近代作家之命运，可谓惨不忍睹矣。在当时压力下，文人表现的状态，亦千奇百怪。今日观之，实地狱景象。经此惨酷，幸遇升平，仍有人斤斤于过去琐碎之事，观点之异，意气不消，不死不止，至可叹也。余当戒之矣！然文人好弄笔墨，甚难觉悟也。

余与王任叔，并不熟识。一九五六年春天，余到南方旅行，他也带几个人到南方出差，于南京金陵酒家餐厅相见，后又在上海国际饭店相遇。当时周而复约我们同游黄浦江，王即应约，余以疲劳未去，故未得深谈也。

于一九八六年第三期《新文学史料》，读其自传、日记等材料，哀其遭际，叹息久之。

逐期阅读《新文学史料》上刊载的茅盾回忆录。这不只是他个人的生活史和文艺活动史，也是中国文坛近几十年来的历史剪辑。创作方面且不论，其记述理论工作之建设发展，及其背景，我以为都是客观的，真实的，可以总结出经验，并从中得到教益。例如作家深入生活，民族形式的运用，文艺大众化，现实主义创作方法，文艺与政治，作家的世界观等问题，都可以从中回顾一下。

阅报，见有人提出"自我调节"的什么主义。读书少，不得其解。细绎其全文，亦不见明确诠释。"发展了的"，我们听得多了，还有一段时间，发展到了顶峰。什么叫"自我调节"呢？就像自来水开关一样，水流可大可小；要粗就粗，要细就细；或完全封闭，或放大闸门。这样做，还成为一种主义吗？

有人制造新学说，追随者唱和，以为得未曾有，是发展了的文艺理论。有人略表不同意见，加以辩难，即利用职能，组织文章，斥为陈腐、老作风。并于按语中暗示：新学说有利于改革大业云云。

拉大旗，做虎皮，围攻谩骂，这种作风，是新的？是"发展了的"吗？我看，和三十年代有些文艺论客的战术手法，没有什么两样，且有过之处。例如争取外援。

读一篇评论文章，其中有"如蝇逐臭"，"以肉麻当有趣"等语，不觉失笑。因该文主旨，在于吹捧无聊、下流的小说，厚颜正如此也。

报载，有作家谈：他在美国出版的书，几乎没有什么影响，原因是我国的经济不强盛。另一作家谈：我们的革命英雄主义等等，外国人并不理解。写些真实自然的生活，即使暴露一些阴暗面，却会达到较好的宣传效果。人家看了会觉得可信。还说明中国真的民主开放了。这样的宣传，其作用比作品本身还要大云云。

没到过外国，更没有在外国出过书，不了解情况。但是，为什么在外国，英雄主义就不可信，阴暗面就可信呢？外国人认定我们这里不会有英雄主义，只会有阴暗面吗？怎么说，有了阴暗面，就证明中国民主开放了呢？起宣传作用的，应该是书。又怎么说，这样的宣传，其作用比作品本身还要大呢？

外国出版中国文学书籍，详情虽不得而知，中国出版外国文学作品，则略知一二。翻译者选择原著时，必先审视，是否适应本国读书界之需要。清末，争译弱小国家独立斗争史；"五四"运动以后，争译个性解放之作；十月革命后，争译苏联小说。此外，则译世界各国文学名著。照顾社会各方面的兴趣，也译一些英雄传记、伟人佚事、侦探小说等。以上翻译，大都是着眼于国内的政治、思想、文化知识的需要，所选也都是各国的进步文化的成果，并不去找人家的落后或阴暗面也。

但国外有些出版商或读者，对中国有这种想法，是很可能的。从他们翻译的中国文学作品中，是可以看到这一点的。但也只是支流，不是主流。不是有很多外国作家，也辛辛苦苦，到中国来，访求我们的进步、光明和英雄主义事迹吗？

1986 年 11 月 20 日剪贴近作

风烛庵文学杂记三抄

一个作家,声誉之兴起,除去自身的努力,可能还有些外界的原因:识时务、拉关系、造声势等等。及其败落,则皆由自取,非客观或批评所能致。偶像已成,即无人敢于轻议,偶有批评,反更助长其势焰。即朋友所进忠言,也被认为是明枪暗箭。必等它自己腐败才罢。所谓自作孽不可活也。

一个作家,如果公然著书立说,丑化自己祖国的历史及其文化,并以为当今天下读书人,都成了聋哑或趋炎附势之徒,不能或不敢对其作品有任何非议,其设想,正如其作品一样,可谓狂妄荒诞。

过去,强调文学的政治作用,现在又强调文学的消遣作用。消遣文学,古已有之,也有高下。也有消遣得好,消遣得糟的分别。我还是相信为人生的文学这个陈旧的口号。

三十年代,现代书局有一本《文艺自由论辩集》。其中有瞿秋白一篇《文艺的自由与文艺家的不自由》，是批判胡秋原的。文内引了《红楼梦》中有关林黛玉的话："子之生兮不自由，子之遇兮多烦忧。"说明作家，作为社会之一员，不可能是完全自由的。

现在报刊，登载吹捧文章时，一篇独行即可，如登载批评文字，则必配备一篇说好话的，以示半斤八两。这种做法，并不足取。一种报刊，应有主见，才能引导读者，态度暧昧，只能算是糊涂断案。

现在，浇花园丁这一名词，很时髦，人们都爱用。按自然界，浇花，锄草，松土，施肥，甚至日晒，风吹，都是养花之道。只会一样，不算园丁。

园丁，起码应分清草、苗。如果草苗不分，或硬说草是苗，或苗是草，那就更不像园丁了。

过去，"锄草"者多，甚至把锄草上升为"游动哨兵"。近日浇花、施肥，装聋作哑者多，其实水浇多了，施肥过量，也不一定对花有利。

好像只有恭维，只用金钱，文学才能繁荣。不久就会证明，并非如此。只有实事求是的文学批评，从各方面提高作家的素质，才能促使文学真正繁荣，并可望产生伟大作品。

弗洛伊德的学说，三十年代，就介绍到中国。日本厨川白村的《苦闷的象征》，作为文艺理论，实际上在很多地方，运用了弗氏的学说，介绍来的更早一些。但当时在国内，并没有引起多大的注意。至于尼采、叔本华的学说，介绍到中国，则是在清朝末年，王国维的一些文艺思想，就是从他们那里来的。《人间词话》一问世，人们都感到新鲜，曾经冲击旧的诗词之学。但到了三十年代，就是王氏的学说，也沉寂起来，很少有人提说。

到了八十年代，这些学说，又被人拾掇出来，津津乐道，这也说明，就是学术，在历史上的地位也是忽隐忽现，迂回曲折的。是与政治、经济的进程有关的。

六月十五日，盛英同志赠司马长风著《中国新文学史》一部，盛情难却。余初无意读此等书籍。既得之，随即翻翻。

海外学者，动辄用"政治左右"，视我国文学。其实在这些人的著作中，政治空气更浓厚，立场更鲜明，态度更坚决。此书作者，竟以一九三八至一九四九为文学凋零期。如果当时的作家们，都不去抗日，都袖手旁观，都关在象牙之塔（那时已没有放这种塔的太平之地），中国文学，反能进入繁荣期乎！

书中推出的代表作家，一为梁实秋，一为周作人。社团为新月社。此即可见著者之用心矣。然所引材料，多为国内所少见，有些人趋之若鹜，此亦原因之一也。

有不少作家，标榜新的创作观念，文学观念。但细看其作品，也找不到什么新的东西。模糊混乱，甚至看不懂的东西倒不少，但这种"文学"，过去也有过。不能称作新。至于有了"新观念"的作家，在行动上，例如对待名利，表现之陈旧，就更是古已有之的了。

至于评论家的文学新观念,则不外:文学的主体是人;文学的本性是反映社会;文学应是美学之一种,作家应是人道主义者等等,也都是以前常说到的,甚至是老生常谈。为什么,一到他们的手里,都变成了"发展了的"文艺理论了呢?其秘诀有三:一是尽量运用新名词,或把旧词稍加变化;二是大掉一通书袋,以示博学;三是把人类所有学科,近代所有发明,皆强拉硬扯,与文学挂钩。

虽然评论家现在大都不喜欢把文学和政治连在一起,但到紧要关头,还是要借用一下东风。如对自己有利,则摘引官员的谈话。再如有的小说,本来无聊得很,立意庸俗。评论家为了捧场,竟说它的"主题",是为了当前的改革。改革当然是政治,是顶大帽子,但实在与那篇小说的内容(是内容,不是作者给作品加上的标签)连不到一起。如果强拉到一块,那真是对改革大业的不敬。

前几年,有人写了"名山事业"和"宾馆文学"两篇短文,好像是大惊小怪。现在,则成了"踵事增华,变本加厉"的局面。宾馆成了稿件的主要开发市场,作家食宿,日一二百元,竟有交一短篇,开销数千元,不以为怪者。名山旅游,成群结队,一场笔会下来,报销数万。这些刊物,每年靠国家津贴,尚且维持不下去,在这些方面,却表现如此大方。是慷国家之慨也。有人并可从中谋取一点私利。

过去,文艺评论,大批判者多,分析者少。前几年,才有人呼唤史诗的到来,并圈定了不少史诗。不久,又全部否定过去的成绩,认为并没有产生过像样的作品。最近,评论家们又忙于创造新学说,创立新学派。浅薄者根基不厚,无师难于自通,常常只有一个题目,不能自圆其说。博学者,虽运用中西比较之术,引证繁多,然只是堆砌材料,主导思想不明确,终于不能自成体系,常常落入前人的旧套。丢下棍棒,拿起书本,终是可喜的现象。

1986 年 9 月 10 日剪贴近作

作家的文化

有些评论我的文章中,常常有这样意思的话:你虽然是从解放区成长起来的,你读的书还是不少,这在解放区的作家中,是比较少见的。

有些人认为解放区的作家读书少,文化低,这是一种误解,也是一种偏见。他们以为,解放区的文化是落后的,是刀耕火种的不毛之地,是工农兵的天下,因此,那里的作家,也是没有读过多少书本的。

姑不论,当时的延安和各个根据地,都拥有不少海内外知名的学者、专家。即以一般文化界人士而论,在民族处于危难之时,抛弃家室,奔赴抗日战场的,都是当时的有志之士,国家民族当之无愧的精英。他们的思想和行动,无论什么时候,都不能从历史上抹去,更不能从文化上贬低的。

什么是文化?用一句老话说,就是上层建筑,或者叫作意识形态。一个人的文化修养,不能只从他读过多少书,有什么学历来衡量。主要的,还要看他对当时的政治,当时的文化,发挥过什么作用。特别是对文化,起了什么推动和提高的作用。

作家尤其如此。一个作家的文化，不只是指他吸收了多少文化，更重要的，是看他建树了多少文化，给文化积累增加了多少新的内容。历史上，有各种不同的人物，不同的思想和行为，构成了不同层次、不同内涵的文化，即不同性质的文化。在我们的历史上，有岳飞、文天祥的文化，也有秦桧、贾似道的文化，如果单从书本文化而论，那就会谬之千里。

人民大众，评论一个人，不会单从他是什么学校毕业，写过几本书，得过什么奖着眼，而是要看他对国家民族，有过什么实际的贡献。

一个作家，究竟需要多少文化，这是没有标准的。大家都知道，作家，一般来说，既不是从大家里培养，也不是产生于教授群体之中，这里的所谓文化，与一个作家的形成关系不大。

但没有文化，也不能成为作家。作家总得有一定的文化。在中国，"五四"新文学，即白话文学开始之时，作家的文化较高，但人数也甚少。后来，随着白话文学的普及，作家的人数，渐渐多起来，但文化高低，就差别较大。以三十年代的新兴作家为例，无论是革命作家，或是所谓东北作家，他们的文化修养，都比"五四"时期的作家为低。解放区的作家与之相较，文化情况，大致相同。他们大部分是文学爱好者，从文学走向革命，然后，从根据地得到创作所需的生活体验，进一步成为作家。这是很自然的过程。

一个作家，有高中以上的文化程度，就算够用的了。在写作过程中，可以继续提高文化修养，进度和收获虽有不同，但每个作家，都是这样努力过来的。

也有少数人，在成名时，文化程度比较低，一有了作家头衔，反倒自满自足起来，不再去钻研文化课程，这种人最后要吃亏的。上面所谈种种，也适合于非解放区的作家。因此，以文化高低论作家成败，是不科学的。有人提倡作家学者化，也是一种不切实际的想法。学者和作家，走的不是一条路。由作家而成为学者，或由学者而成为作家，工作重点都会有转移。

现在是市场经济，文化市场，也是百货杂陈，品目繁多，真假难分。每个作家，都在自己的摊位前，出售自己的产品，顾客必须心明眼亮，才能鉴别各种货色，不受欺瞒。

现在文化的名称也多，花样也多，有贵妃文化，有宦官文化，有发辫文化，有金莲文化，还有要"筹建博物馆保护"的"租界文化"。无奇不有，匪夷所思。

正是：士各有志，人各有心，不可详论矣。

1994年9月20日

第四辑

白洋淀

采蒲台的苇

我到了白洋淀,第一个印象,是水养活了苇草,人们依靠苇生活。这里到处是苇,人和苇结合的是那么紧。人好像寄生在苇里的鸟儿,整天不停地在苇里穿来穿去。

我渐渐知道,苇也因为性质的软硬、坚固和脆弱,各有各的用途。其中,大白皮和大头栽因为色白、高大,多用来织小花边的炕席;正草因为有骨性,则多用来铺房、填房碱;白毛子只有漂亮的外形,却只能当柴烧;假皮织篮捉鱼用。

我来的早,淀里的凌还没有完全融化。苇子的根还埋在冰冷的泥里,看不见大苇形成的海。我走在淀边上,想象假如是五月,那会是苇的世界。

在村里是一垛垛打下来的苇,它们柔顺地在妇女们的手里翻动。远处的炮声还不断传来,人民的创伤并没有完全平复。关于苇塘,就不只是一种风景,它充满火药的气息,和无数英雄的血液的记忆。如果单纯是苇,如果单纯是好看,那就不成为冀中的名胜。

这里的英雄事迹很多,不能一一记述。每一片苇塘,都有英雄的传说。敌人的炮火,曾经摧残它们,它们无数次被火烧光,人民的血液保持了它们的清白。

最后的苇出在采蒲台。一次,在采蒲台,十几个干部和全村男女被敌人包围。那是冬天,人们被围在冰上,面对着等待收割的大苇塘。

敌人要搜。干部们有的带着枪,认为是最后战斗流血的时候到来了。妇女们却偷偷地把怀里的孩子递过去,告诉他们把枪支插在孩子的裤裆里。搜查的时候,干部又顺手把孩子递给女人……十二个女人不约而同地这样做了。仇恨是一个,爱是一个,智慧是一个。

枪掩护过去了,闯过了一关。这时,一个四十多岁的人,从苇塘打苇回来,被敌人捉住。敌人问他:"你是八路?""不是!""你村里有干部?""没有!"敌人砍断他半边脖子,又问:"你的八路?"他歪着头,血流在胸膛上,说:"不是!""你村的八路大大的!""没有!"

妇女们忍不住,她们一齐沙着嗓子喊:"没有!没有!"

敌人杀死他,他倒在冰上。血冻结了,血是坚定的,死是刚强!

"没有!没有!"

这声音将永远响在苇塘附近,永远响在白洋淀人民的耳朵旁边,甚至应该一代代传给我们的子孙。永远记住这两句简短有力的话吧!

1947 年 3 月

荷花淀

——白洋淀纪事之一

月亮升起来,院子里凉爽得很,干净得很,白天破好的苇眉子潮润润的,正好编席。女人坐在小院当中,手指上缠绞着柔滑修长的苇眉子。苇眉子又薄又细,在她怀里跳跃着。

要问白洋淀有多少苇地?不知道。每年出多少苇子?不知道。只晓得,每年芦花飘飞苇叶黄的时候,全淀的芦苇收割,垛起垛来,在白洋淀周围的广场上,就成了一条苇子的长城。女人们,在场里院里编着席。编成了多少席?六月里,淀水涨满,有无数的船只,运输银白雪亮的席子出口,不久,各地的城市村庄,就全有了花纹又密、又精致的席子用了。大家争着买:

"好席子,白洋淀席!"

这女人编着席。不久在她的身子下面,就编成了一大片。她像坐在一片洁白的雪地上,也像坐在一片洁白的云彩上。她有时望望淀里,淀里也是一片银白世界。水面笼起一层薄薄透明的雾,风吹过来,带着新鲜的荷叶荷花香。

但是大门还没关,丈夫还没回来。

很晚丈夫才回来了。这年轻人不过二十五六岁,头戴一顶大草帽,上身穿一件洁白的小褂,黑单裤卷过了膝盖,光着脚。他叫水生,小苇庄的游击组长,党的负责人。今天领着游击组到区上开会去来。女人抬头笑着问:

"今天怎么回来得这么晚?"站起来要去端饭。水生坐在台阶上说:

"吃过饭了,你不要去拿。"

女人就又坐在席子上。她望着丈夫的脸,她看出他的脸有些红涨,说话也有些气喘。她问:

"他们几个哩?"

水生说:

"还在区上。爹哩?"

女人说:

"睡了。"

"小华哩?"

"和他爷爷去收了半天虾篓,早就睡了。他们几个为什么还不回来?"

水生笑了一下。女人看出他笑得不像平常。

"怎么了,你?"

水生小声说:

"明天我就到大部队上去了。"

女人的手指震动了一下,想是叫苇眉子划破了手,她把一个手指放在嘴里吮了一下。水生说:

"今天县委召集我们开会。假若敌人再在同口安上据点,那和端村就成了一条线,淀里的斗争形势就变了。会上决定成立一个地区队。我第一个举手报了名的。"

女人低着头说：

"你总是很积极的。"

水生说：

"我是村里的游击组长，是干部，自然要站在头里，他们几个也报了名。他们不敢回来，怕家里的人拖尾巴。公推我代表，回来和家里人们说一说。他们全觉得你还开明一些。"

女人没有说话。过了一会儿，她才说：

"你走，我不拦你，家里怎么办？"

水生指着父亲的小房叫她小声一些。说：

"家里，自然有别人照顾。可是咱的庄子小，这一次参军的就有七个。庄上青年人少了，也不能全靠别人，家里的事，你就多做些，爹老了，小华还不顶事。"

女人鼻子里有些酸，但她并没有哭。只说：

"你明白家里的难处就好了。"

水生想安慰她。因为要考虑准备的事情还太多，他只说了两句：

"千斤的担子你先担吧，打走了鬼子，我回来谢你。"

说罢，他就到别人家里去了，他说回来再和父亲谈。

鸡叫的时候，水生才回来。女人还是呆呆地坐在院子里等他，她说：

"你有什么话嘱咐嘱咐我吧。"

"没有什么话了，我走了，你要不断进步，识字，生产。"

"嗯。"

"什么事也不要落在别人后面！"

"嗯,还有什么?"

"不要叫敌人汉奸捉活的。捉住了要和他拼命。"这才是那最重要的一句,女人流着眼泪答应了他。

第二天,女人给他打点好一个小小的包裹,里面包了一身新单衣,一条新毛巾,一双新鞋子。那几家也是这些东西,交水生带去。一家人送他出了门。父亲一手拉着小华,对他说:

"水生,你干的是光荣事情,我不拦你,你放心走吧。大人孩子我给你照顾,什么也不要惦记。"

全庄的男女老少也送他出来,水生对大家笑一笑,上船走了。

女人们到底有些藕断丝连。过了两天,四个青年妇女集在水生家里来,大家商量:

"听说他们还在这里没走。我不拖尾巴,可是忘下了一件衣裳。"

"我有句要紧的话得和他说说。"

水生的女人说:

"听他说鬼子要在同口安据点……"

"哪里就碰得那么巧,我们快去快回来。"

"我本来不想去,可是俺婆婆非叫我再去看看他,有什么看头啊!"

于是这几个女人偷偷坐在一只小船上,划到对面马庄去了。

到了马庄,她们不敢到街上去找,来到村头一个亲戚家里。亲戚说:你们来得不巧,昨天晚上他们还在这里,半夜里走了,谁也不知开到哪里去。你们不用惦记他们,听说水生一来就当了副排长,大家都是欢天喜地的……

几个女人羞红着脸告辞出来,摇开靠在岸边上的小船。现在已经快到晌午了,万里无云,可是因为在水上,还有些凉风。这风从南面吹过来,从稻秧苇尖上吹过来。水面没有一只船,水像无边的跳荡的水银。

几个女人有点失望,也有些伤心,各人在心里骂着自己的狠心贼。可是青年人,永远朝着愉快的事情想,女人们尤其容易忘记那些不痛快。不久,她们就又说笑起来了。

"你看说走就走了。"

"可慌(高兴的意思)哩,比什么也慌,比过新年,娶新——也没见他这么慌过!"

"拴马桩也不顶事了。"

"不行了,脱了缰了!"

"一到军队里,他一准得忘了家里的人。"

"那是真的,我们家里住过一些年轻的队伍,一天到晚仰着脖子出来唱,进去唱,我们一辈子也没那么乐过。等他们闲下来没有事了,我就傻想:该低下头了吧。你猜人家干什么?用白粉子在我家映壁上画上许多圆圈圈,一个一个蹲在院子里,托着枪瞄那个,又唱起来了!"

她们轻轻划着船,船两边的水哗,哗,哗。顺手从水里捞上一棵菱角来,菱角还很嫩很小,乳白色。顺手又丢到水里去。那棵菱角就又安安稳稳浮在水面上生长去了。

"现在你知道他们到了哪里?"

"管他哩,也许跑到天边上去了!"

她们都抬起头往远处看了看。

"唉呀！那边过来一只船。"

"唉呀！日本，你看那衣裳！"

"快摇！"

小船拼命往前摇。她们心里也许有些后悔，不该这么冒冒失失走来；也许有些怨恨那些走远了的人。但是立刻就想，什么也别想了，快摇，大船紧紧追过来了。

大船追得很紧。

幸亏是这些青年妇女，白洋淀长大的，她们摇得小船飞快。小船活像离开了水皮的一条打跳的梭鱼。她们从小跟这小船打交道，驶起来，就像织布穿梭，缝衣透针一般快。

假如敌人追上了，就跳到水里去死吧！

后面大船来得飞快。那明明白白是鬼子！这几个青年妇女咬紧牙制止住心跳，摇橹的手并没有慌，水在两旁大声的哗哗，哗哗，哗哗哗！

"往荷花淀里摇！那里水浅，大船过不去。"

她们奔着那不知道有几亩大小的荷花淀去，那一望无边际的密密层层的大荷叶，迎着阳光舒展开，就像铜墙铁壁一样。粉色荷花箭高高地挺出来，是监视白洋淀的哨兵吧！

她们向荷花淀里摇，最后，努力地一摇，小船窜进了荷花淀。几只野鸭扑棱棱地飞起，尖声惊叫，掠着水面飞走了。就在她们的耳边响起一排枪！

整个荷花淀全震荡起来。她们想，陷在敌人的埋伏里了，一准要死了，一齐翻身跳到水里去。渐渐听清楚枪声只是向着外面，她们才又扒着船帮露出头来。她们看见不远的地方，那宽厚肥大的荷叶下面,有一个人的脸,下半截身子长在水里。荷花变成人了?那不是我们的水生吗?又往左右看去,不久各人就找到了各人丈夫的脸,啊!原来是他们!

但是那些隐蔽在大荷叶下面的战士们,正在聚精会神瞄着敌人射击,半眼也没有看她们。枪声清脆,三五排枪过后,他们投出了手榴弹,冲出了荷花淀。

手榴弹把敌人那只大船击沉,一切都沉下去了。水面上只剩下一团烟硝火药气味。战士们就在那里大声欢笑着,打捞战利品。他们又开始了沉到水底捞出大鱼来的拿手戏。他们争着捞出敌人的枪支、子弹带,然后是一袋子一袋子叫水浸透了的面粉和大米。水生拍打着水去追赶一个在水波上滚动的东西,是一包用精致纸盒装着的饼干。

妇女们带着浑身水,又坐到她们的小船上去了。

水生追回那个纸盒,一只手高高举起,一只手用力拍打着水,好使自己不沉下去。对着荷花淀吆喝:

"出来吧,你们!"

好像带着很大的气。

她们只好摇着船出来。忽然从她们的船底下冒出一个人来,只有水生的女人认得那是区小队的队长。这个人抹一把脸上的水问她们:

"你们干什么去呀?"

水生的女人说:

"又给他们送了一些衣裳来!"

小队长回头对水生说:

"都是你村的?"

"不是她们是谁,一群落后分子!"说完把纸盒顺手丢在女人们船上,一泅,又沉到水底下去了,到很远的地方才钻出来。

小队长开了个玩笑,他说:

"你们也没有白来,不是你们,我们的伏击不会这么彻底。可是,任务已经完成,该回家去晒晒衣裳了。情况还紧得很!"

战士们已经把打捞出来的战利品,全装在他们的小船上,准备转移。一人摘了一片大荷叶顶在头上,抵挡正午的太阳。几个青年妇女把掉在水里又捞出来的小包裹,丢给了他们,战士们的三只小船就奔着东南方向,箭一样飞去了。不久就消失在中午水面上的烟波里。

几个青年妇女划着她们的小船赶紧回家,一个个像落水鸡似的。一路走着,因过于刺激和兴奋,她们又说笑起来,坐在船头脸朝后的一个噘着嘴说:

"你看他们那个横样子,见了我们爱搭理不搭理的!"

"啊,好像我们给他们丢了什么人似的。"

她们自己也笑了,今天的事情不算光彩,可是:

"我们没枪,有枪就不往荷花淀里跑,在大淀里就和鬼子干起来!"

"我今天也算看见打仗了。打仗有什么出奇,只要你不着慌,谁还不会趴在那里放枪呀!"

"打沉了,我也会浮水捞东西,我管保比他们水式好,再深点我也不怕!"

"水生嫂,回去我们也成立队伍,不然以后还能出门吗!"

"刚当上兵就小看我们,过二年,更把我们看得一钱不值了,谁比谁落后多少呢!"

这一年秋季,她们学会了射击。冬天,打冰夹鱼的时候,她们一个个蹲在流星一样的冰床上,来回警戒。敌人围剿那百顷大苇塘的时候,她们配合子弟兵作战,出入在那芦苇的海里。

1945 年 5 月于延安

芦花荡

——白洋淀纪事之二

夜晚，敌人从炮楼的小窗子里，呆望着这阴森黑暗的大苇塘，天空的星星也像浸在水里，而且要滴落下来的样子。到这样深夜，苇塘里才有水鸟飞动和唱歌的声音，白天它们是紧紧藏到窠里躲避炮火去了。苇子还是那么狠狠地往上钻，目标好像就是天上。

敌人监视着苇塘。他们提防有人给苇塘里的人送来柴米，也提防里面的队伍会跑了出去。我们的队伍还没有退却的意思。可是假如是月明风清的夜晚，人们的眼再尖利一些，就可以看见有一只小船从苇塘里撑出来，在淀里，像一片苇叶，奔着东南去了。半夜以后，小船又漂回来，船舱里装满了柴米油盐。有时，还带来一两个从远方赶来的干部。

撑船的是一个将近六十岁的老头子，船是一只尖尖的小船。老头子只穿一件蓝色的破旧短裤，站在船尾巴上，手里拿着一根竹篙。

老头子浑身没有多少肉，干瘦得像老了的鱼鹰。可是那晒得干黑的脸,短短的花白胡子却特别精神,那一对深陷的眼睛却特别明亮。很少见到这样尖利明亮的眼睛,除非是在白洋淀上。

老头子每天夜里在水淀出入,他的工作范围广得很:里外交通,运输粮草,护送干部;而且不带一支枪。他对苇塘里的负责同志说:你什么也靠给我,我什么也靠给水上的能耐,一切保险。

老头子过于自信和自尊。每天夜里,在敌人紧紧封锁的水面上,就像一个没事人,他按照早出晚归捕鱼撒网那股悠闲的心情撑着船,编算着使自己高兴也使别人高兴的事情。

因为他,敌人的愿望就没有达到。

每到傍晚,苇塘里的歌声还是那么响,不像是饿肚子的人们唱的;稻米和肥鱼的香味,还是从苇塘里飘出来。敌人发了愁。

一天夜里,老头子从东边很远的地方回来。弯弯下垂的月亮,浮在水一样的天上。老头子载了两个女孩子回来。孩子们在炮火里滚了一个多月,都发着疟子,昨天跑到这里来找队伍,想在苇塘里休息休息,打打针。

老头子很喜欢这两个孩子:大的叫大菱,小的叫二菱。把她们接上船,老头子就叫她们睡一觉,他说:什么事也没有了,安心睡一觉吧,至苇塘里,咱们还有大米和鱼吃。

孩子们在炮火里一直没安静过,神经紧张得很。一点轻微的声音,闭上的眼就又睁开了。现在又是到了这么一个新鲜的地方,有水有船,荡悠悠的,夜晚的风吹得长期发烧的脸也清爽多了,就更睡不着。

眼前的环境好像是一个梦。在敌人的炮火里打滚,在高粱地里淋着雨过夜,一晚上不知道要过几条汽车路,爬几道沟。发高烧和打寒噤的时候，孩子们也没停下来。一心想：找队伍去呀，找到队伍就好了！

这是冀中区的女孩子，大的不过十五，小的才十三。她们在家乡的道路上行军，眼望着天边的北斗。她们看着初夏的小麦黄梢，看着中秋的高粱晒米。雁在她们的头顶往南飞去，不久又向北飞来。她们长大成人了。

小女孩子趴在船边，用两只小手淘着水玩。发烧的手浸在清凉的水里很舒服，她随手就舀了一把泼在脸上，那脸涂着厚厚的泥和汗。她痛痛快快地洗起来，连那短短的头发。大些的轻声吆喝她：

"看你，这时洗脸干什么？什么时候呵，还这么爱干净！"

小女孩子抬起头来，望一望老头子，笑着说：

"洗一洗就精神了！"

老头子说：

"不怕，洗一洗吧，多么俊的一个孩子呀！"

远远有一片阴惨的黄色的光，突然一转就转到她们的船上来。女孩子正在拧着水淋淋的头发，叫了一声。老头子说：

"不怕，小火轮上的探照灯，它照不见我们。"

他蹲下去，撑着船往北绕了一绕。黄色的光仍然向四下里探照，一下照在水面上，一下又照到远处的树林里去了。

老头子小声说：

"不要说话，要过封锁线了！"

小船无声地，但是飞快地前进。当小船和那黑乎乎的小火轮站到一条横线上的时候，探照灯突然照向她们，不动了。两个女孩子的脸照得雪白，紧接着就扫射过来一梭机枪。

老头子叫了一声"趴下",一抽身就跳进水里去,踏着水用两手推着小船前进。大女孩子把小女孩子抱在怀里,倒在船底上,用身子遮盖了她。

子弹吱吱地在她们的船边钻到水里去,有的一见水就爆炸了。

大女孩子负了伤,虽说她没有叫一声也没有哼一声,可是胳膊没有了力量,再也搂不住那个小的,她翻了下去。那小的觉得有一股热热的东西流到自己脸上来,连忙爬起来,把大的抱在自己怀里,带着哭声向老头子喊:

"她挂花了!"

老头子没听见,拼命地往前推着船,还是柔和地说:

"不怕。他打不着我们!"

"她挂了花!"

"谁?"老头子的身体往上蹿了一蹿,随着,那小船很厉害地仄歪了一下。老头子觉得自己的手脚顿时失去了力量,他用手扒着船尾,跟着浮了几步,才又拼命地往前推了一把。

她们已经离苇塘很近。老头子爬到船上去,他觉得两只老眼有些昏花。可是他到底甩篙拨开外面一层芦苇,找到了那窄窄的入口。

一钻进苇塘,他就放下篙,扶起那大女孩子的头。

大女孩子微微睁了一下眼,吃力地说:

"我不要紧。快把我们送进苇塘里去吧!"

老头子无力地坐下来,船停在那里。月亮落了,半夜以后的苇塘,有些飒飒的风响。老头子叹了一口气,停了半天才说:

"我不能送你们进去了。"

小女孩子睁大眼睛问：

"为什么呀？"

老头子直直地望着前面说：

"我没脸见人。"

小女孩子有些发急。在路上也遇见过这样的带路人，带到半路上就不愿带了，叫人为难。她像央告那老头子：

"老同志，你快把我们送进去吧，你看她流了这么多血，我们要找医生给她裹伤呀！"

老头子站起来，拾起篙，撑了一下。那小船转弯抹角钻入了苇塘的深处。

这时那受伤的才痛苦地哼哼起来。小女孩子安慰她，又好像是抱怨：一路上多么紧张，也没怎么样，谁知到了这里，反倒……一声一声像连珠箭，射穿老头子的心。他没法解释：大江大海过了多少，为什么这一次的任务，偏偏没有完成？自己没儿没女，这两个孩子多么叫人喜爱？自己平日夸下口，这一次带着挂花的人进去，怎么张嘴说话？这老脸呀！他叫着大菱说：

"他们打伤了你，流了这么多血，等明天我叫他们十个人流血！"

两个孩子全没有答言，老头子觉得受了轻视。他说：

"你们不信我的话，我也不和你们说。谁叫我丢人现眼，打牙跌嘴呢！可是，等到天明，你们看吧！"

小女孩子说：

"你这么大年纪了，还能打仗？"

老头子狠狠地说：

"为什么不能？我打他们不用枪，那不是我的本事。愿意看，明天来看吧！二菱，明天你跟我来看吧，有热闹哩！"

　　第二天，中午的时候，非常闷热。一轮红日当天，水面上浮着一层烟气。小火轮开的离苇塘远一些，鬼子们又偷偷地爬下来洗澡了。十几个鬼子在水里泅着，日本人的水式真不错。水淀里没有一个人影，有只一团白绸子样的水鸟，也躲开鬼子往北飞去，落到大荷叶下面歇凉去了。从荷花淀里却撑出一只小船来。一个干瘦的老头子，只穿一条破短裤，站在船尾巴上，有一篙没一篙地撑着，两只手却忙着剥那又肥又大的莲蓬，一个一个投进嘴里去。

　　他的船头上放着那样大的一捆莲蓬，是刚从荷花淀里摘下来的。不到白洋淀，哪里去吃这样新鲜的东西？来到白洋淀上几天了，鬼子们也还是望着荷花淀瞪眼。他们冲着那小船吆喝，叫他过来。

　　老头子向他们看了一眼，就又低下头去。还是有一篙没一篙地撑着船，剥着莲蓬。船却慢慢地冲着这里来了。

　　小船离鬼子还有一箭之地，好像老头子才看出洗澡的是鬼子，只一篙，小船溜溜转了一个圆圈，又回去了。鬼子们拍打着水追过去，老头子张惶失措，船却走不动，鬼子紧紧追上了他。

　　眼前是几根埋在水里的枯木桩子，日久天长，也许人们忘记这是为什么埋的了。这里的水却是镜一样平，蓝天一般清，拉长的水草在水底轻轻地浮动。鬼子们追上来，看看就扒上了船。老头子又是一篙，小船旋风一样绕着鬼子们转，莲蓬的清香，在他们的鼻子尖上扫过。鬼子们像是玩着捉迷藏，乱转着身子，抓上抓下。

　　一个鬼子尖叫了一声，就蹲到水里去。他被什么东西狠狠咬了一口,是一只锋利的钩子穿透了他的大腿。别的鬼子吃惊地往四下里一散,每个人的腿肚子也就挂上了钩。他们挣扎着,想摆脱那毒蛇一样的钩子。那替女孩子报仇的钩子却全找到腿上来,有的两个,有的三个。鬼子们痛得鬼叫,可是再也不敢动弹了。

老头子把船一撑来到他们的身边,举起篙来砸着鬼子们的脑袋,像敲打顽固的老玉米一样。

他狠狠地敲打,向着苇塘望了一眼。在那里,鲜嫩的芦花,一片展开的紫色的丝绒,正在迎风飘洒。

在那苇塘的边缘,芦花下面,有一个女孩子,她用密密的苇叶遮掩着身子,看着这场英雄的行为。

1945 年 8 月于延安